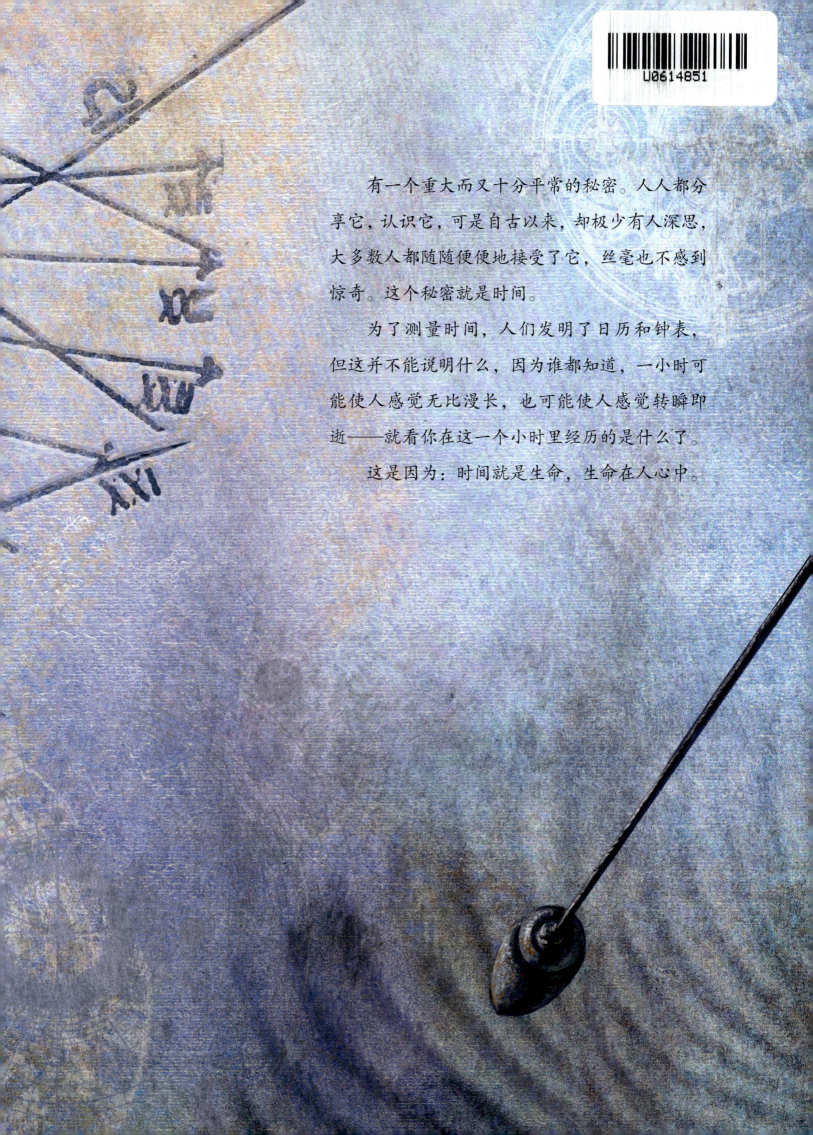

　　有一个重大而又十分平常的秘密。人人都分享它，认识它，可是自古以来，却极少有人深思，大多数人都随随便便地接受了它，丝毫也不感到惊奇。这个秘密就是时间。

　　为了测量时间，人们发明了日历和钟表，但这并不能说明什么，因为谁都知道，一小时可能使人感觉无比漫长，也可能使人感觉转瞬即逝——就看你在这一个小时里经历的是什么了。

　　这是因为：时间就是生命，生命在人心中。

著作权合同登记：图字 01-2023-5449

Momo: Ein Bilderbuch
by Michael Ende
Illustrations by Simona Ceccarelli
Adaptation of text by Uwe-Michael Gutzschahn
© 2023 by Thienemann in Thienemann-Esslinger Verlag GmbH, Stuttgart.
Rights have been negotiated through Chapter Three Culture
www.michaelende.de
本作品简体中文专有出版权经由 Chapter Three Culture 独家授权。

图书在版编目（CIP）数据

毛毛 / (德) 米切尔·恩德著 ; (意) 西蒙娜·切卡雷利绘 ; 李士勋译. -- 北京：
天天出版社, 2024.1
ISBN 978-7-5016-2191-0

Ⅰ. ①毛… Ⅱ. ①米… ②西… ③李… Ⅲ. ①儿童小说—长篇小说—德国—现代
Ⅳ. ①I516.84

中国国家版本馆CIP数据核字(2023)第231751号

责任编辑：冀　晨　　　　　　　**美术编辑：邓　茜**
责任印制：康远超　张　璞

出版发行：天天出版社有限责任公司
地址：北京市东城区东中街 42 号　　　　**邮编**：100027
市场部：010-64169902　　　　**传真**：010-64169902
网址：http://www.tiantianpublishing.com
邮箱：tiantiancbs@163.com

印刷：天津善印科技有限公司　　　　**经销**：全国新华书店等
开本：635×965　1/8　　　　**印张**：4
版次：2024 年 1 月北京第 1 版　　　　**印次**：2024 年 1 月第 1 次印刷
字数：40 千字

书号：978-7-5016-2191-0　　　　**定价**：59.00 元

毛 毛

〔德〕米切尔·恩德 著 〔意〕西蒙娜·切卡雷利 绘

李士勋 译

人民文学出版社 天天出版社

莲 花 落（一）

（宁波）

1=G 2/4

中速 稍快

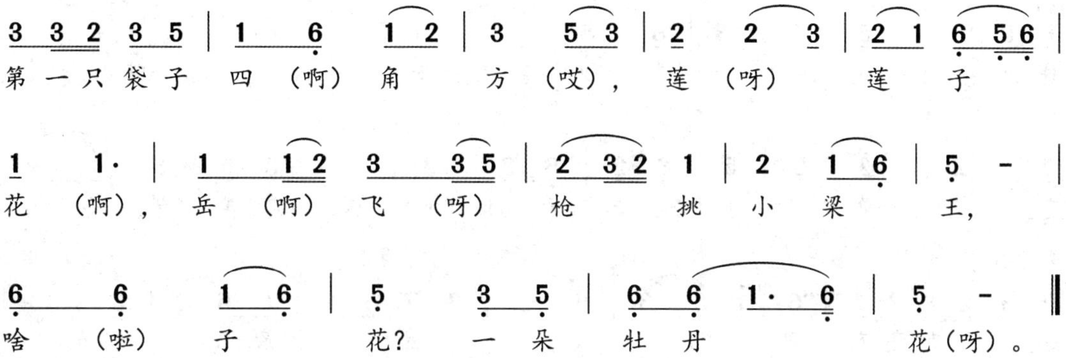

```
3  32  35 | 1  6 | 1  2 | 3  53 | 2  2  3 | 21  6  56 |
第一只袋子 四(啊) 角  方(哎)，莲(呀)   莲  子
```

```
1  1· | 1  12 | 3  35 | 2  32  1 | 2  16 | 5 - |
花(啊)，岳(啊)飞(呀) 枪  挑 小梁 王，
```

```
6  6 | 16 | 5  35 | 6  6  1·6 | 5 - ‖
啥(啦) 子  花？ 一朵 牡丹   花(呀)。
```

原唱：邵孝衍
　　　陈凤英
记录：李 微

莲 花 落（二）

（宁波）

1=ᵇE 2/4

中速 稍快

```
5 5 5 3 | 5 5 5·5 3 | 5 5 1 | 1 6 5 3 | 2·1 6·6 1 |
珠珠花开  叶（唻）青 青（呀莲    呀莲子花    莲呀

2 3 2 | 2 3 | 5 3 2 | 6 2 2 | 5 | 3 5 | 6 1·3 |
莲 花），单 唱 世 间 上 十 勿（啦）亲（莲花 莲花

2 3 2 3 2 1 | 6·1 6 5 3 | 5 - | 3 5 6 1 | 6 5 3 | 3 1 3 |
莲花莲花莲花 嘟 哟    哎）。  养 囡    亲来    勿算

5 5 6 | 6 6 5 3 | 2·1 6·6 1 | 2 3 2 | 2 3 |
亲（呀呀莲呀莲子花    莲呀    莲 花），生囡

5 2 | 6 1 2 2 | 5 | 3 5 | 6 1·3 | 2 3 2 3 2 1 | 6·1 6 5 3 |
本是外 姓（呀）人（莲花 莲花   莲花莲花莲花 嘟 哟

5 - | 6 6 5 3 | 5 5 5 5 | 3 3 3 | 5 5· | 2 2 5 3 |
哎）。 宁灵 小孩    出头（呀）门（呀），库房师父

3 0 | 3 2 6 5 | 3 0 | 6 5 5 | 5 5 2 | 6 1 6·1 |
（哎），厨工师父（哎），还有那 炙炙糕 囡来给

3 2 | 5 3 5 | 6 1·2 | 6 1 6 5 | 6 6 3 | 5 - ‖
哄外甥（莲花 莲花   莲花莲花 嘟 哟    哎）。
```

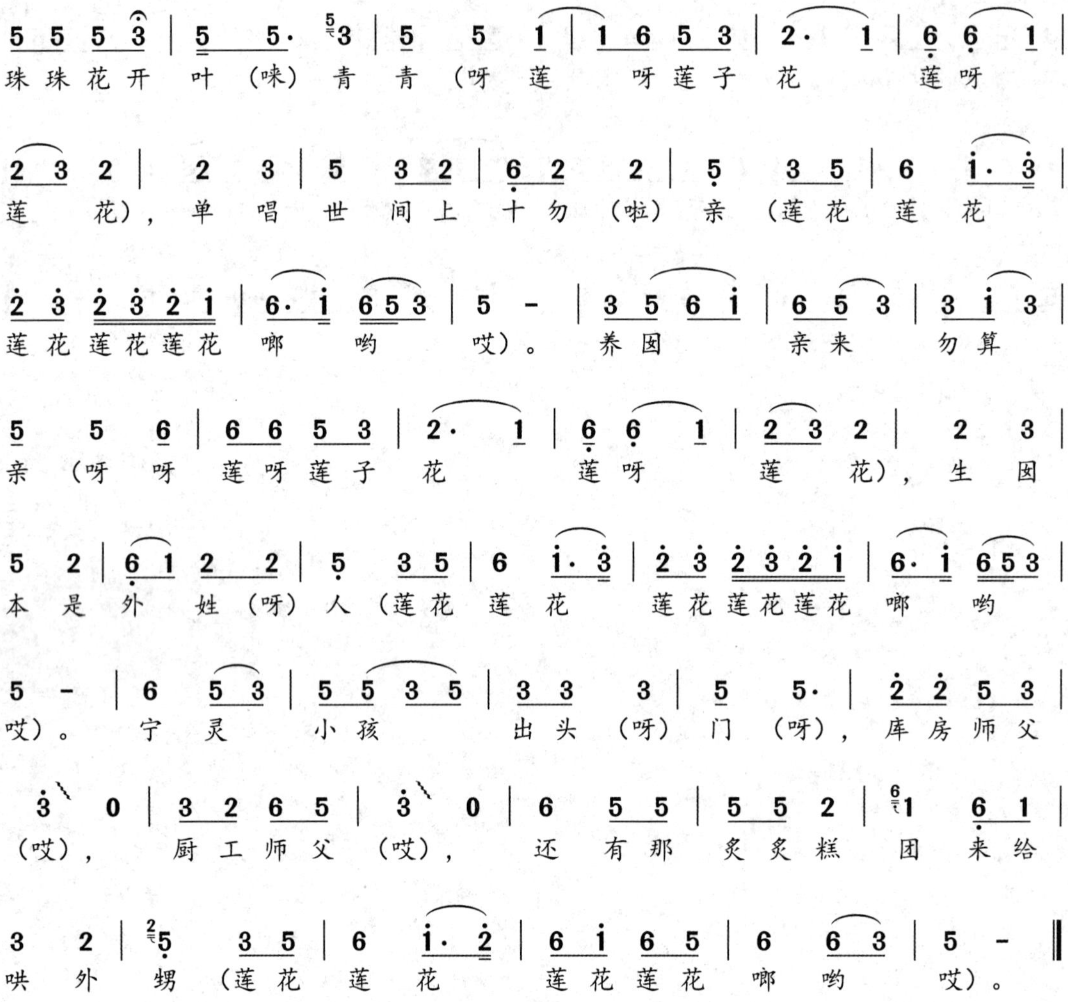

原唱：张德元
记录：周大风

　　"宁灵小孩"，即对"宁波的聪明伶俐的孩子"的昵称。

莲 花 落（三）

（宁波）

1=F 2/4

中速 稍快

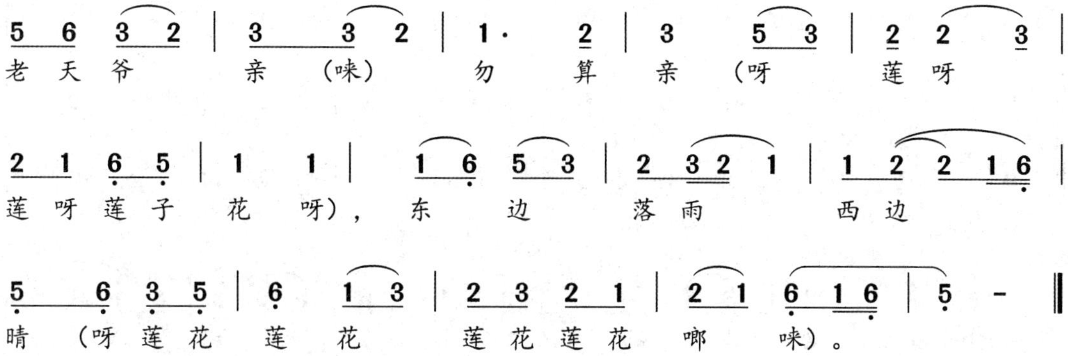

| 5 6 | 3 2 | 3 3 2 | 1· 2 | 3 5 3 | 2 2 3 |

老天爷　亲（唻）　勿　算亲（呀　莲呀

| 2 1 6 5 | 1 1 | 1 6 5 3 | 2 3 2 1 | 1 2 2 1 6 |

莲呀莲子花呀），东　边　落雨　西边

| 5 6 3 5 | 6 1 3 | 2 3 2 1 | 2 1 6 1 6 | 5 — ‖

晴（呀莲花莲花　莲花莲花　嘟　唻）。

记录：汪　平

扫码听歌

马 灯 调（一）

（宁波）

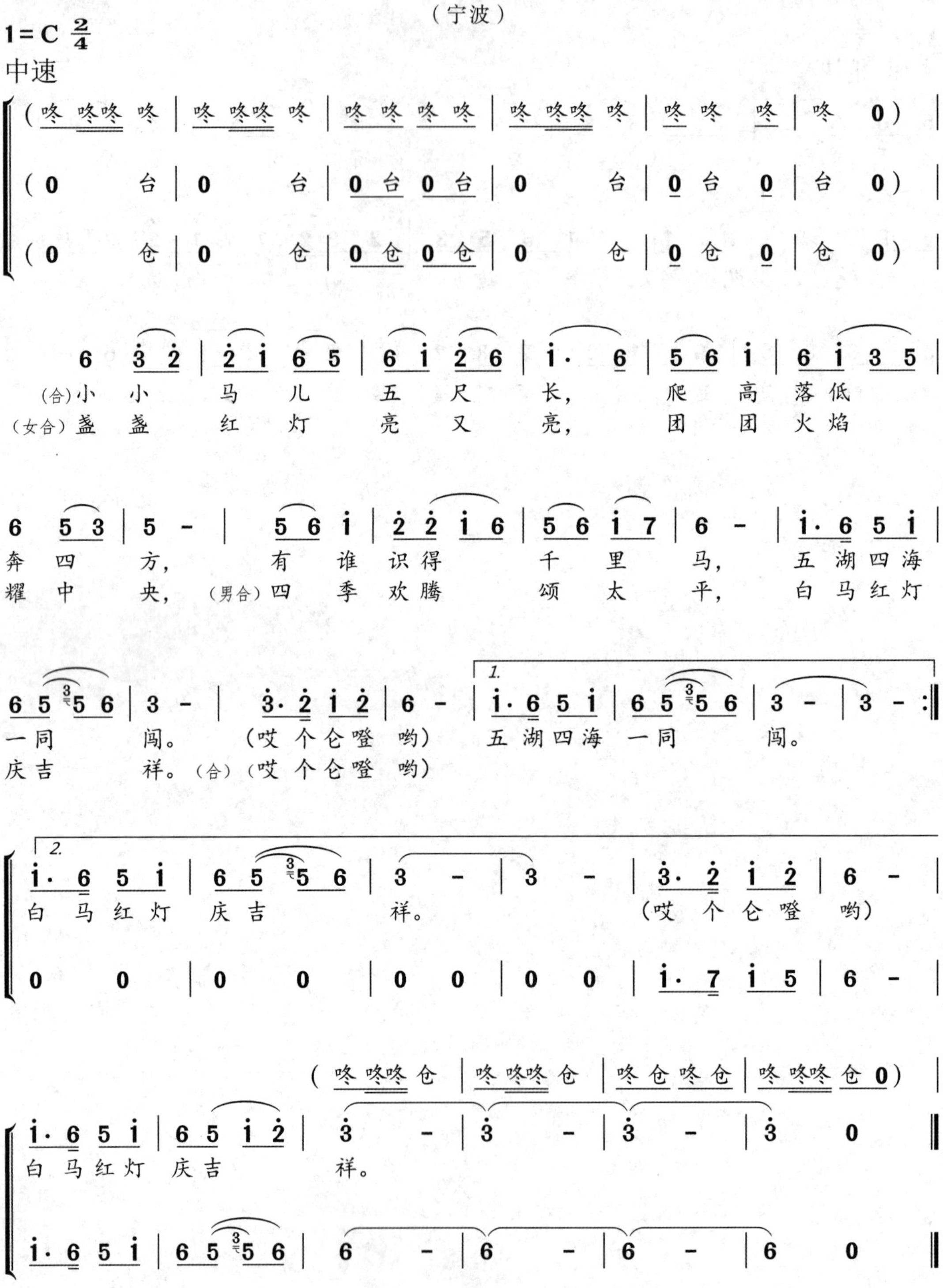

1＝C 2/4

中速

（咚 咚咚 咚｜咚 咚咚 咚｜咚咚 咚咚｜咚咚 咚咚｜咚咚 咚｜咚 0）｜

（0 台｜0 台｜0台 0台｜0 台｜0台 0｜台 0）｜

（0 仓｜0 仓｜0仓 0仓｜0 仓｜0仓 0｜仓 0）｜

6 3 2 | 2 1 6 5 | 6 1 2 6 | 1· 6 | 5 6 1 | 6 1 3 5 |

（合）小 小 马 儿 五 尺 长， 爬 高 落 低

（女合）盏 盏 红 灯 亮 又 亮， 团 团 火 焰

6 5 3 | 5 - | 5 6 1 | 2 2 1 6 | 5 6 1 7 | 6 - | 1· 6 5 1 |

奔 四 方， 有 谁 识 得 千 里 马， 五 湖 四 海

耀 中 央，（男合）四 季 欢 腾 颂 太 平， 白 马 红 灯

6 5 5 6 | 3 - | 3· 2 1 2 | 6 - | 1· 6 5 1 | 6 5 5 6 | 3 - 3 - :‖

一 同 闯。 （哎 个 仓 噔 哟） 五 湖 四 海 一 同 闯。

庆 吉 祥。（合）（哎 个 仓 噔 哟）

2.

1· 6 5 1 | 6 5 5 6 | 3 - | 3 - | 3· 2 1 2 | 6 - |

白 马 红 灯 庆 吉 祥。 （哎 个 仓 噔 哟）

0 0 | 0 0 | 0 0 0 | 1· 7 1 5 | 6 - |

（ 咚 咚咚 仓｜咚 咚咚 仓｜咚仓 咚仓｜咚 咚咚 仓 0）｜

1· 6 5 1 | 6 5 1 2 | 3 - | 3 - | 3 - | 3 0 ‖

白 马 红 灯 庆 吉 祥。

1· 6 5 1 | 6 5 5 6 | 6 - | 6 - | 6 - | 6 0 ‖

记录：汪 平
演唱：汪 平 李佩菁
李锡年 史 艳
祝静君

马 灯 调(二)

（宁波）

1=♭B 2/4

中速 稍快

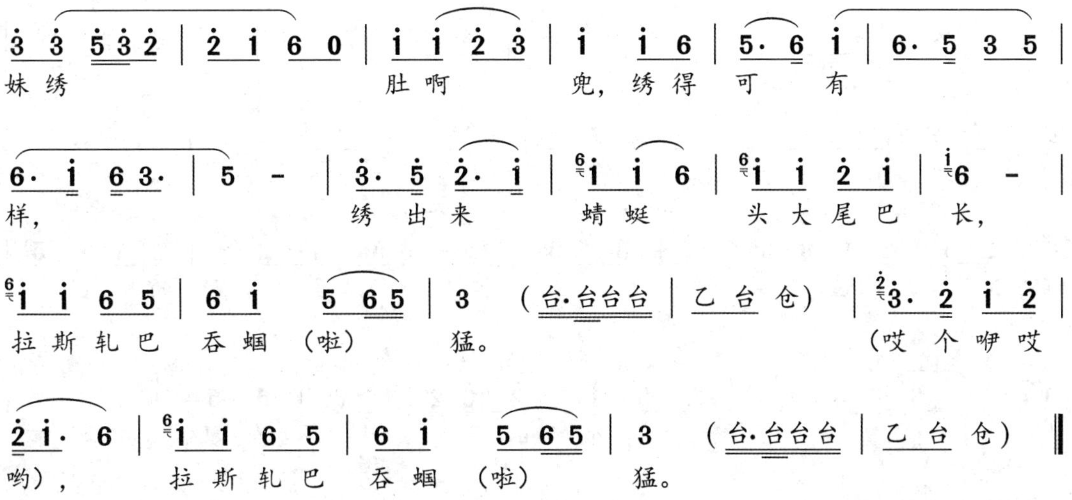

$\widehat{3}$ 3 5 $\overline{32}$ | $\overline{2}$ $\overline{1}$ 6 0 | $\overline{1}$ $\overline{1}$ $\overline{2}$ 3 | $\overline{1}$ $\overline{1}$ 6 | 5 · $\overline{6}$ $\widehat{1}$ | $\overline{6 · 5}$ $\overline{3 5}$ |

妹绣　　　　　　肚啊　兜,　绣得　可有

$\overline{6 · \underline{1}}$ $\overline{6 3 ·}$ | 5 - | $\overline{3 · \underline{5}}$ $\overline{2 · \underline{1}}$ | $\overline{6}$ $\overline{1}$ $\overline{1}$ 6 | $\overline{6}$ $\overline{1}$ $\overline{1}$ $\overline{2}$ $\overline{1}$ | $\overline{1}$ 6 - |

样,　　　　绣 出 来　蜻 蜓　头 大 尾 巴　长,

$\overline{6}$ $\overline{1}$ $\overline{1}$ $\overline{1}$ 6 5 | 6 $\overline{1}$　5 $\overline{6 5}$ | 3 （$\overline{台 · 台}$ $\overline{台 台}$ | $\overline{乙 台}$ 仓） | $\overset{2}{\underline{3}}$ · $\overline{2}$ $\overline{1}$ 2 |

拉 斯 轧 巴　吞 蝈 （啦）　猛。　　　　　（哎 个 咿 哎

$\overset{2}{\underline{1}}$ · 6 | $\overline{6}$ $\overline{1}$ $\overline{1}$ $\overline{1}$ 6 5 | 6 $\overline{1}$　5 $\overline{6 5}$ | 3 （$\overline{台 · 台}$ $\overline{台 台}$ | $\overline{乙 台}$ 仓） ‖

哟），　拉 斯 轧 巴　吞 蝈 （啦）　猛。

原唱：陈月琴
记录：李　微

"拉斯",青蛙。"轧巴",癞蛤蟆。"蝈猛",蝗虫。均系宁波方言。

马 灯 调（三）

（宁波）

1=C 2/4

中速 稍快 热烈地

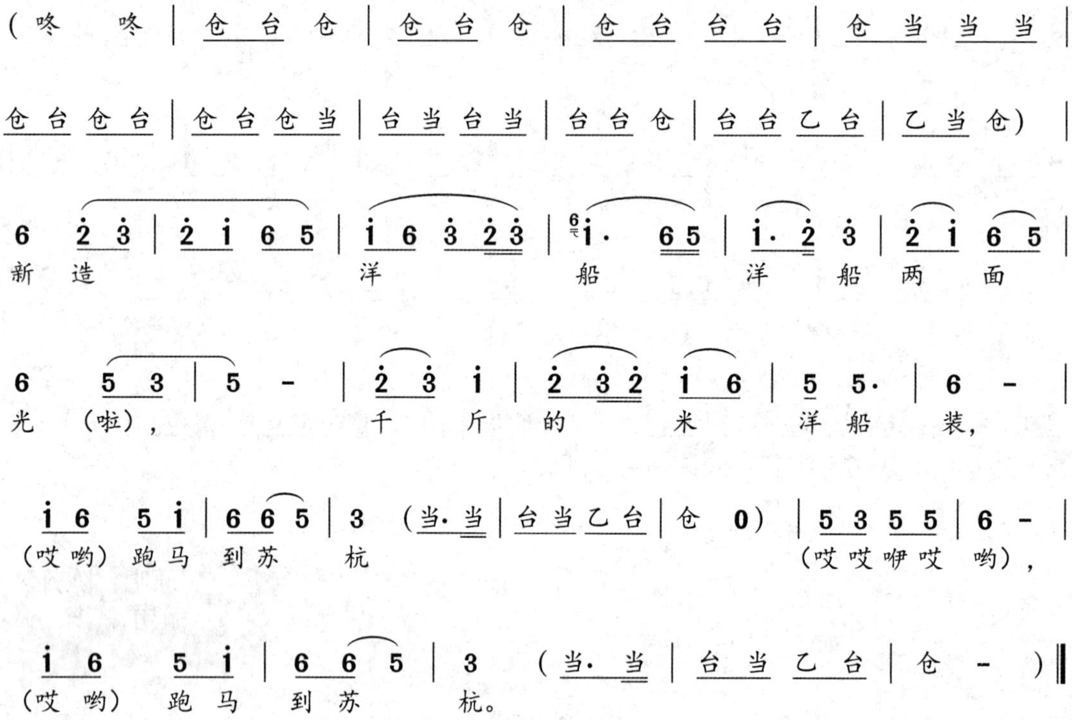

（咚　咚｜仓　台　仓｜仓　台　仓｜仓　台　台　台｜仓　当　当　当｜

仓　台　仓　台｜仓　台　仓　当｜台　当　台　当｜台　台　仓｜台　台　乙　台｜乙　当　仓）｜

6 2̇ 3̇｜2̇ 1̇ 6 5｜1̇ 6 3̇ 2̇ 3̇｜1̇. 6 5｜1̇. 2̇ 3̇｜2̇ 1̇ 6 5｜
新　造　　　　洋　　船　　洋　船　两　面

6　5 3｜5 -｜2̇ 3̇ 1̇｜2̇ 3̇ 2̇ 1̇ 6｜5 5.｜6 -｜
光 （啦），　　千　斤　的　米　洋　船　装，

1̇ 6 5 1̇｜6 6 5｜3 （当. 当｜台 当 乙 台｜仓 0）｜5 3 5 5｜6 -｜
（哎哟）跑马 到苏　杭　　　　（哎哎咿哎　哟），

1̇ 6 5 1̇｜6 6 5｜3 （当. 当｜台 当 乙 台｜仓 -）‖
（哎哟）跑马 到苏　杭。

记录：李 微

码头调

（宁波）

1=C 2/4
中速 稍快

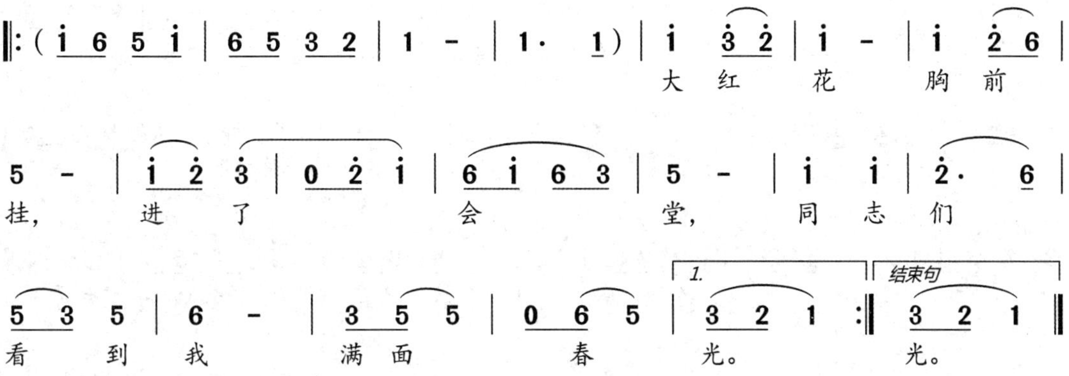

‖: (1̣ 6 5 1̣ | 6 5 3 2 | 1 - | 1· 1) | 1̇ 3̇2̇ | 1̇ - | 1̇ 2̇ 6 |
　　　　　　　　　　　　　　　　　　大 红 花　　胸 前

5 - | 1̇ 2̇ 3̇ | 0 2̇ 1̇ | 6 1̇ 6 3 | 5 - | 1̇ 1̇ | 2̇· 6 |
挂，　　进 了　　　会　　　　堂，　　同 志 们

5 3 5 | 6 - | 3 5 5 | 0 6 5 | [1. 3 2 1 :‖ [结束句 3 2 1 ‖
看 到 我　　满 面　　春　　光。　　光。

记录：王与昌

卖 花 线（一）

（宁波）

1 = C 2/4

中速 稍慢

```
6 6 6 5 6 i | 2 i 2 | 3· 5 6 6 | 6· i 5 3 2 | i - | 2· i 2 i | 2  3· 5 |
```
（扎个仓噔仓噔）担子担 上　肩呀（哎个仓噔　哟），肩挑担子 做 生

```
6· 6 6 i | 2· 5 3 2 | i - | X X X X | X X X | X X X X | X X X | 6  6 5 |
```
意（个仓噔 喂个仓噔 哟），东街挑到 西街边，南街挑到 北街边，叫 一声

```
3· 5 6 i | 2   2· 2 | 3· 2 3 6 | 56/5 - | 5· 6 2 6 | i· 3 5 7 | 5/6 - ‖
```
卖 花　线，（仓噔 喂个仓噔　哟）卖 花　线（个哎嗨 哟）。

记录：周大风

卖 花 线（二）

（鄞州）

1 = C 2/4

中速 稍快

6 6 6 5 6 6 6 5 | 2̇ i̇ 6 6 | i̋2̇ 1̇ 5 | 6· 6 6 1̇ | 2̇· 5 3̇ 2̇ | i̇ - |
（扎个仑噔扎个仑噔）担子郎儿 挑 肩 上（个仑噔 喂个仑噔 哟），

6 i̇ 6 1̇ 1̇ | 6· i̇ | 1̇· 3 | 5 5 3 5 | 6· 2̇ 7 6 | 5 - | 5 3 5 3 5 6 |
家家户户去卖（儿）花（儿）线（个仑噔 喂个仑噔 哟）， 肩

i̇· 6 | 5 i̇ 6 i̇ 6 5 | 5̋3 - | 5 5 6 3 2 | 5 5 6 3 2 | 5 5 6 3 2 |
挑 担 子 一挑 二挑 挑到 人家 大户 人家

1 5· 3 | 2· 2 2 2 | 3· 6 5 3 | 2 1 5 3 | 2 - | 2 - ‖
门 墙 里（个仑噔 喂个仑噔 哟 咿嗨 哟）。

记录：周大风

卖 花 线(三)

(宁波)

1=G 2/4

中速 愉快地

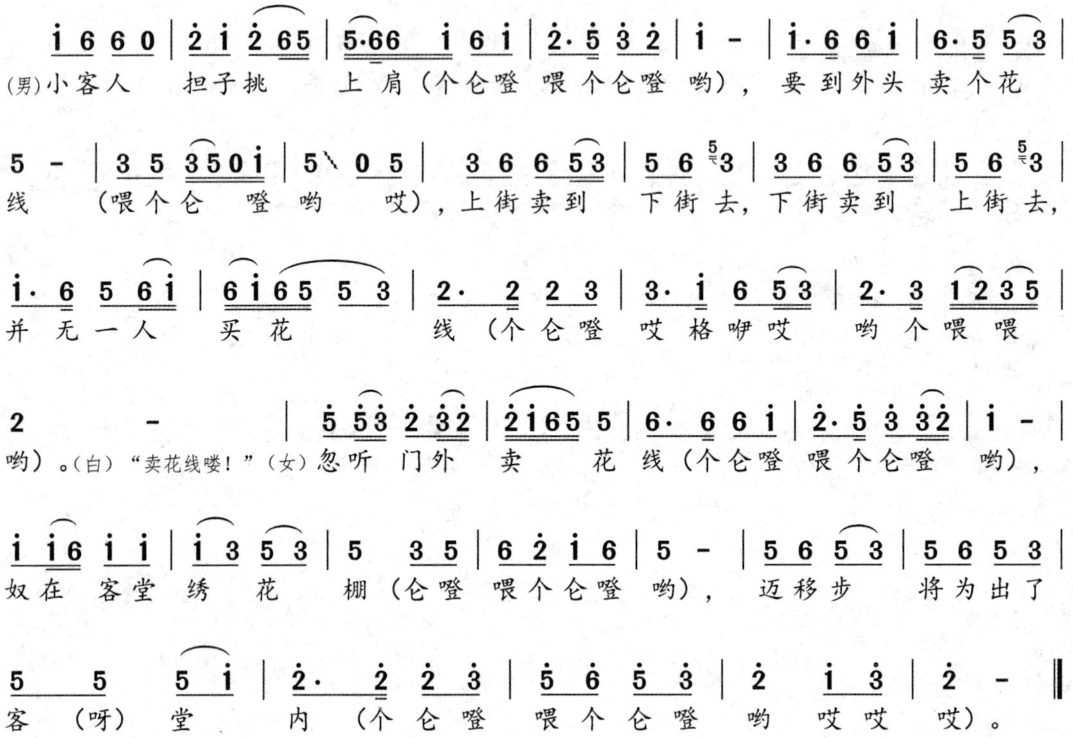

```
i660 | 2i 2 65 | 5·66 i6i | 2·5 32 | i - | i·66i | 6·5 53 |
```
(男)小客人　担子挑　上肩(个仑噔 喂个仑噔 哟)，要 到外头 卖个花

```
5 - | 35 3501 | 5 05 | 36 6 53 | 56 5/3 | 36 6 53 | 56 5/3 |
```
线　(喂个仑 噔哟 哎)，上街卖到 下街去，下街卖到 上街去，

```
i·6 56i | 6i65 53 | 2· 223 | 3·i 6 53 | 2·3 1235 |
```
并无一人 买花　线(个仑噔 哎格咿哎 哟个喂喂

```
2 -　| 553 232 | 2i65 5 | 6·66i | 2·5 33 2 | i - |
```
哟)。(白)"卖花线喽！"(女)忽听 门外 卖　花线(个仑噔 喂个仑噔 哟)，

```
ii6 ii | i3 53 | 5 35 | 62i6 | 5 - | 565 3 | 56 53 |
```
奴在 客堂绣花 棚(仑噔 喂个仑噔 哟)，迈移步 将为出了

```
55 5i | 2· 223 | 56 53 | 2 i 3 | 2 - ‖
```
客(呀)堂 内(个仑噔 喂个仑噔 哟哎哎 哎)。

记录：周大风

扫码听歌

卖花线（四）

（宁波）

1=G 2/4

中速

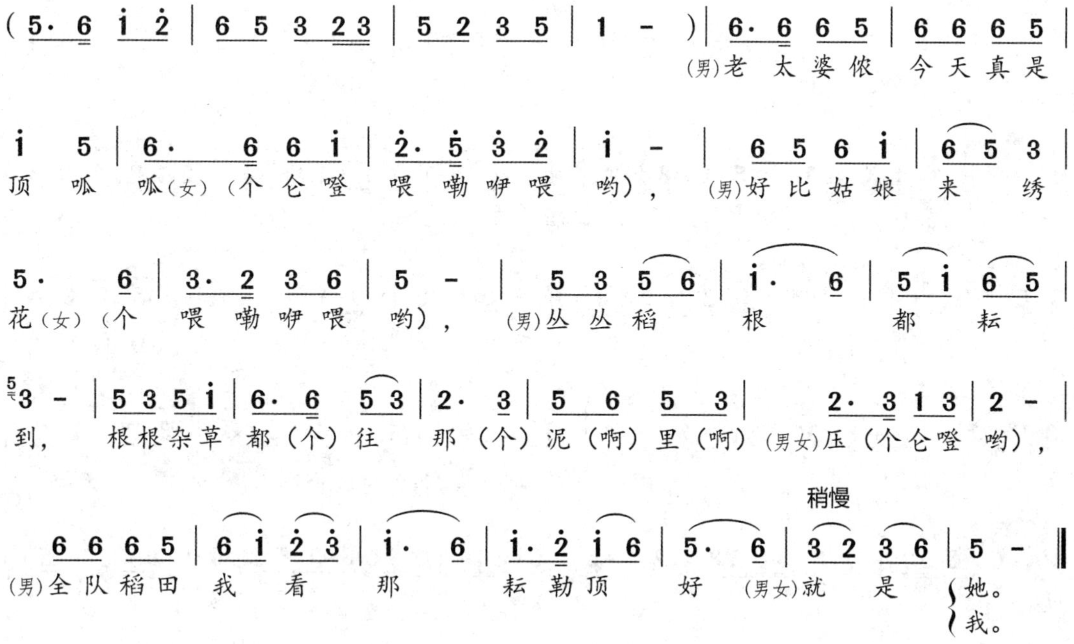

（5·6 i 2̇ | 6 5 3 2̇3̇ | 5 2 3 5 | 1 -）| 6·6 6 5 | 6 6 6 5 |

（男）老 太 婆 侬　今 天 真 是

i 5 | 6· 6 6 i | 2̇·5̇ 3̇ 2̇ | i - | 6 5 6 i | 6 5 3 |

顶 呱 呱（女）（个 仑 噔 喂 嘞 咿 喂　哟）， （男）好 比 姑 娘 来　绣

5· 6 | 3·2̇ 3 6 | 5 - | 5 3 5 6 | i· 6 | 5 i 6 5 |

花（女）（个 　喂 嘞 咿 喂　哟）， （男）丛 丛 稻　根　都 耘

⁵3̇ - | 5 3 5 i | 6·6 | 5 3 | 2· 3 | 5 6 5 3 | 2·3̇ 1 3 | 2 - |

到，　根 根 杂 草 都（个）往 那（个）泥（啊）里（啊）（男女）压（个 仑 噔 哟），

稍慢

6 6 6 5 | 6 i 2̇3̇ | i· 6 | i· 2̇ i 6 | 5· 6 | 3 2̇ 3 6 | 5 - ‖

（男）全 队 稻 田 我 看 那　耘 勒 顶 好（男女）就 是 ⌇她。
　　　　　　　　　　　　　　　　　　　　　　　　　　⌇我。

记录：王与昌
演唱：汪 平　李佩菁
　　　史 艳

扫码听歌

满 江 红

（宁波）

1=C 2/4

中速 稍慢

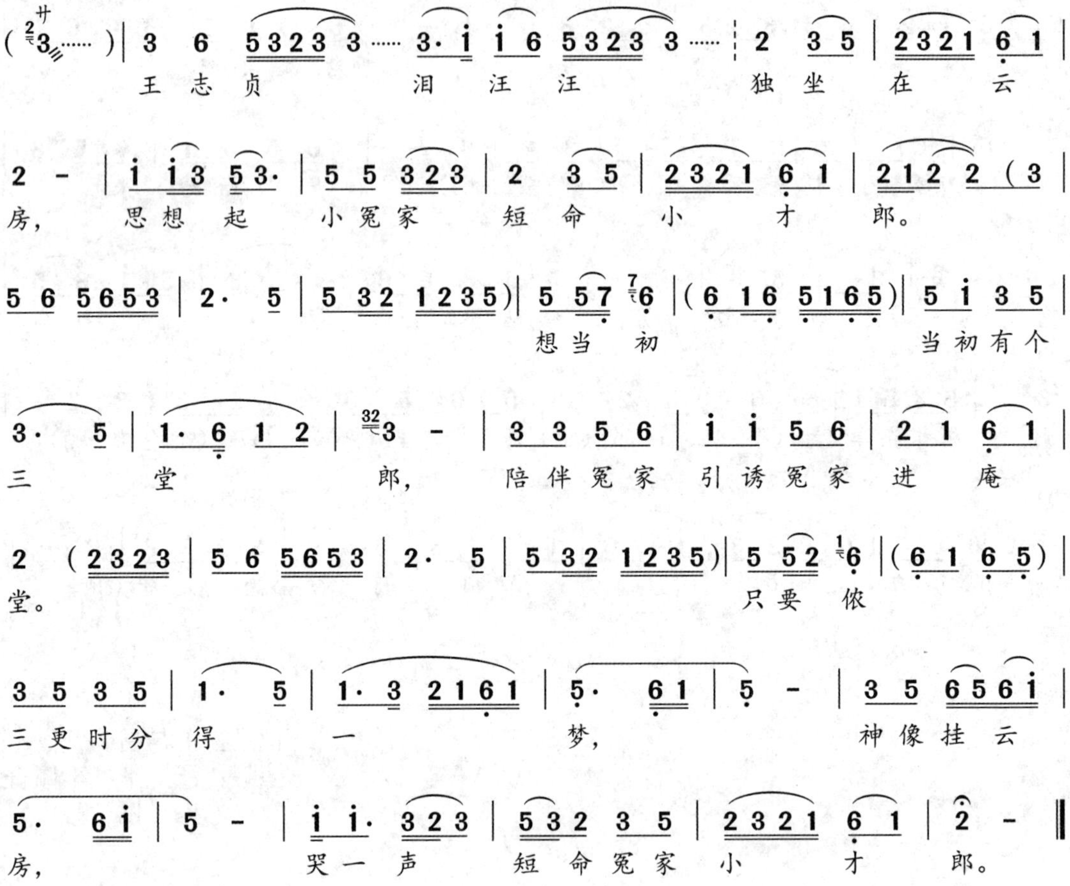

$(2̲3̲……)$ | 3 6 5̲3̲2̲3̲ 3…… 3·1̲ 1̲6̲ 5̲3̲2̲3̲ 3…… | 2 3̲5̲ | 2̲3̲2̲1̲ 6̲1̲ |
王 志 贞　　泪 汪 汪　　独 坐 在 云

2 - | 1̲1̲1̲3̲ 5̲3̲· | 5̲5̲ 3̲2̲3̲ | 2 3̲5̲ | 2̲3̲2̲1̲ 6̲1̲ | 2̲1̲2̲ 2 (3̲ |
房，　思 想 起　小 冤 家　短 命 小　才 郎。

5̲ 6̲ 5̲6̲5̲3̲ | 2·5̲ | 5̲ 3̲2̲ 1̲2̲3̲5̲) | 5̲5̲7̲ 7̲6̲ | (6̲ 1̲6̲ 5̲1̲6̲5̲) | 5 1̲ 3̲5̲ |
想 当 初　　　当 初 有 个

3·5̲ | 1·6̲ 6̲1̲2̲ | 3̲2̲3 - | 3̲3̲5̲6̲ | 1̲1̲ 5̲6̲ | 2̲1̲ 6̲1̲ |
三　　堂　　郎，　陪 伴 冤 家 引 诱 冤 家 进 庵

2 (2̲3̲2̲3̲ | 5̲ 6̲ 5̲6̲5̲3̲ | 2·5̲ | 5̲ 3̲2̲ 1̲2̲3̲5̲) | 5̲5̲2̲ 7̲6̲ | (6̲ 1̲6̲ 5̲) |
堂。　　　　　　　　　　　　　　　只 要 侬

3̲5̲ 3̲5̲ | 1·5̲ | 1·3̲ 2̲1̲6̲1̲ | 5̲· 6̲1̲ | 5 - | 3̲5̲ 6̲5̲6̲1̲ |
三 更 时 分 得　一　　　　梦，　　神 像 挂 云

5̲· 6̲1̲ | 5 - | 1̲1̲ 1̲·3̲2̲3 | 5̲3̲2̲ 3̲5̲ | 2̲3̲2̲1̲ 6̲1̲ | 2̲ - ‖
房，　　哭 一 声 短 命 冤 家 小　才　郎。

原唱：金玉兰
记录：周大风
演唱：王文宝

媒人两边夸（泗洲调）

（宁波）

1=F 4/4

中速 稍快

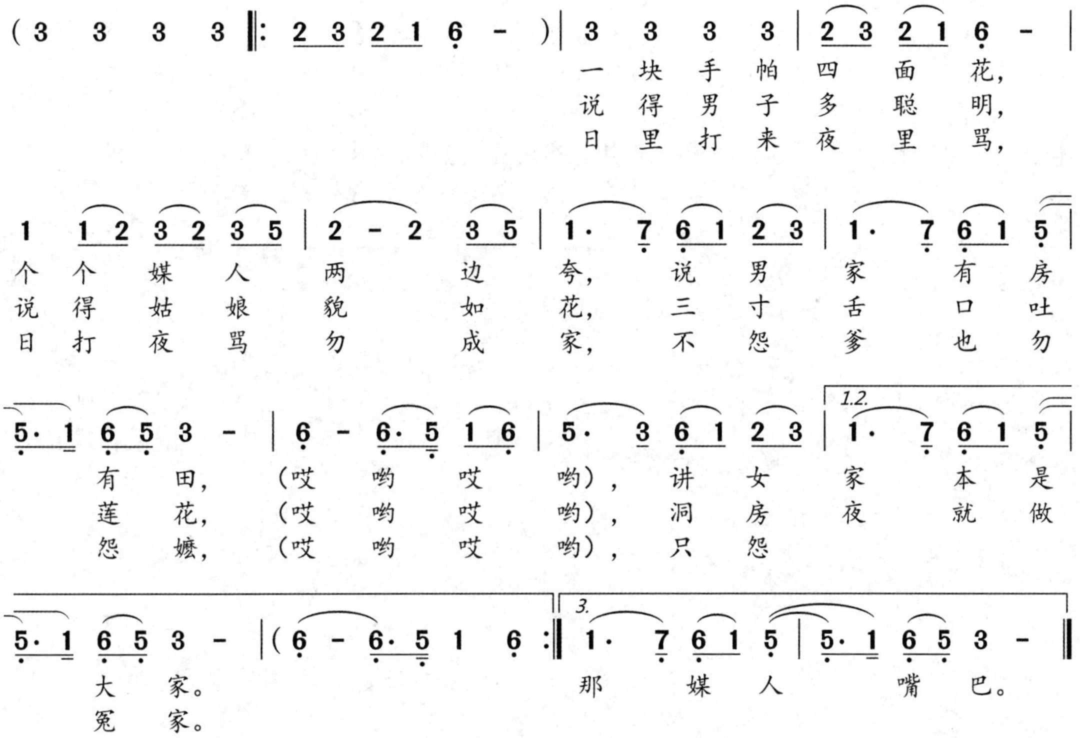

```
( 3  3  3  3 ‖: 2 3 2 1 6̣ - ) | 3  3  3  3 | 2 3 2 1 6̣ - |
                                  一 块 手 帕 四 面 花，
                                  说 得 男 子 多 聪 明，
                                  日 里 打 来 夜 里 骂，

1 1 2 3 2 3 5 | 2 - 2 3 5 | 1· 7̣ 6̣ 1 2 3 | 1· 7̣ 6̣ 1 5̣ |
个 个 媒 人 两    边   夸， 说 男   家   有   房
说 得 姑 娘 貌    如   花， 三 寸   舌   口   吐
日 打 夜 骂 勿    成   家， 不 怨   爹   也   勿

5·̣ 1 6̣ 5̣ 3 - | 6̣ - 6·̣ 5̣ 1 6̣ | 5̣· 3 6̣ 1 2 3 | 1· 7̣ 6̣ 1 5̣ |
有  田， （哎   哟 哎   哟）， 讲 女   家   本 是
莲  花， （哎   哟 哎   哟）， 洞 房   夜   就 做
怨  嬷， （哎   哟 哎   哟）， 只 怨

                                                      1.2.

5·̣ 1 6̣ 5̣ 3 - | (6̣ - 6·̣ 5̣ 1 6̣: ‖ 1· 7̣ 6̣ 1 5̣ | 5̣· 1 6̣ 5̣ 3 - ‖
大  家。                              那 媒   人   嘴 巴。
冤  家。

                                     3.
```

整理：汪 平

39

摸骨相

（宁波）

1=G 2/4

中速 稍快

```
6  3   2  1  | ᵗ6 1 1 | 6  3   2  1  | ᵗ6 1 1 | 6  1  1  |
·
未曾 开言   把 话 表，  唤声 叹气   头 先 摇，  银龙 我
```

```
6  3   2  1· | 6 1 1 | 3  3   2  1  | ⁶1 6 1 |  （中略）  |
·       ̲      ·                ̲
碰上 一 桩   为 难 事，  心里 急 得   像 火 烧。
```

```
3  3·  2 1  | 1  2 | 5  -  | 3  2  3  5 | 6  -  ‖
·     ̲             ·         ·
被我 姆 妈   来 知  晓。
```

记录：翁正庭

"银龙"为人名。

木 莲 花（一）

（宁波）

1＝C 2/4

中速 稍快 热烈地

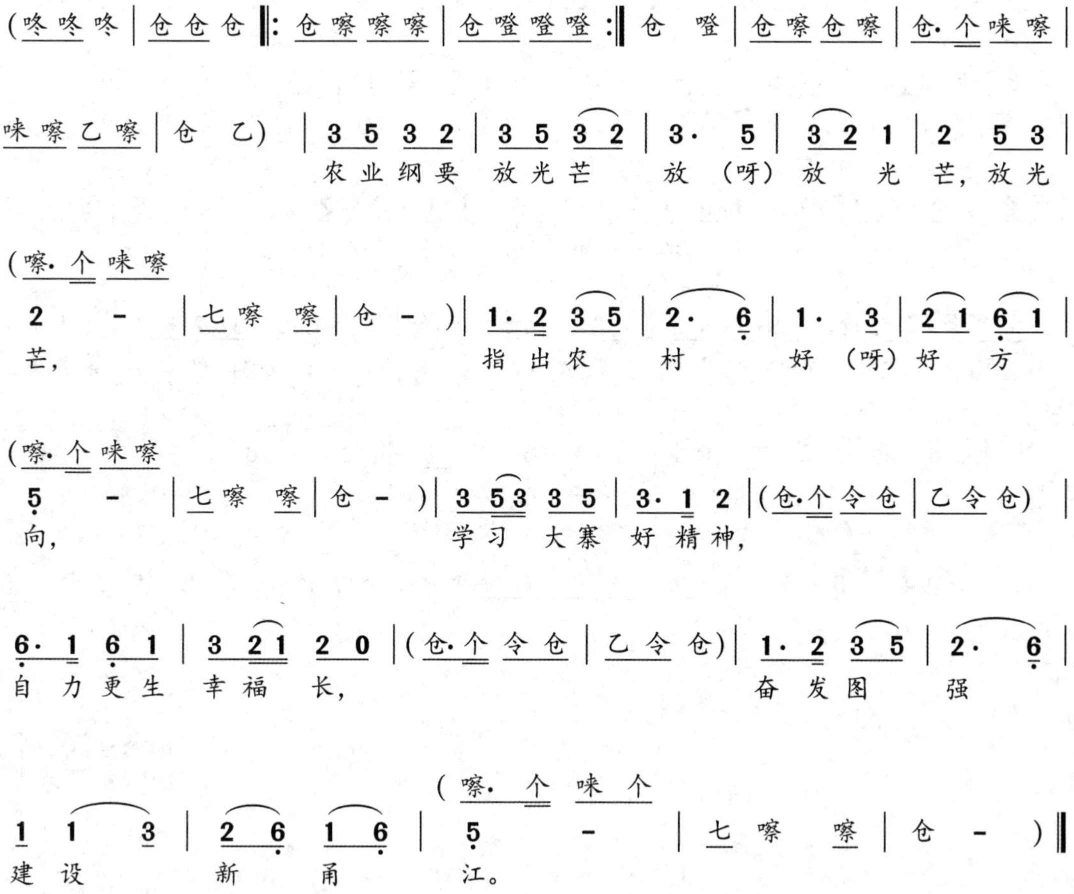

（咚咚咚｜仓仓仓 ‖：仓嚓嚓嚓｜仓噔噔噔 ：‖ 仓 噔｜仓嚓仓嚓｜仓·个 唻嚓｜

唻嚓乙嚓｜仓 乙） ｜ 3 5 3 2｜3 5 3 2｜3· 5｜3 2 1｜2 5 3｜
　　　　　　　　　　农业 纲要 放光芒 放（呀）放 光 芒，放光

（嚓·个 唻嚓

2 － ｜七嚓 嚓｜仓 －） ｜ 1· 2 3 5｜2· 6｜1· 3｜2 1 6 1｜
芒，　　　　　　　　　　指 出农 村 好（呀）好 方

（嚓·个 唻嚓

5 － ｜七嚓 嚓｜仓 －） ｜ 3 5 3 3 5｜3· 1 2｜（仓个令仓｜乙令仓）｜
向，　　　　　　　　　学习 大寨 好精 神，

6· 1 6 1｜3 2 1 2 0｜（仓个令仓｜乙令仓）｜1· 2 3 5｜2· 6｜
自力更生 幸福 长，　　　　　　　　　奋 发图 强

（ 嚓· 个 唻个

1 1 3｜2 6 1 6｜5 － ｜七嚓 嚓｜仓 －） ‖
建设 新 甬 江。

扫码听歌

木 莲 花（二）

（宁波）

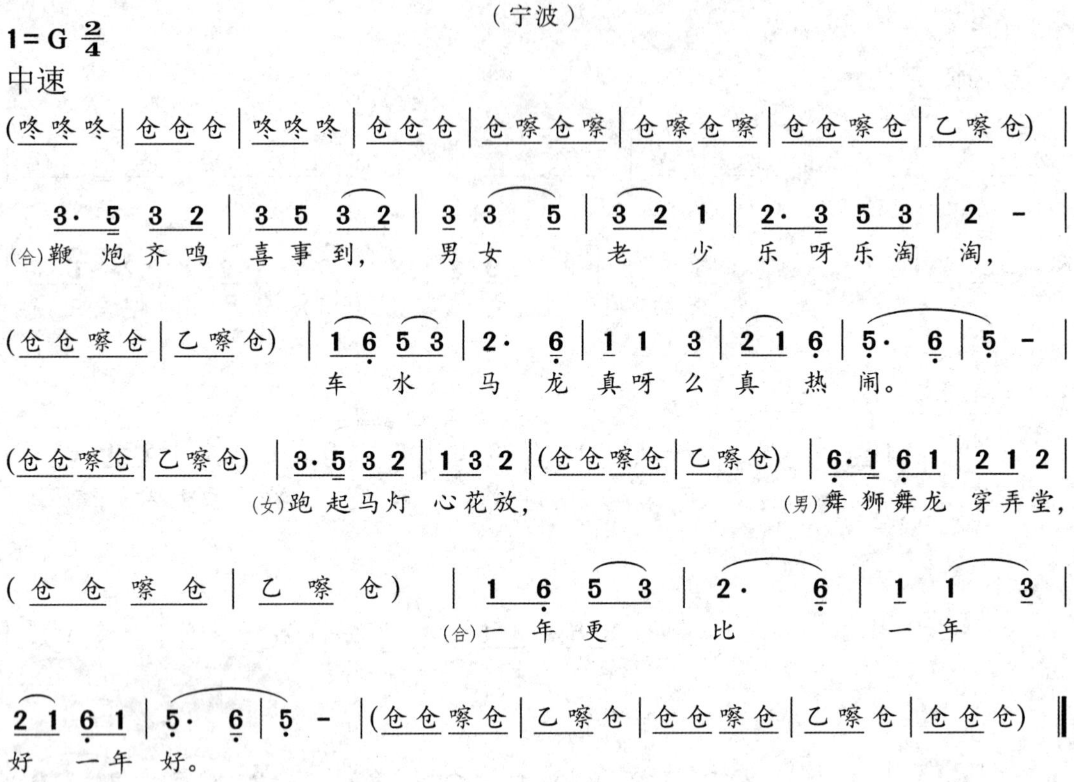

1 = G 2/4

中速

（咚咚咚｜仓仓仓｜咚咚咚｜仓仓仓｜仓嚓仓嚓｜仓嚓仓嚓｜仓仓嚓仓｜乙嚓仓）｜

3·5 5 3 2｜3 5 5 3 2｜3 3 5｜3 2 1｜2·3 5 3｜2 -｜
（合）鞭 炮 齐 鸣 喜事到，   男女   老 少 乐 呀乐淘 淘，

（仓仓嚓仓｜乙嚓仓）｜1 6 5 3｜2· 6｜1 1 3｜2 1 6｜5· 6｜5 -｜
                 车 水 马 龙 真呀 么 真 热 闹。

（仓仓嚓仓｜乙嚓仓）｜3·5 5 3 2｜1 3 2｜（仓仓嚓仓｜乙嚓仓）｜6· 1 6 1｜2 1 2｜
（女）跑 起马灯 心花放，   （男）舞 狮舞龙 穿弄堂，

（仓 仓 嚓 仓｜乙 嚓 仓）｜1 6 5 3｜2· 6｜1 1 3｜
（合）一 年 更 比   一 年

2 1 6 1｜5· 6｜5 -｜（仓仓嚓仓｜乙嚓仓｜仓仓嚓仓｜乙嚓仓｜仓仓仓）‖
好 一 年 好。

记录：汪 平
演唱：李佩菁
      汪 平

宁波凤阳花鼓调

（宁波）

1=C 4/4

中速 稍慢

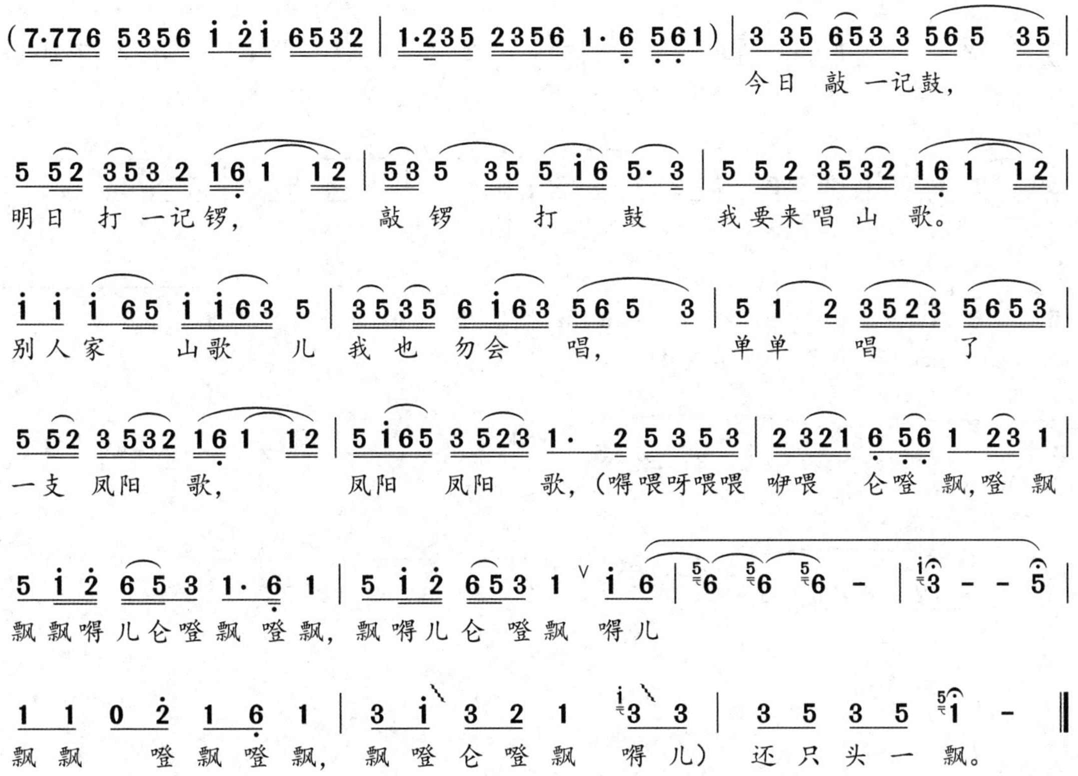

(7·776 5356 1̇ 2̇1̇ 6532 | 1·235 2356 1·6 561) | 3 35 653 3 565 35 |

今日 敲 一记鼓,

5 52 3532 2 16 1 | 12 | 535 35 5 1 65 5·3 | 5 52 3532 16 1 | 12 |

明日 打 一记锣, 敲锣 打 鼓 我要来唱山歌。

1̇ 1̇ 1̇ 1̇ 65 1̇ 1̇ 63 5 | 3 5 3 5 6 1̇ 63 565 3 | 5 1 2 3 5 2 3 5 6 5 3 |

别人家 山歌 儿 我也勿会 唱, 单单 唱 了

5 52 3532 16 1 | 12 | 5 1̇ 65 3 5 2 3 1· 2 5 3 5 3 | 2 321 6 56 1 23 1 |

一支 凤阳 歌, 凤阳 凤阳 歌,(嗱喂呀喂喂 咿喂 仑噔 飘,噔 飘

5 1̇ 2̇ 653 1·61 | 5 1̇ 2̇ 653 1 ∨ 16 | 6 6 6 - | 3 - - 5 |

飘飘嗱儿仑噔飘 噔飘, 飘嗱儿仑 噔飘 嗱儿

1 1 0 2̇ 16 1 | 3 1̇ 321 3 3 | 3 5 3 5 1 - ‖

飘飘 噔飘噔飘, 飘噔仑噔飘 嗱儿) 还只头一飘。

记录：汪 平

演唱：乐 静

七 朵 花（一）

（宁波）

1=A 4/4

中速

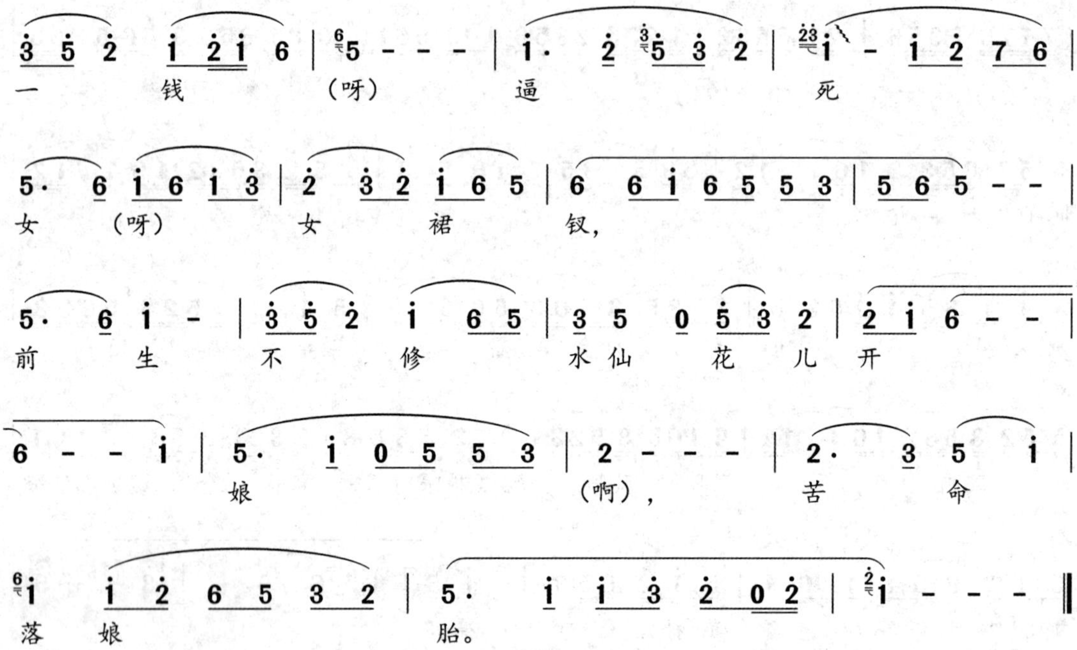

```
3 5 2  i 2 i 6 | 6̆5 - - - | i· 2 3̆5 3 2 | 2̆3i - i i 2 7 6 |
一    钱  （呀）      逼      死

5· 6 i 6 i 3 | 2  3 2 i 6 5 | 6  6 i 6 5 5 3 | 5 6 5 - - |
女 （呀） 女 裙   钗，

5· 6 i - | 3 5 2  i  6 5 | 3 5 0 5 3 2 | 2 i 6 - - |
前 生 不 修  水 仙 花 儿 开

6 - - i | 5· i 0 5 5 3 | 2 - - - | 2· 3 5  i |
娘          （啊），  苦 命

6̆i  i i 2 6 5 3 2 | 5· i i 3 2 0 2 | 2̆i - - - ‖
落 娘          胎。
```

原唱：金玉兰
记录：李 微

44

扫码听歌

宁波、鄞州、镇海

俏 扮 嫂

（宁波）

1=G 2/4

中速

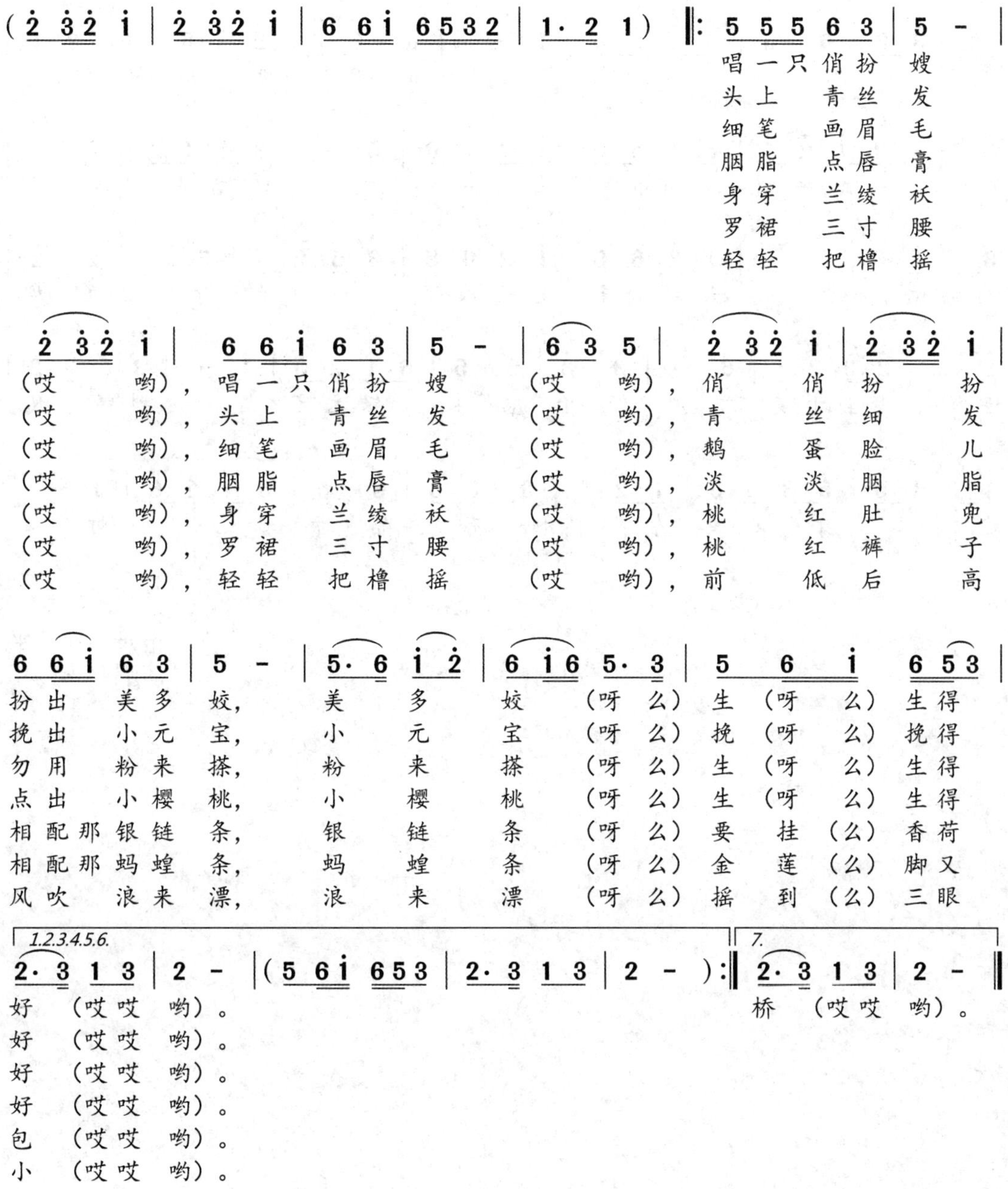

（ $\underline{\dot{2}\ \dot{3}\ \dot{2}}\ \dot{1}$ | $\underline{\dot{2}\ \dot{3}\ \dot{2}}\ \dot{1}$ | $\underline{6\ 6\ \dot{1}}\ \underline{6\ 5\ 3\ 2}$ | $1\cdot\ \underline{2}\ 1$) ‖: 5 5 5 5 | 6 3 | 5 - |

唱 一只 俏 扮 嫂发毛膏袄腰摇
头 上笔 青 画 眉唇绫寸橹
胭 脂穿 点 兰 裙三把
身 罗 轻 轻

$\underline{\dot{2}\ \dot{3}\ \dot{2}}\ \dot{1}$ | $\underline{6\ 6\ \dot{1}}\ \underline{6\ 3}$ | 5 - | 6 3 5 | $\underline{\dot{2}\ \dot{3}\ \dot{2}}\ \dot{1}$ | $\underline{\dot{2}\ \dot{3}\ \dot{2}}\ \dot{1}$ |

（哎 哟）， 唱一只 俏 扮 嫂 （哎 哟）， 俏 俏 扮 扮发
（哎 哟）， 头上 青 丝 发 （哎 哟）， 青 丝 细
（哎 哟）， 细笔 画 眉 毛 （哎 哟）， 鹅 蛋 脸儿脂
（哎 哟）， 胭脂 点 唇 膏 （哎 哟）， 淡 淡 胭
（哎 哟）， 身穿 兰 绫 袄 （哎 哟）， 桃 红 肚兜子
（哎 哟）， 罗裙 三 寸 橹 （哎 哟）， 桃 红 裤
（哎 哟）， 轻轻 把 橹 摇 （哎 哟）， 前 低 后 高

$\underline{6\ 6\ \dot{1}}\ \underline{6\ 3}$ | 5 - | $\underline{5\cdot\ 6}\ \underline{\dot{1}\ \dot{2}}$ | $\underline{6\ \dot{1}}\ \underline{5\cdot\ 3}$ | 5 6 | $\dot{1}$ | $\underline{6\ 5\ 3}$ |

扮出 美 多 姣， 美 多 姣 （呀 么）生 （呀 么）生得
挽出 小 元 宝， 小 元 宝 （呀 么）挽 （呀 么）挽得
勿用 粉 来 搽， 小 粉 来 搽 （呀 么）生 （呀 么）生得
点出 小 樱 桃， 小 樱 桃 （呀 么）生 （呀 么）生得
相配那 银 链 条， 银 链 条 （呀 么）要 挂 （么）香
相配那 蚂 蝗 条， 蚂 蝗 条 （呀 么）生 挂 （么）脚 又
风吹 浪 来 漂， 浪 来 漂 （呀 么）摇 到 （么）三 眼

_1.2.3.4.5.6._
$2\cdot\ \underline{3}\ 1$ 3 | 2 - | ($\underline{5\ 6\ \dot{1}}\ \underline{6\ 5\ 3}$ | $2\cdot\ \underline{3}\ 1$ 3 | 2 -) :‖

_7._
$2\cdot\ \underline{3}\ 1$ 3 | 2 - ‖

好 （哎哎 哟）。 桥 （哎哎 哟）。
好 （哎哎 哟）。
好 （哎哎 哟）。
好 （哎哎 哟）。
包 （哎哎 哟）。
小 （哎哎 哟）。

记录：汪 平
演唱：乐 静

青 年 曲

（宁波）

1 = D 2/4

中速

（3̇ 3̇3̇ | 6 5 | 6 1̇ 2̇ 6 | 1̇ - ）| 6 6̇3̇ 5. 6 | 1̇ 2̇1̇ |

　　　　　　　　　　　　　　　　正 月　　里 个 看 花

6 - | 1̇ 1̇ 2̇ 1̇ | 6 1̇ 5 6 | 1̇ 2̇ 1̇ 6 | 5 - | 3 5 2 3 | 5 - |

灯，　　一 路 平 安，二 仙 和 合，三 星 高 照 灯，　四 季 平 安 灯，

3 5 2 3 | 5 - | 1̇ 2̇ 6 5 | 1̇ 2̇ 6 5 | 3 5 2 3 | 5 - | 2̇ 2̇ |

五 福 临 门 灯，　六 彩 顺 利，七 子 八 婿，八 仙 过 海 灯，　九 九

3̇ 3̇ | 2̇ 3̇ 2̇ 1̇ | 6 - | 3̇ 3̇ | 6 5 | 6 1̇ 2̇ 6 | 1̇ - | 3 5 3 2 |

连 环，十 全 十 美 灯，　狮 子 滚 球，金 银 元 宝 灯，　麒 麟 下 凡

1̇ 2̇ 1̇ 6 | 5 3 5 6 | 1̇ 2̇ 1̇ | 3 3̇ 3̇ | 6 5 | 6 1̇ 2̇ 6 | 1̇ - ‖

迎 春 灯。 身 跨 白 鹤 寿 星 灯，还 有 个 富 贵 牡 丹　灯。

记录：汪 平
演唱：李锡年

劝 人 五 更

（宁波）

1 = G 4/4

中速

| 5 5 3 5 i 6 | ⁶⁷5 - - - | 3· 5 6 i 6 5 5 3 | 2 - - - |

一 更 月 子 里， 月 儿 照 东 升，

| 2 2 3 5 6 5 | 2 5 3 2 1· 6 | 5· 3 5 2 3 1 6 | 5 - - - |

劝 同 胞 勿 可 嫖， 嫖 是 伤 精 神，

| 5 5 6 i 5 3 | 5 5 6 i 5 5 3 | 5 6 i 6 5 5 3 |³2 - - - |

妓（呀）院（呀）女子，胭（呀）脂（呀）花粉， 打 扮 多 迷 人，

| 2 2 3 5 - | 2 3 2 1 ⁶5 - | 5 5 3 5 1 2 5 3 | 2· 3 2 1 6 1 |⁶5 - - - ‖

害 同 胞 落 圈 套， 切 勿 可 入 迷 魂 阵 （哎 哎 哟）。

记录：周大风
演唱：吕 明

三番十二郎

（宁波）

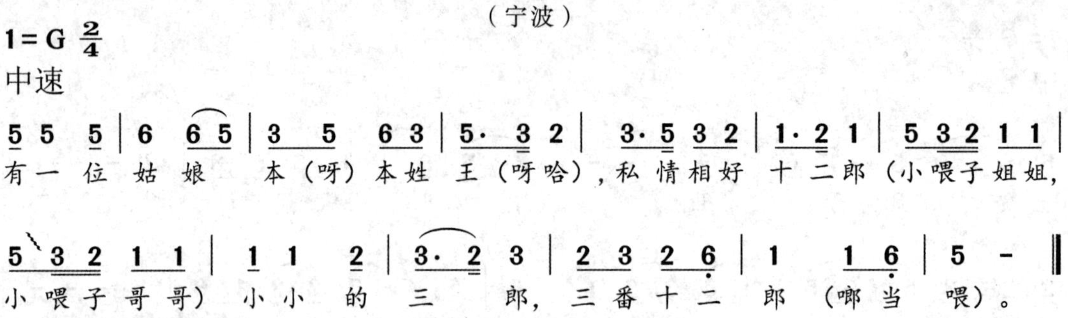

1=G 2/4

中速

```
5  5  5 | 6  6 5 | 3  5  6 3 | 5· 3 2 | 3· 5 3 2 | 1· 2 1 | 5 3 2 1 1 |
有 一 位 姑 娘  本（呀）本姓 王（呀哈），私 情 相 好 十 二 郎（小喂子姐姐，

5  3 2 1 1 | 1 1  2 | 3· 2 3 | 2 3 2 6 | 1  1 6 | 5  - ‖
小 喂 子 哥 哥） 小 小 的 三  郎，三 番 十 二 郎（嘟 当 喂）。
```

记录：洛 地

三 姑 娘 调

(宁波)

1=♭B 4/4

中速

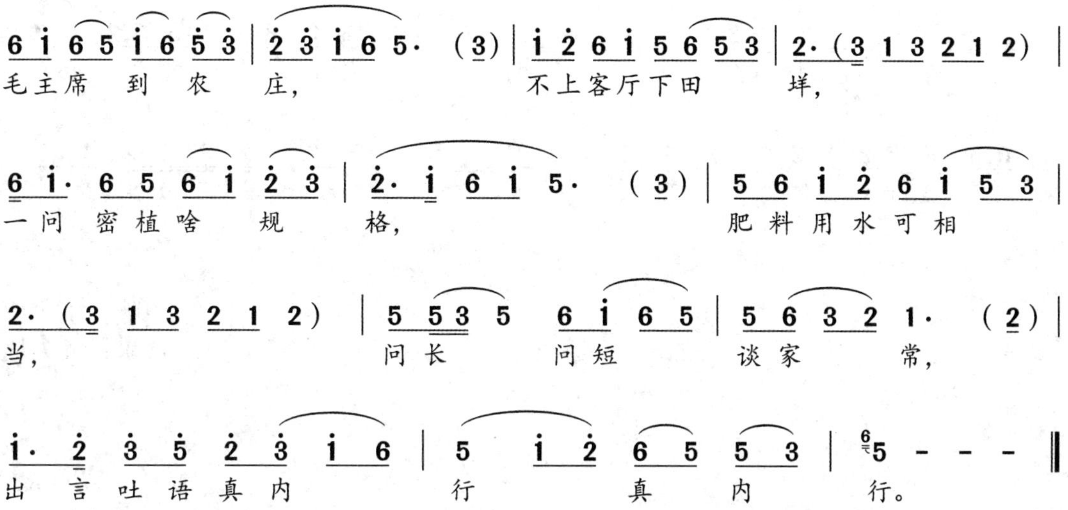

6 i 6 5 i 6 5 3 | 2 3 i 6 5· (3) | i 2 6 i 5 6 5 3 | 2·(3 1 3 2 1 2) |
毛主席 到 农 庄，　　　　不上客厅下田　埠，

6 i· 6 5 6 i 2 3 | 2· i 6 i 5· (3) | 5 6 i 2 6 i 5 3 |
一 问 密植 啥 规 格，　　　　肥料用水可相

2·(3 1 3 2 1 2) | 5 5 3 5 6 i 6 5 | 5 6 3 2 1· (2) |
当，　　　　问长 问短 谈家 常，

i· 2 3 5 2 3 i 6 | 5 i 2 6 5 5 3 | 6̌5 - - - ‖
出言吐语真内　行 真内　　行。

演唱：吕 明

三桃七枝梅（新闻调）

（宁波）

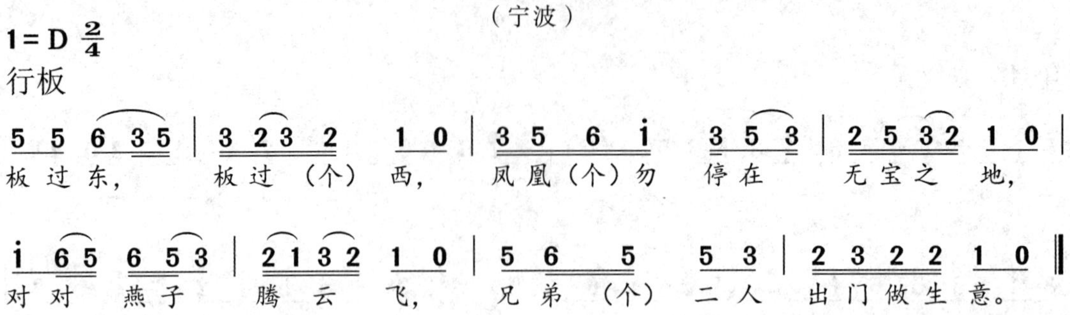

1 = D 2/4

行板

```
5 5  6 3 5 | 3 2 3 2  1 0 | 3 5 6  i | 3 5 3 | 2 5 3 2  1 0 |
板过 东，    板过（个）西，    凤凰（个）勿  停在    无宝之  地，

i 6 5  6 5 3 | 2 1 3 2  1 0 | 5 6  5  5 3 | 2 3 2 2  1 0 ‖
对对 燕子  腾云 飞，    兄弟（个）二人  出门 做生意。
```

原唱：王少庭
记录：周大风

山 歌 调

（宁波）

1=D 2/4

行板

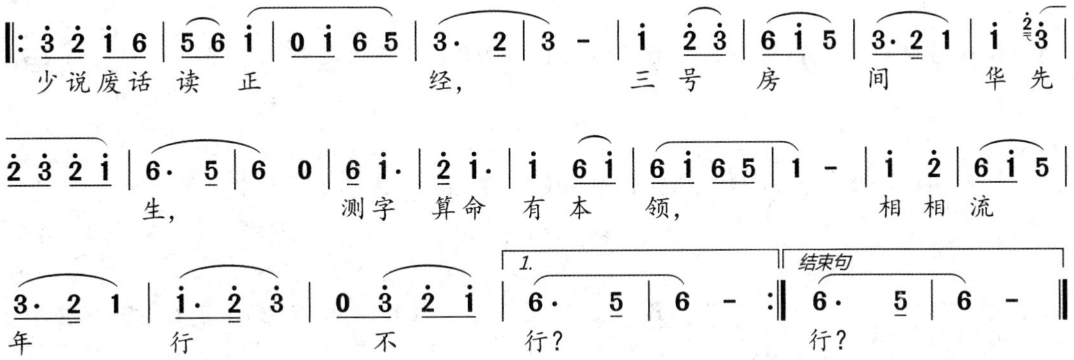

```
‖: 3 2 1 6 | 5 6 i | 0 i 6 5 | 3· 2 3 - | i 2 3 | 6 i 5 | 3· 2 1 | i 2 3 |
   少 说 废话 读 正        经，       三 号 房   间    华 先
```

```
2 3 2 i | 6· 5 | 6 0 6 i· | 2 i· | i 6 i | 6 i 6 5 | 1 - | i 2 | 6 i 5 |
生，        测字 算命  有 本   领，            相 相 流
```

```
3· 2 1 | i· 2 3 | 0 3 2 i | [1. 6· 5 | 6 - :‖ [结束句 6· 5 | 6 - ‖
年    行       不   行？            行？
```

原唱：王幼庭
记录：田晓东

扫码听歌

十 杯 酒

（宁波）

1 = C 4/4

中速 稍慢

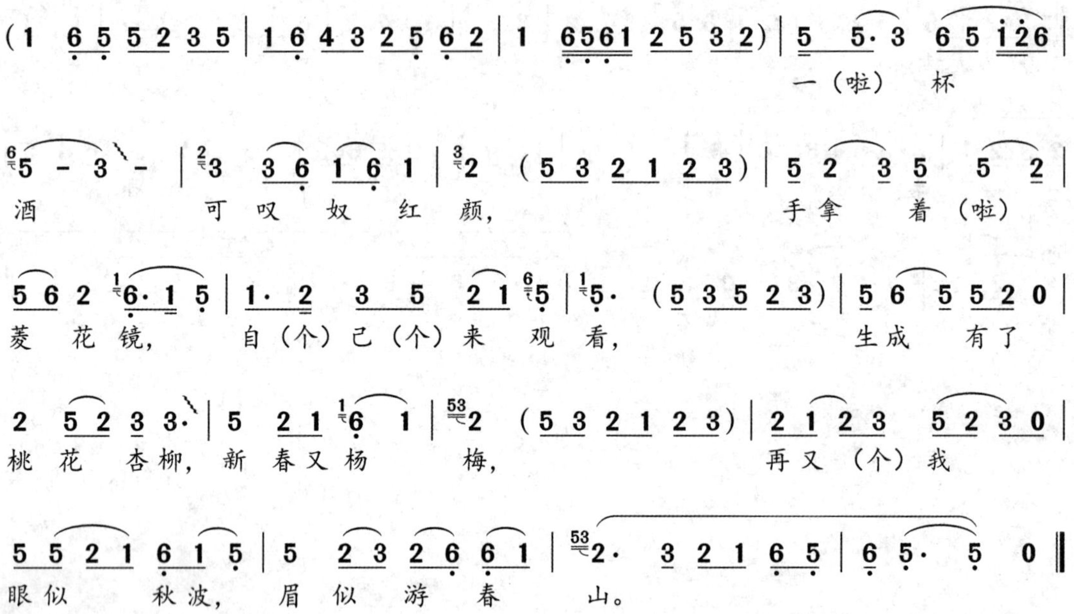

(1 6̣ 5̣ 5̣ 2 3 5 | 1 6̣ 4̣ 3̣ 2 5̣ 6̣ 2 | 1 6̣ 5̣ 6̣ 1 2 5 3 2) | 5 5.3 6 5 1̇ 2̇ 6 |
　　　　　　　　　　　　　　　　　　　　　　　　　　　　　　　　　一（啦） 杯

5 - 3 - | 3 3 6 1 6 1 | 2 (5 3 2 1 2 3) | 5 2 3 5 5 2 |
酒　　　可 叹 奴 红 颜，　　　　　　手 拿 着（啦）

5 6 2 6.1 5 | 1. 2 3 5 2 1 6̣ 5̣ | 5̇. (5 3 5 2 3) | 5 6 5 5 2 0 |
菱 花 镜，　　自（个）己（个）来 观 看，　　生 成 有 了

2 5 2 3 3. | 5 2 1 6̣ 1 | 2 (5 3 2 1 2 3) | 2 1 2 3 5 2 3 0 |
桃 花 杏 柳，新 春 又 杨 梅，　　　　　再 又（个）我

5 5 2 1 6̣ 1 5̣ | 5 2 3 2 6̣ 6̣ 1 | 2. 3 2 1 6̣ 5̣ | 6̣ 5̣. 5̣ 0 ‖
眼 似 秋 波，眉 似 游 春 山。

原唱：吴明春
记录：翁正庭
演唱：孙 丹

52

手扶栏杆

（宁波）

1=A 4/4

中速 稍慢

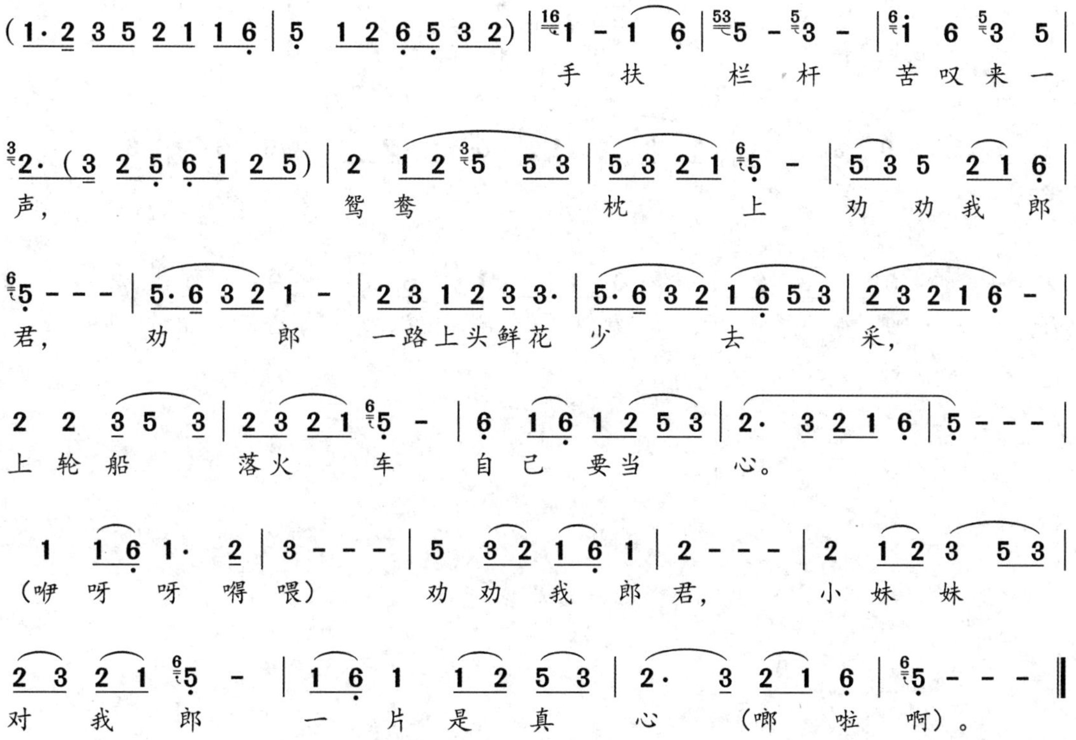

(1·235 2116 | 5. 126 5 32) | 16 1 - 1 6 | 53 5 - 5 3 - | 6 1 6 35 |
　　　　　　　　　　　　　　　　　手扶 栏 杆 　苦 叹 来 一

3 2·(3 2 5 6 1 2 5) | 2 1 2 3 5 53 | 5 3 2 1 6 5 - | 5 3 5 2 1 6 |
声,　　　鸳 鸯　　枕 上　劝 劝 我 郎

6 5 - - - | 5· 6 3 2 1 - | 2 3 1 2 3 3· 5· 6 3 2 1 6 5 3 | 2 3 2 1 6 - |
君,　劝　郎　一 路 上 头 鲜 花 少　去　采,

2 2 3 5 3 | 2 3 2 1 6 5 - | 6 1 6 1 2 5 3 | 2· 3 2 1 6 | 5 - - - |
上 轮 船　落 火 车　自 己 要 当　心。

1 1 6 1· 2 | 3 - - - | 5 3 2 1 6 1 | 2 - - - | 2 1 2 3 53 |
(咿 呀 呀 嘚 喂)　劝 劝 我 郎 君,　小 妹 妹

2 3 2 1 6 5 - | 1 6 1 1 2 5 3 | 2· 3 2 1 6 | 6 5 - - - ‖
对 我 郎　一 片 是 真 心 (嘟 啦 啊)。

原唱：陈凤英
记录：李 微

双看相调

（宁波）

1 = G 2/4

中速 稍快

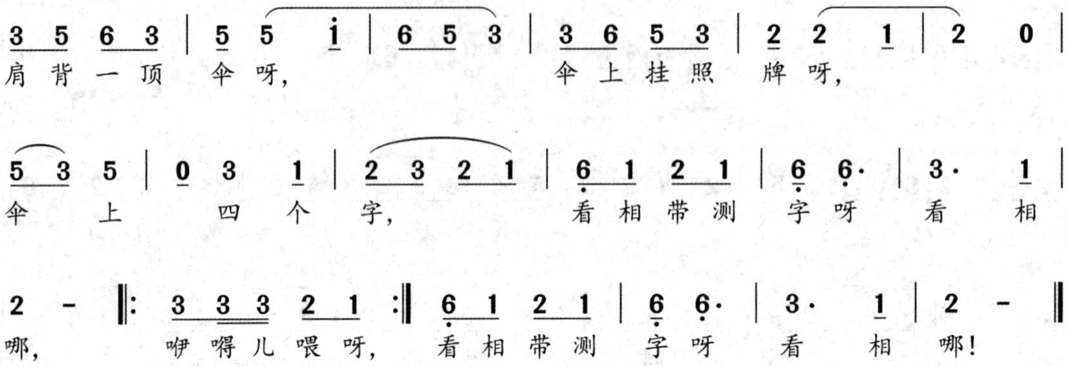

```
3 5 6 3 | 5 5  i | 6 5 3 | 3 6 5 3 | 2 2 1 | 2 0 |
肩背一顶  伞呀,        伞上挂照 牌呀,

5 3 5 | 0 3 1 | 2 3 2 1 | 6 1 2 1 | 6 6· | 3· 1 |
伞 上 四个 字,    看相带测字呀 看 相

2 - ‖: 3 3 3 2 1 :‖ 6 1 2 1 | 6 6· | 3· 1 | 2 - ‖
哪,     咿嗝儿喂呀, 看相带测 字呀 看 相 哪!
```

四 大 景

（宁波）

1=A $\frac{2}{4}$

中速

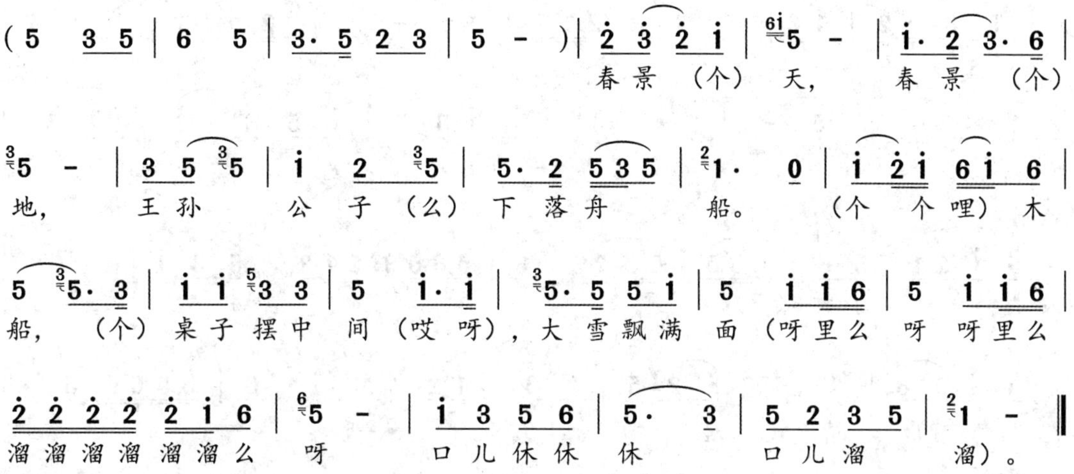

（5 3 5 | 6 5 | 3·5 2 3 | 5 - ）| 2 3 2 1 | 6 1 5 - | 1·2 3·6 |

　　　　　　　　　　　　　　　　　　春景（个）天，　春景（个）

5 - | 3 5 5 | 1 2 5 | 5·2 5 3 5 | 2 1· 0 | 1 2 1 6 1 6 |

地，　王孙　公子（么）下落舟　船。　（个　个哩）木

5 5·3 | 1 1 3 3 | 5 1·1 | 5 5 5 1 | 5 1 1 6 | 5 1 1 6 |

船，（个）桌子摆中间（哎呀），大雪飘满面（呀里么 呀 呀里么

2 2 2 2 2 1 6 | 6 5 - | 1 3 5 6 | 5·3 | 5 2 3 5 | 2 1 - ‖

溜溜溜溜溜溜么 呀　口儿休休 休　口儿溜　溜）。

原唱：金玉兰
记录：翁正庭

扫码听歌

四季相思

(宁波)

1=E 2/4

中速

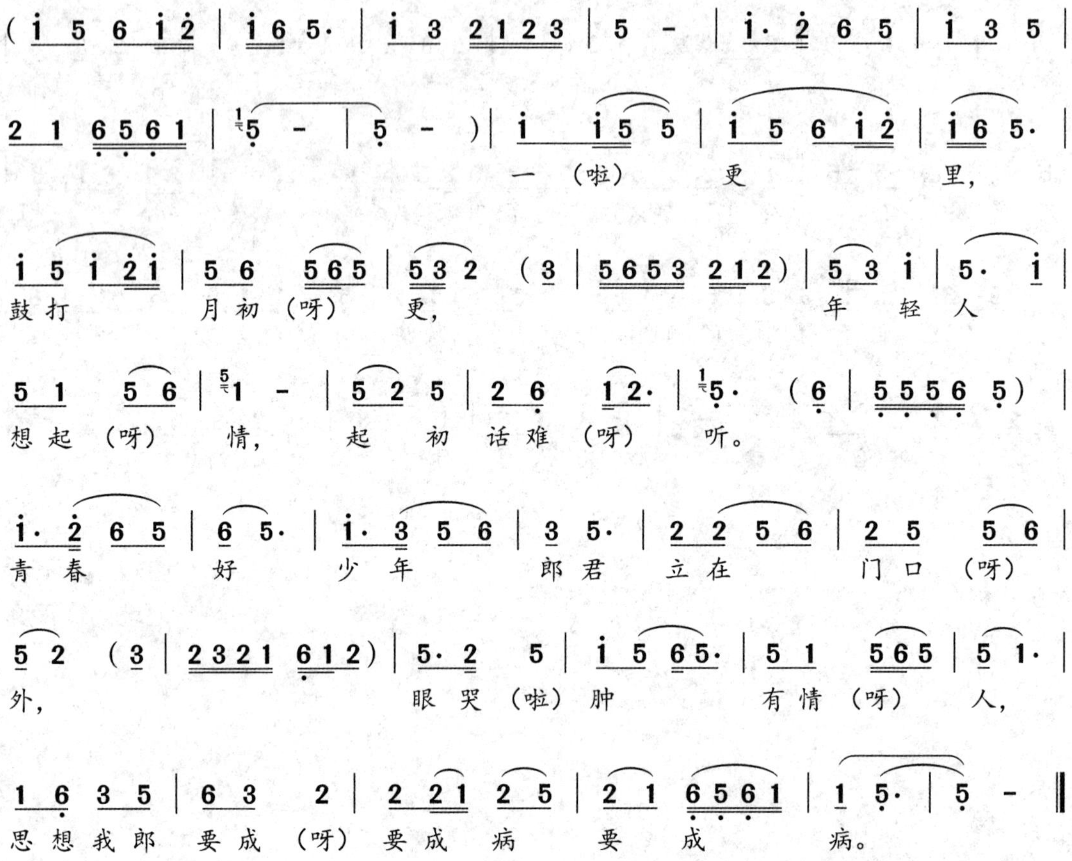

(i 5 6 i 2 | i 6 5· | i 3 2123 | 5 - | i· 2 6 5 | i 3 5 |

2 1 6 5 6 1 | 5 - | 5 -) | i i 5 5 | i 5 6 i 2 | i 6 5· |
　　　　　　　　　　　　　　　　一（啦）　　　更　　　　里，

i 5 i 2 i | 5 6　5 6 5 | 5 3 2 (3 | 5 6 5 3 2 1 2) | 5 3 i | 5· i |
鼓打　　月初（呀）更，　　　　　　　　　　　　年　轻　人

5 1　5 6 | 5 1 - | 5 2 5 | 2 6　1 2· | 5· (6 | 5 5 5 6　5) |
想起（呀）　情，　起　初　话难（呀）听。

i· 2 6 5 | 6 5· | i· 3 5 6 | 3 5· | 2 2 5 6 | 2 5　5 6 |
青春　好　　少年　　郎君　立在　　门口（呀）

5 2 (3 | 2 3 2 1　6 1 2) | 5· 2　5 | i 5 6 5· | 5 1　5 6 5 | 5 1· |
外，　　　　　　　　眼哭（啦）肿　　有情（呀）人，

1 6　3 5 | 6 3　2 | 2 2 1　2 5 | 2 1 6 5 6 1 | 1 5· | 5 - ‖
思想我郎要成（呀）要成病　要　成　　病。

演唱：贝彩虹

四 小 景

（宁波）

1=♭B 2/4

中速

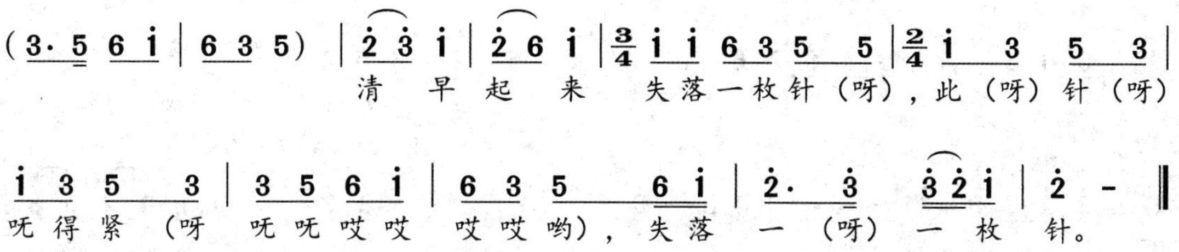

（3·5 6 i | 6 3 5） | 2 3 i | 2 6 i | 3/4 i i 6 3 5 5 | 2/4 i 3 5 3 |

清 早 起 来　失落一枚针（呀），此（呀）针（呀）

i 3 5 3 | 3 5 6 i | 6 3 5 6 i | 2· 3 3 2 i | 2 - ‖

吥得紧（呀 吥吥哎哎 哎哎哟），失落 一 （呀）一 枚 针。

原唱：小菊花
记录：翁正庭

宁波民歌

NINGBO FOLK SONGS

苏武牧羊调

（宁波）

1=E 4/4

中速 稍快

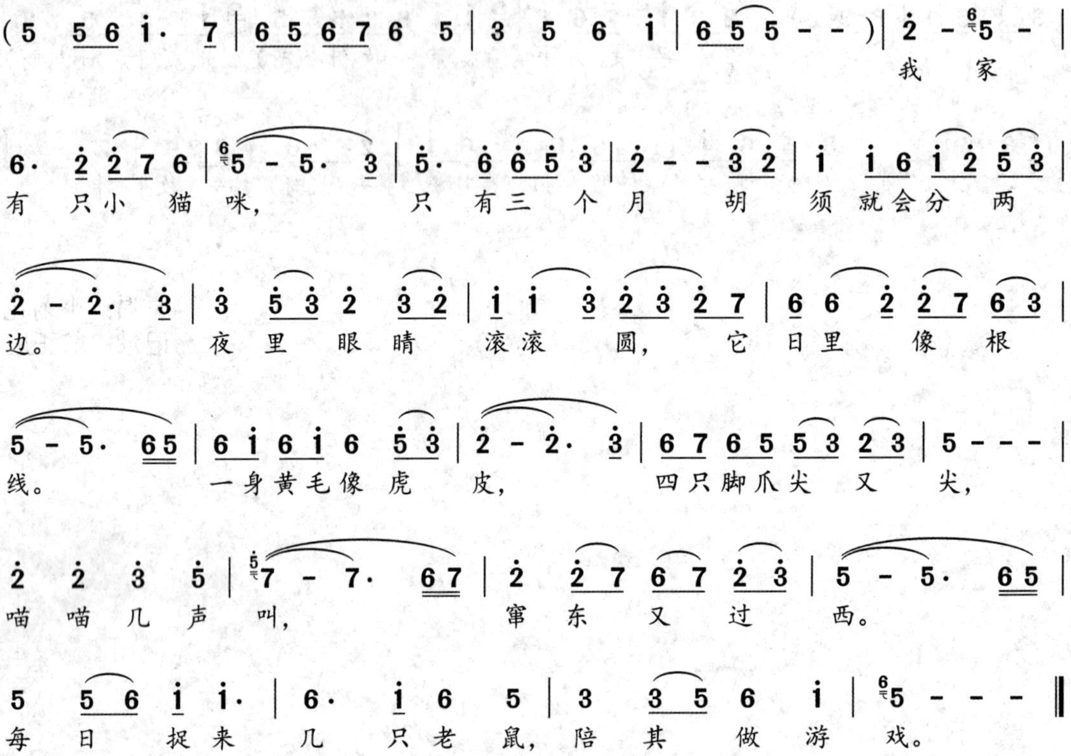

（5 5 6 i · 7 | 6 5 6 7 6 5 | 3 5 6 i | 6 5 5 - -) | 2 - 5 - |
　　　　　　　　　　　　　　　　　　　　　　　　　　　　　　我　家

6 · 2 2 7 6 | 6̣5 - 5 · 3 | 5 · 6 6 5 3 | 2 - - 3 2 | i i 6 i 2 5 3 |
有 只 小 猫 咪，　　只 有 三 个 月　胡　须 就 会 分 两

2 - 2 · 3 | 3 5 3 2 3 2 | i i 3 2 3 2 7 | 6 6 2 2 7 6 3 |
边。　　夜 里 眼 睛 滚 滚 圆，　它 日 里　像 根

5 - 5 · 6 5 | 6 i 6 i 6 5 3 | 2 - 2 · 3 | 6 7 6 5 5 3 2 3 | 5 - - - |
线。　　一 身 黄 毛 像 虎 皮，　　四 只 脚 爪 尖 又 尖，

2 2 3 5 | 5̣7 - 7 · 6 7 | 2 2 7 6 7 2 3 | 5 - 5 · 6 5 |
喵 喵 几 声 叫，　　窜 东 又 过 西。

5 5 6 i i · | 6 · i 6 5 | 3 3 5 6 i | 6̣5 - - - |
每 日 捉 来 几 只 老 鼠，陪 其　做 游 戏。

记录：汪　平
演唱：乐　静

算 命 调（一）

（宁波）

1 = G 2/4

中速 稍快

(6· 1 6 1 | 2 3 2 1 | 6 1 2 6 | 1· 6 | 2 3 2 1 | 6 1 2 3 |

2 1 7 6 | 5· 6 | 3 5 6 1 | 5 -) | 3 2 2̃3 | 3̃5· 2 3 |

　　　　　　　　　　　　　　　　　　　反 里 复， 复 里 反，

3̃5 6 3 5 | 3 3 5 3 2̃ | 2 3 6 | 3 3 2 | 2· 1 6 5 | 6 5· ‖

刘 唐 有 难 败 江 山， 雄 兵 百 万 化 个 灰 炭。

原唱：张德元
记录：李 微

《算命调》的歌词是算命先生的开场白。

扫码听歌

挖花牌调（一）

（宁波）

1=F 2/4

中速 稍快

（0 3 2 1 | 6· 1 2 3 | 1· 6 | 5· 3 5 3 | 2 3 2 1 | 1 5 6 5 6 1 |

渐慢
5 5 1 | 6· 5 6 5 6 1 | 6ᵬ5 ……) | ⅲ 5 6 3 5· 5 6 | 5̄2 …… | 5 6 5
　　　　　　　　　　　　　　　　　　　　　　自由地　　天 子 一 过 双 峰 山，　又 听

2 5 1 6 2 1 | 6ᵬ5 …… | 3 5· 2 3 3 2 1 6 | 1̄6 | 2· 3 2 1 6 5 | 3 0 5· 5
外 面 有 人 反，　一 听 前 夜 到 边 关，害 得 当 家　　 呒（呀）

6· 1 2· 1 6 5 6ᵬ5 （5 1 | 6 5 6 1 | 2 3 2 1 | 1 5 6 5 6 1 | 5 -) ‖
坟（个）滩　（个 呢）。

原唱：王文斌
记录：翁正庭
演唱：刘海涛

挖 花 牌 调（二）

（宁波）

1=F $\frac{2}{4}$

中速 自由地

　　"挖花牌"是宁波地区一种游戏骨牌，在玩这个游戏的时候，抓来一张什么牌，就即兴唱什么调，很有趣。

　　比如抓来一张"鹅"牌，那么就唱：

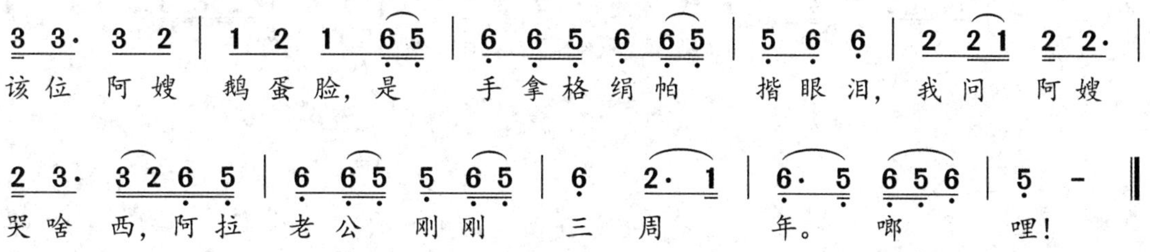

| 3 3· 3 2 | 1 2 1 6 5 | 6 6 5 6 6 5 | 5 6 6 | 2 2 1 2 2· |

该位 阿嫂 鹅蛋脸，是 手拿格绢帕 揩眼泪，我问 阿嫂

| 2 3· 3 2 6 5 | 6 6 5 5 6 5 | 6 2· 1 | 6· 5 6 5 6 | 5 - ‖

哭啥 西，阿拉 老公 刚刚 三周 年。嘟 哩！

　　比如抓来一张"梅花"牌，那就这样唱：

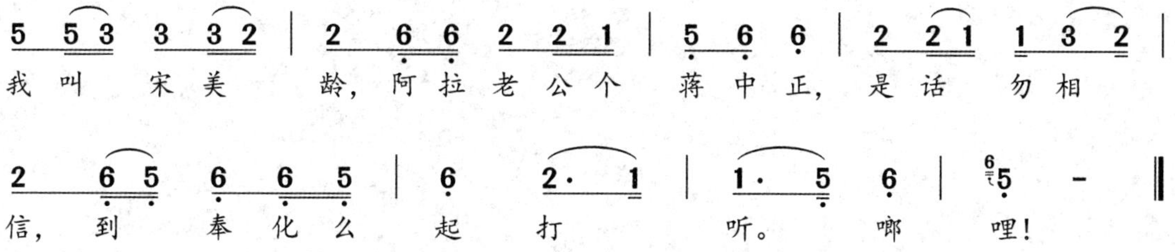

| 5 5 3 3 3 2 | 2 6 6 2 2 1 | 5 6 6 | 2 2 1 1 3 2 |

我叫 宋美 龄，阿拉老公个 蒋中正，是 话 勿相

| 2 6 5 | 6 6 5 | 6 2· 1 | 1· 5 6 | 6 5 - ‖

信，到 奉化么 起 打 听。嘟 哩！

　　比如抓来一张"牛头"牌，那就这样唱：

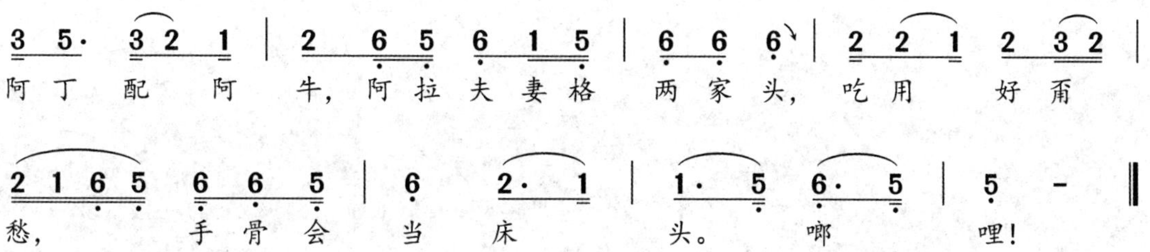

| 3 5· 3 2 1 | 2 6 5 6 1 5 | 6 6 6 | 2 2 1 2 3 2 |

阿丁配阿牛，阿拉夫妻格 两家头，吃用 好甭

| 2 1 6 5 | 6 6 5 | 6 2· 1 | 1· 5 6· 5 | 5 - ‖

愁，手骨会 当 床 头。嘟 哩！

记录：汪 平
演唱：乐 静

　　"阿拉"，即宁波方言"我们"的意思。
　　"手骨会当床头"，在宁波话里是"睡觉时手臂当成枕头垫"的意思，形容夫妻恩爱。

61

王孙公子游春景（王妈妈调）

（宁波）

1=♭B 2/4

中速 活泼地

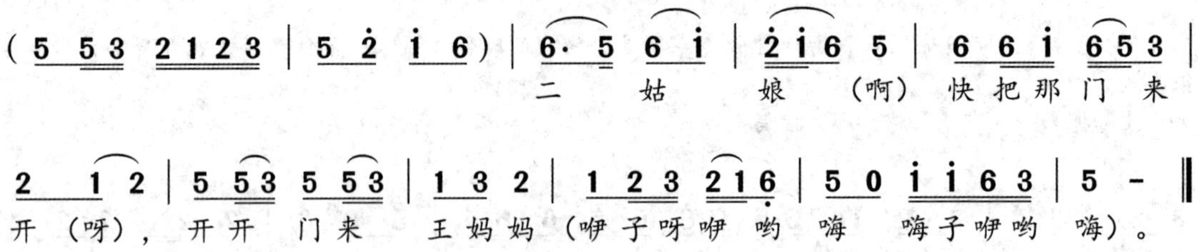

（5 53 21 23 | 5 2̇ i̇ 6） | 6· 5 6 i̇ | 2̇ i̇ 6 5 | 6 6 i̇ 6 53 |

　　　　　　　　　　　　　二　姑　娘　（啊）　快把那 门 来

2 1̇ 2 | 5 53 5 53 | 1 3 2 | 1 2 3 2̇ 1 6 | 5 0 i̇ i̇ 6 3 | 5 － ‖

开（呀），开开 门来　王妈妈（咿子呀咿 哟 嗨　嗨子咿哟 嗨）。

原唱：宋德鼎
记录：李 微

文 鲜 花

（宁波）

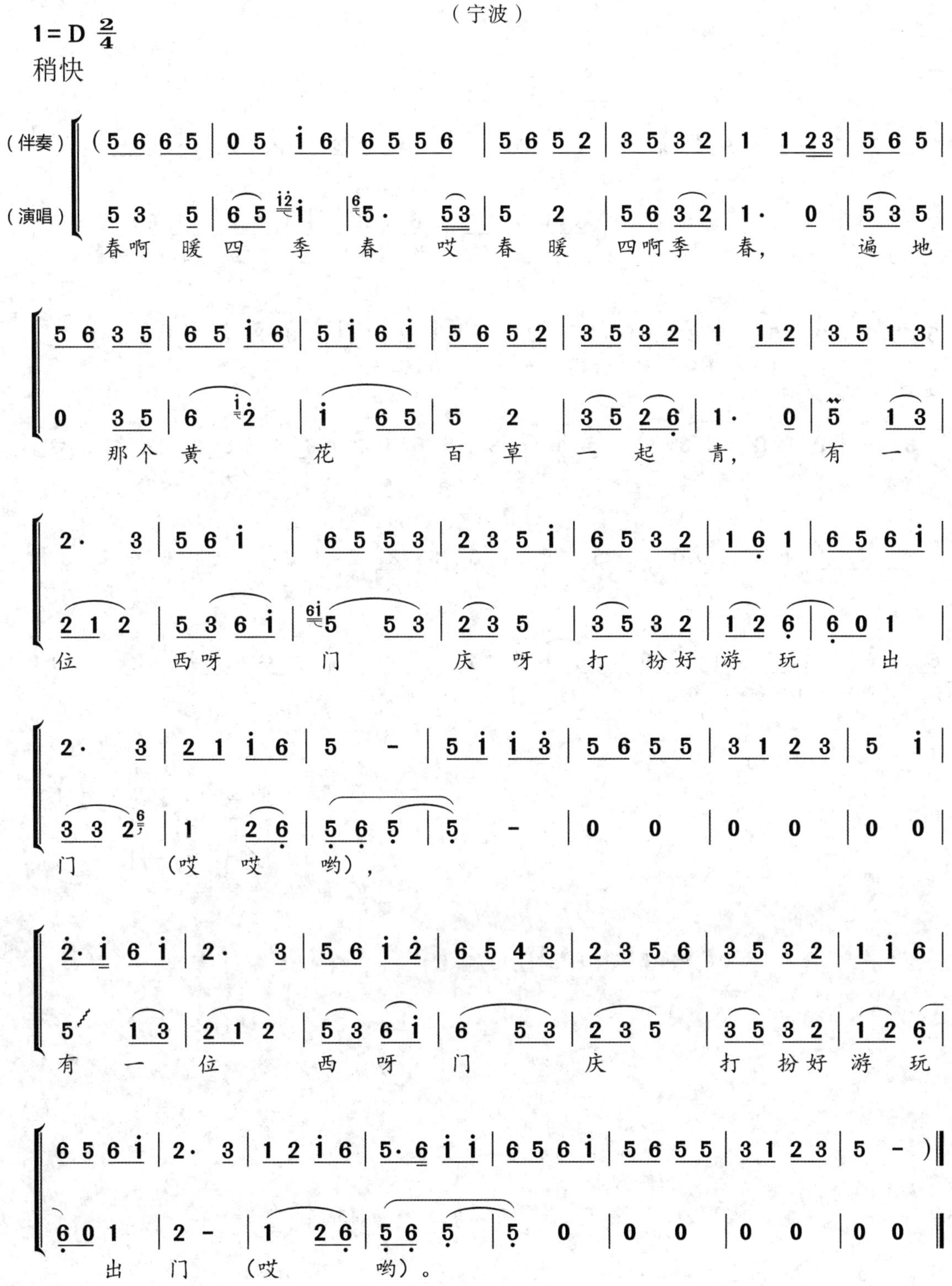

1=D 2/4

稍快

（伴奏）｜（5 6 6 5｜0 5 i 6｜6 5 5 6｜5 6 5 2｜3 5 3 2｜1 1 2 3｜5 6 5｜

（演唱）｜5 3 5｜6 5 i2 i｜6 5·｜5 3 5 2｜5 6 3 2｜1· 0｜5 3 5｜
　　　　春啊暖四季春哎　春暖四啊季春，　　遍地

5 6 3 5｜6 5 i 6｜5 i 6 i｜5 6 5 2｜3 5 3 2｜1 1 2｜3 5 1 3｜
0 3 5｜6 i2｜i 6 5 2｜3 5 2 6｜1· 0｜5 1 3｜
那个黄　花　　百草　一起　青，　　有一

2· 3｜5 6 i｜6 5 5 3｜2 3 5 i｜6 5 3 2｜1 6 1｜6 5 6 i｜
2 1 2｜5 3 6 i｜6i 5 5 3｜2 3 5｜3 5 3 2｜1 2 6｜6 0 1｜
位　西呀门　庆呀打扮好游玩　出

2· 3 2 1 i 6｜5 -｜5 i i 3｜5 6 5 5｜3 1 2 3 5 i｜
3 3 2 6 7｜1 2 6｜5 6 5 5｜5 -｜0 0｜0 0｜0 0｜
门（哎　哎　　哟），

2· i 6 i｜2· 3｜5 6 i 2｜6 5 4 3｜2 3 5 6｜3 5 3 2｜1 i 6｜
5 1 3｜2 1 2｜5 3 6 i｜6 5 3｜2 3 5｜3 5 3 2｜1 2 6｜
有一位　西呀门　庆　打扮好游玩

6 5 6 i｜2· 3｜1 2 i 6｜5· 6 i i｜6 5 6 i｜5 6 5 5｜3 1 2 3｜5 -）‖
6 0 1｜2 -｜1 2 6｜5 6 5｜5 0｜0 0｜0 0｜0 0‖
出门（哎　　哟）。

记录：蒋正庭

63

扫码听歌

翁媳调

（宁波）

1=D 2/4

中速 稍快

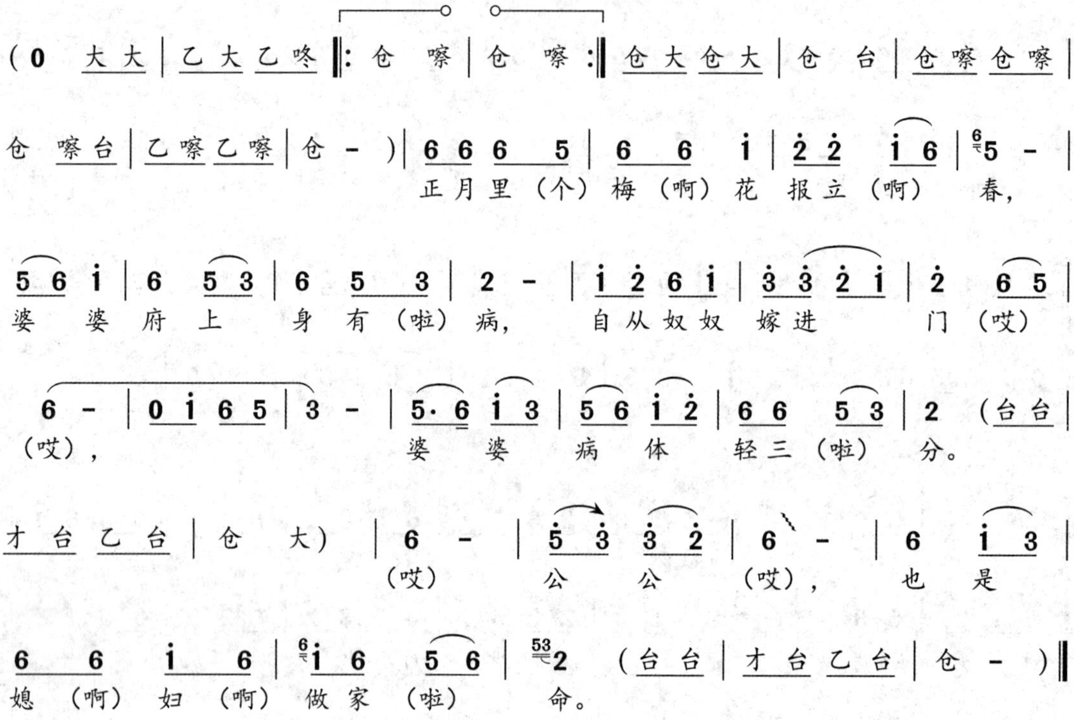

（0 大大｜乙大乙咚‖：仓 嚓｜仓 嚓：‖仓大仓大｜仓 台｜仓嚓仓嚓｜
仓 嚓台｜乙嚓乙嚓｜仓 -）｜6 6 6 5｜6 6｜i̊ 2̊｜2̊ i̊ 6｜5 -｜
正月里（个）梅（啊）花 报立（啊） 春，

5 6 i｜6 5 3｜6 5 3｜2 -｜i̊ 2̊ 6 i̊｜3̊ 3̊ 2̊ i̊｜2̊ 6 5｜
婆 婆府上 身有（啦）病， 自从奴奴 嫁进 门（哎）

6 -｜0 i̊ 6 5｜3 -｜5̊ 6̊ i̊ 3̊｜5 6 i̊ 2̊｜6 6 5 3｜2 （台台｜
（哎）， 婆 婆病体 轻三（啦）分。

才台乙台｜仓 大）｜6 -｜5̊ 3̊ 3̊ 2̊｜6̊ -｜6 i̊ 3̊｜
（哎） 公 公 （哎）， 也 是

6 6 i̊ 6｜i̊ 6 5 6｜2̊ （台台｜才台乙台｜仓 -）‖
媳（啊）妇（啊）做家（啦） 命。

原唱：小菊花（男旦）
记录：李 微
演唱：孙 丹

"做家命" 意为 "会当家和操持家务的命"。

武 鲜 花（一）

（宁波）

1=C 2/4
中速

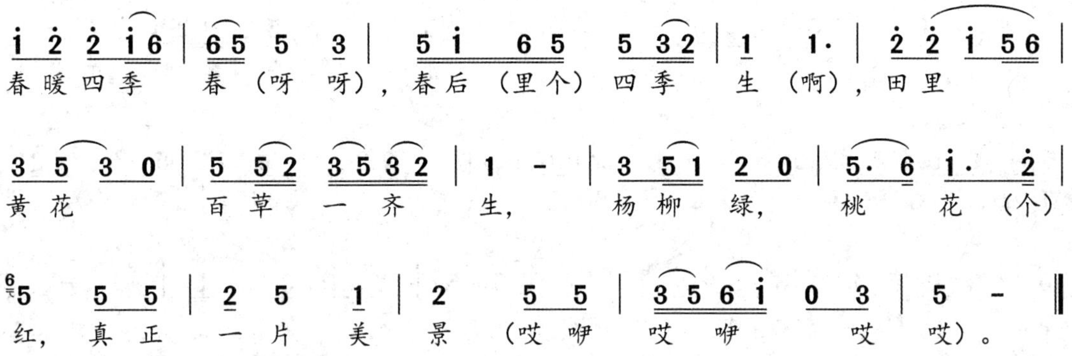

$\widehat{1\ 2}\ \widehat{2\ 1\ 6}\ |\ \widehat{6\ 5}\ 5\ \quad 3\ |\ \widehat{5\ 1}\ \widehat{6\ 5}\ \quad 5\ \widehat{3\ 2}\ |\ 1\ \quad 1\cdot\ |\ \dot{2}\ \dot{2}\ \widehat{\dot{1}\ 5\ 6}\ |$

春暖四季　春（呀呀），春后（里个）四季　生（啊），田里

$3\ \widehat{5\ 3}\ 0\ |\ 5\ \widehat{5\ 2}\ \widehat{3\ 5\ 3\ 2}\ |\ 1\ \quad -\ |\ 3\ \widehat{5\ 1}\ 2\ 0\ |\ 5\cdot\ 6\ \dot{1}\cdot\ \dot{2}\ |$

黄花　　百草一齐　生，　杨柳绿，桃　花（个）

$\overset{6}{5}\ 5\ 5\ |\ 2\ 5\ 1\ |\ 2\ \quad 5\ 5\ |\ \widehat{3\ 5\ 6\ \dot{1}}\ 0\ 3\ |\ 5\ \quad -\ \|$

红，真正　一片　美景　（哎咿　哎咿　哎哎）。

记录：周大风

武 鲜 花（二）

（宁波）

1=D 2/4

中速 稍快

(3 5 i 6 | 5 6 5 3 2 3 5) | i i 6 i | 5 - | 5 5 2 3 2 5 | 1 - |

枯 树 抽 青 芽， 婆 婆 戴 红 花，

5 i 6 5 | 3 5 0 3 | 5 5 3 2 3 5 | 1· (2 3) | 5 1 2 | 5· 6 i 2 |

有 人 问 我 这 是 为 了 啥， 我 回 答， 不 为

6 5 6 5 3 | 3 5 0 1 | 2 V 5 5 | 3 i 5 6 5 | 5 - ‖

啥， 只 因 评 上 五 好 社 员， 心 里 高 兴 乐 哈 哈。

记录：汪 平

武 鲜 花（三）

（宁波）

1=D 2/4

中速 稍快

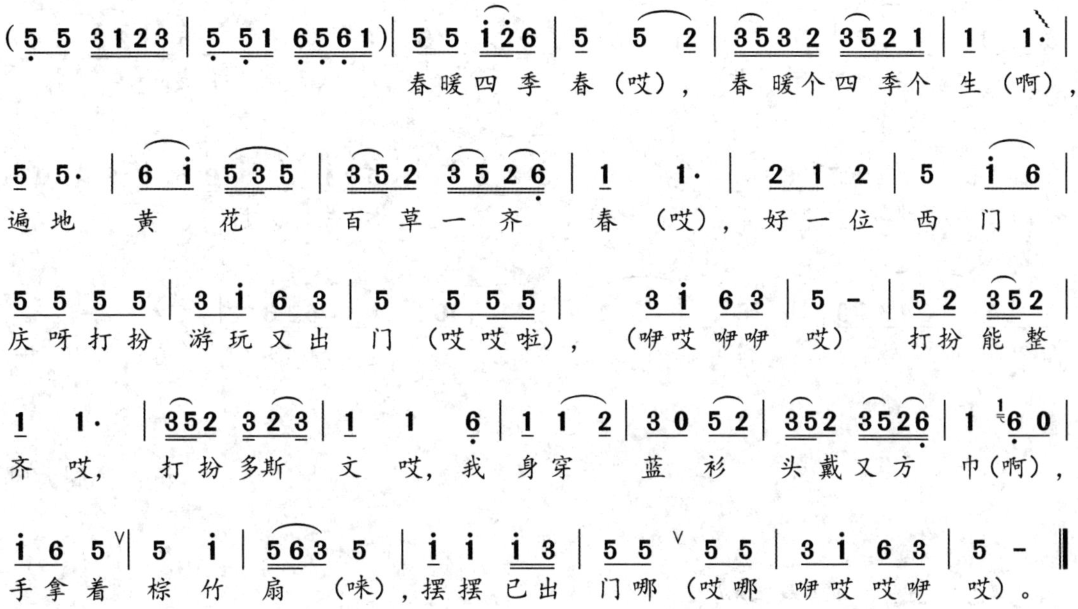

（5 5 3 1 2 3 | 5 5 1 6 5 6 1）| 5 5 1 2 6 | 5 5 2 | 3 5 3 2 3 5 2 1 | 1 1· |
春暖四季春（哎），春暖个四季个 生（啊），

5 5· | 6 1 5 3 5 | 3 5 2 3 5 2 6 | 1 1· | 2 1 2 | 5 1 6 |
遍地 黄 花 百草一齐 春（哎），好一位 西 门

5 5 5 5 | 3 1 6 3 | 5 5 5 5 | 3 1 6 3 | 5 - | 5 2 3 5 2 |
庆呀打扮 游玩又出 门（哎哎啦），（咿哎咿咿 哎） 打扮能整

1 1· | 3 5 2 3 2 3 | 1 1 6 | 1 1 2 | 3 0 5 2 | 3 5 2 3 5 2 6 | 1 ⁵6 0 |
齐哎，打扮多斯 文哎，我身穿 蓝衫 头戴又方 巾（啊），

1 6 5 ⌄ 5 1 | 5 6 3 5 | 1 1 1 3 | 5 5 ⌄ 5 5 | 3 1 6 3 | 5 - ‖
手拿着棕竹扇（唻），摆摆已出 门哪（哎哪 咿哎哎咿 哎）。

记录：翁正庭

戏 名 五 更

(宁波)

1=♭B 2/4

中速

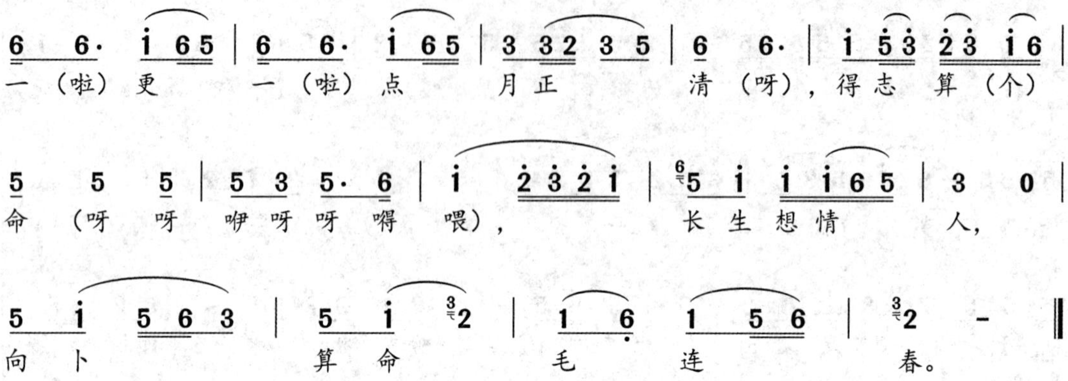

```
6  6· i̅ 6̅5 | 6  6· i̅ 6̅5 | 3 3̅2̅ 3̅5 | 6  6· | i̅ 5̅3̅ 2̅3̅ 1̅6̅ |
一(啦)更    一(啦)点   月 正  清(呀), 得 志  算(个)

5  5  5 | 5̅3̅ 5̅ 5·6̅ | i  2̅3̅ 2̅1̅ | 5̅ 1̅ i̅ 1̅6̅5̅ | 3  0 |
命 (呀 呀 咿 呀 呀 嚛 喂),    长 生 想 情    人,

5̅ i̅ 5̅6̅ 3̅ | 5̅ i̅ 3̅2̅ | 1̅ 6̅ 1̅ 5̅ 6̅ | 3̅2̅ —  ‖
向 卜      算 命     毛 连    春。
```

记录:周大风

"得志""长生""毛连春"均为人名。

扫码听歌

宁波、鄞州、镇海

细 则

（宁波）

1 = A 2/4

中速

6· i̲ 2̲ 3 | i̲ 2̲ 3̲ 5 | 6 i̲ 2̲ | 5̲ 6̲ 3̲ 5̲ 2̲ | i - | 3̇· 5̲̇ 5̲ 3̲ 2̲ |

姑　娘　年方十八岁, 还未　出嫁郎来配, 　终身耽搁

i̇ 0 3̲ 5̲ | 2̇ i̲̇ 5̲ | 6̇ 7̲ 2̲̇ | 7̲ 6̲ 5̲ 3̲ | 6 - | 7̲ 2̲̇ 6̲ 3̲ 5̲ |

娘家楼, 双手儿双手　打开望月楼。　抬　头

6 - | i̲̇ i̲̇ 2̲̇ 5̲ 3̲ i̲ | 2̇ 3̲ 2̲ | i̲ 6̲ i̲̇ 2̲̇ | 3̇ 5̲ 3̲ | 5̲ 6̲ 3̲ 2̲ |

来, 　看　清　眉, 百鸟飞过成双对, 小小蜜蜂花来

i̇ - | 6̲ 2̲̇ 2̲̇ 7̲ | 6̇ - | i̇· 2̲̇ 3̲ i̲ | 2̇ 3̲ 2̲ | i̲ 6̲ i̲̇ 2̲̇ | 3̇ 5̲ 5̲ 6̲ |

采, 　何似姑　来　纯阳　配, 天上牛郎织女对, 仙人

5̲ 3̲ 3̲ 2̲ | i̇ - | 5̲ 6̲ 2̲̇ 7̲ | 6̇ - | 5̇· 3̲̇ 2̲̇ i̲̇ | 6̲ i̲̇ i̲̇ 6̲ | 2̲̇ 2̲̇ i̲̇ 6̲ 5̲ 6̲ | 5̲ - ‖

也爱风流事, 　秦钟爱花魁, 怪勿得　年轻小娘轻骨头。

原唱：陈凤英
记录：李　微
演唱：吕　明

"还未出嫁郎来配"意为"没有人娶"。

宁波民歌
NINGBO FOLK SONGS

相思五更（一）

（宁波）

1=G 2/4
中速

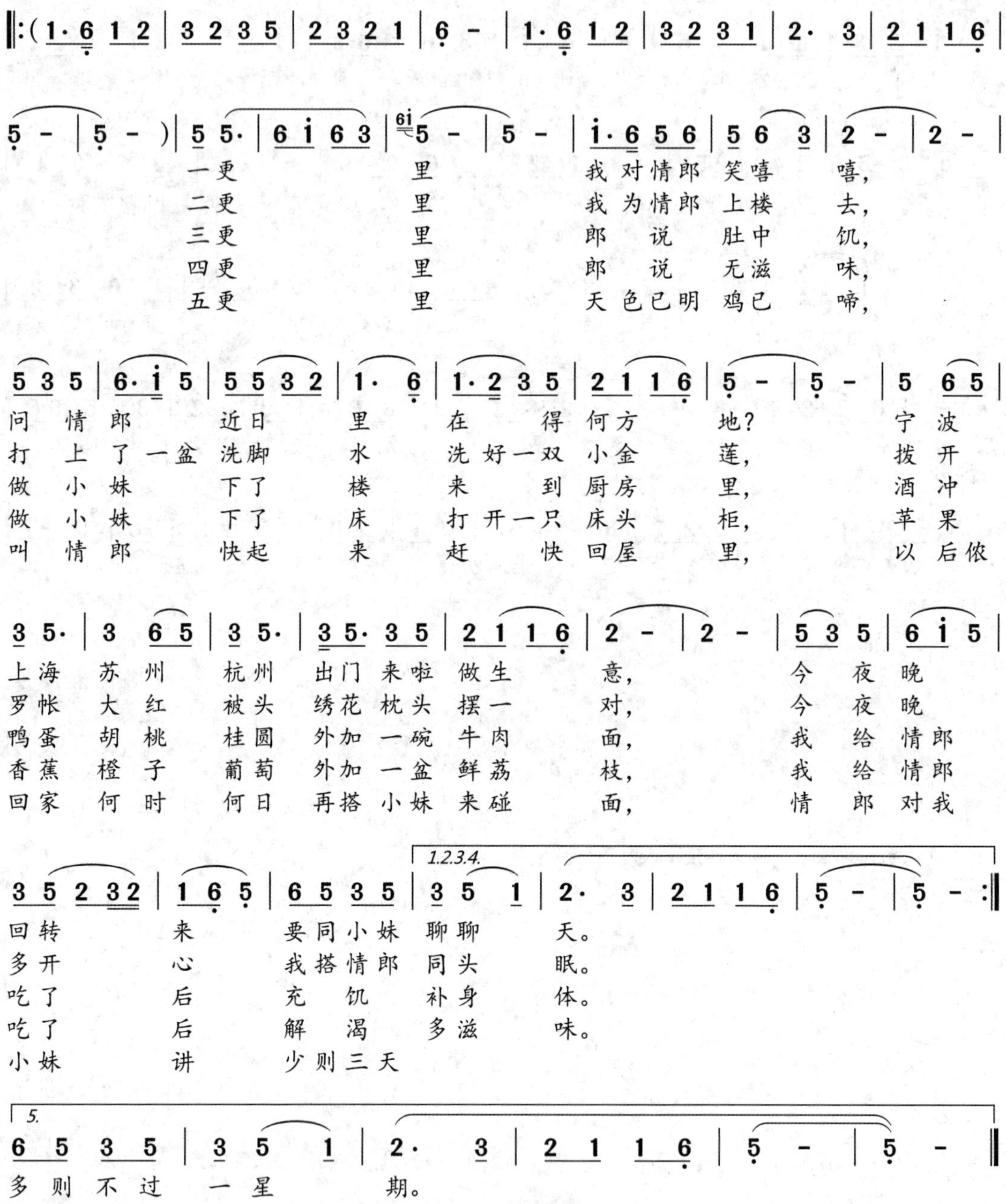

‖: (1·6 1 2 | 3 2 3 5 | 2 3 2 1 | 6 - | 1·6 1 2 | 3 2 3 1 | 2· 3 | 2 1 1 6 |

5 - | 5 -) 5 5· | 6 1 6 3 | 6i 5 - | 5 - | 1·6 5 6 | 5 6 3 | 2 - | 2 - |

一　更　　里　里　我对情郎笑嘻　嘻，
二　更　　里　里　我为情郎上楼　去，
三　更　　里　里　郎　说肚中饥，
四　更　　里　里　郎　说无滋味，
五　更　　里　天色已明鸡已　啼，

5 3 5 | 6·1 5 | 5 5 3 2 | 1·6 | 1·2 3 5 | 2 1 1 6 | 5 - | 5 - | 5 6 5 |

问　情郎　近日　里　在　得何方地？　宁　波
打　上了一盆洗脚水　洗好一双小金莲，　拨开　酒冲
做　小妹　下了楼　来　到厨房里，　酒　冲　果
做　小妹　下了床　来　打开一只床头柜里，　莘　以后做
叫　情郎　快起来　赶快回屋里，　以后做

3 5· | 3 6 5 | 3 5· | 3 5· 3 5 | 2 1 1 6 | 2 - | 2 - | 5 3 5 | 6 1 5 |

上　海　苏　州　杭州出门来啦做生　意，　今　夜晚
罗　帐大红胡桃被头绣花枕头摆一肉　对　面，　今　夜晚
鸭　蛋大红胡桃被头桂圆外加一碗牛肉　对　面，　我　给情郎
香　蕉橙子葡萄外加一盆鲜荔枝，　我　给情郎
回　家何时何日再搭小妹来碰　面，　情　郎对我

【1.2.3.4.】
3 5 2 3 2 | 1 6 5 | 6 5 3 5 | 3 5 1 | 2· 3 | 2 1 1 6 | 5 - | 5 - :‖

回　转　来　要同小妹聊聊　天。
多　开　心　我搭情郎同头　眠。
吃　了　后　充饥补身　体。
吃　了　后　解渴多滋　味。
小　妹　讲　少则三天

【5.】
6 5 3 5 | 3 5 1 | 2· 3 | 2 1 1 6 | 5 - | 5 - ‖

多　则不过一星　期。

记录：汪　平
演唱：万国春

70

相思五更（二）

（宁波）

1=E 4/4

中速

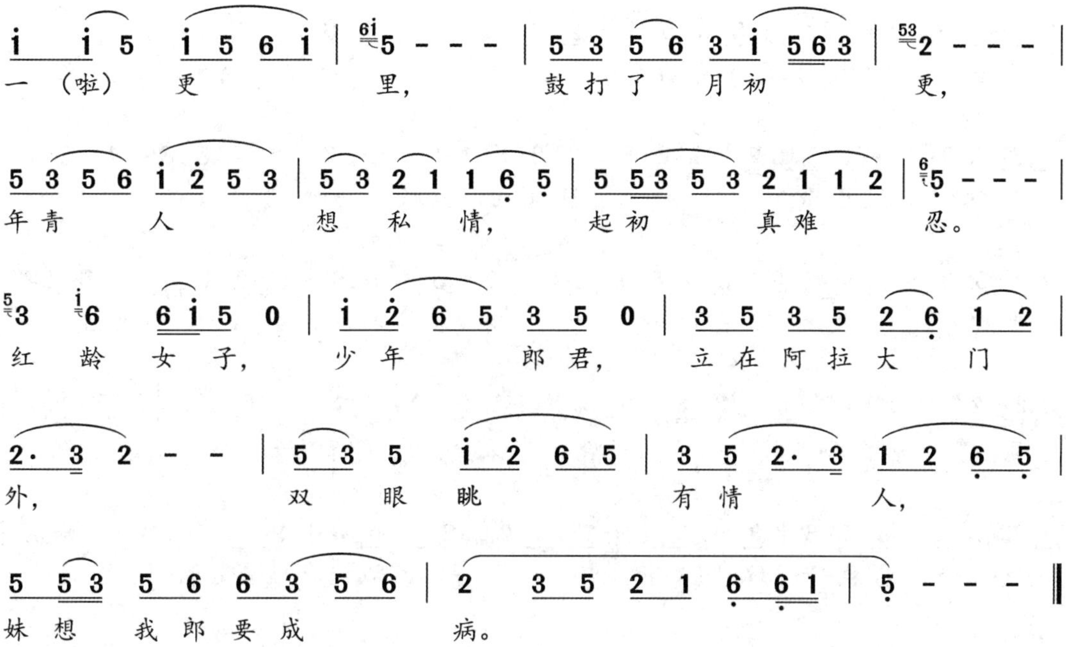

| 1 1 5 1 5 6 1 | 6i̲5 - - - | 5 3 5 6 3 1 5 6 3 | 5̲3̲2 - - - |
一（啦）更　里，　　　鼓打了月初　更，

| 5 3 5 6 1 2 5 3 | 5 3 2 1 1 6 5 | 5 5 3 5 3 2 1 1 2 | 6̲5 - - - |
年青　人　想私情，　起初　　真难　忍。

| 5̲3 i̲6 6 1 5 0 | i 2 6 5 3 5 0 | 3 5 3 5 2 6 1 2 |
红龄女子，　少年　郎君，　立在阿拉大　门

| 2· 3 2 - - | 5 3 5 i 2 6 5 | 3 5 2· 3 1 2 6 5 |
外，　　双眼眺　有情　人，

| 5 5 3 5 6 6 3 5 6 | 2 3 5 2 1 6 6 1 | 5 - - - ‖
妹想　我郎要成　　病。

原唱：项翠英
记录：李　微

相思五更（三）

（宁波）

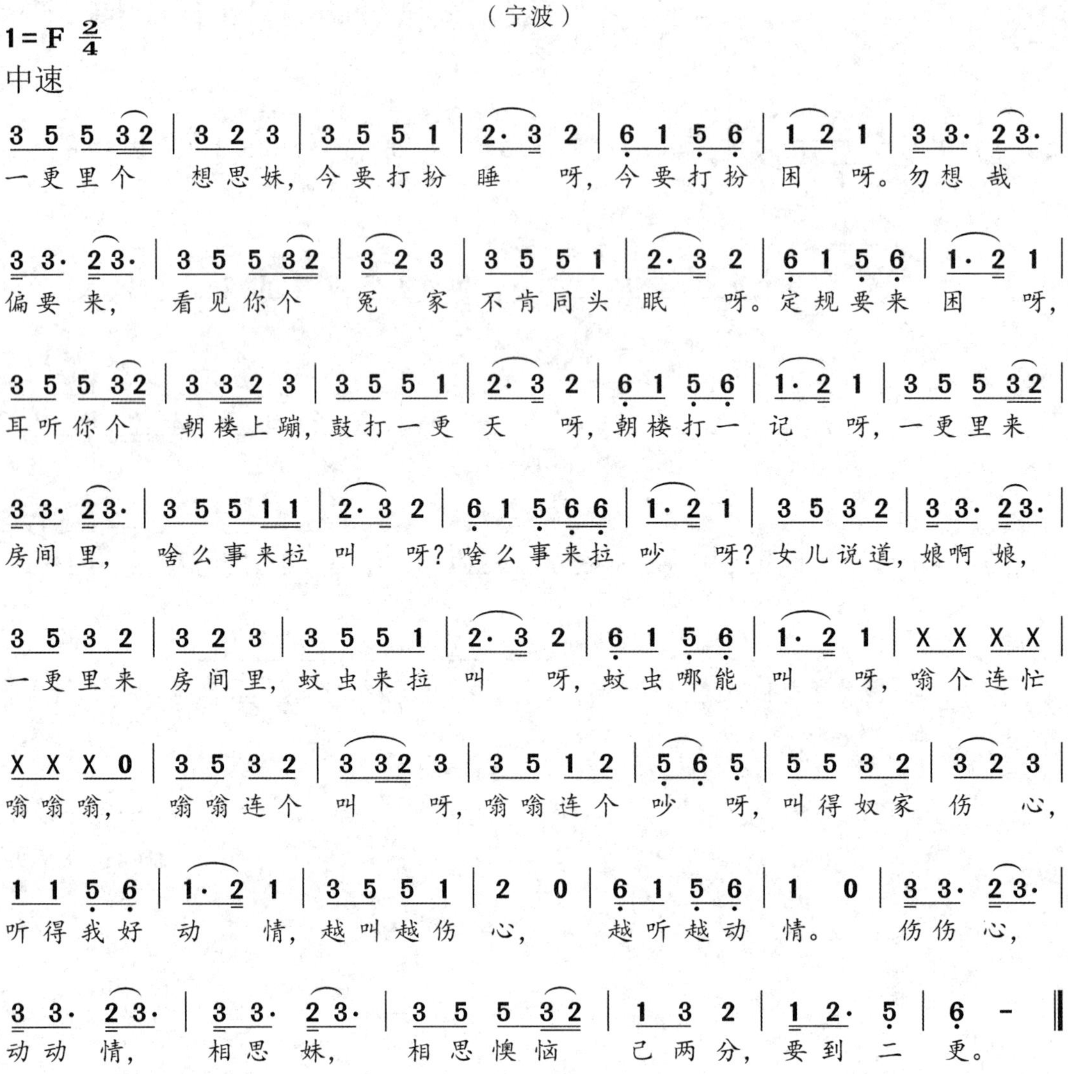

1=F 2/4

中速

```
3 5 5 32 | 3 2 3 | 3 5 5 1 | 2·3 2 | 6 1 5 6 | 1 2 1 | 3 3· 2 3· |
一更里个   想思妹，今要打扮 睡  呀，今要打扮 困  呀。勿想 哉

3 3· 2 3· | 3 5 5 32 | 3 2 3 | 3 5 5 1 | 2·3 2 | 6 1 5 6 | 1·2 1 |
偏要来，  看见你个  冤  家 不肯同头 眠  呀。定规要来 困  呀，

3 5 5 32 | 3 3 2 3 | 3 5 5 1 | 2·3 2 | 6 1 5 6 | 1·2 1 | 3 5 5 32 |
耳听你个   朝楼上蹦，鼓打一更 天  呀，朝楼打一 记  呀，一更里来

3 3· 2 3· | 3 5 5 1 1 | 2·3 2 | 6 1 5 6 6 | 1·2 1 | 3 5 3 2 | 3 3· 2 3· |
房间里，  啥么事来拉 叫  呀？啥么事来拉 吵  呀？女儿说道，娘啊 娘，

3 5 3 2 | 3 2 3 | 3 5 5 1 | 2·3 2 | 6 1 5 6 | 1·2 1 | X X X X |
一更里来 房间里，蚊虫来拉 叫  呀，蚊虫哪能 叫  呀，嗡个连忙

X X X 0 | 3 5 3 2 | 3 3 2 3 | 3 5 1 2 | 5 6 5 | 5 5 3 2 | 3 2 3 |
嗡嗡嗡，  嗡嗡连个 叫  呀，嗡嗡连个 吵  呀，叫得奴家 伤  心，

1 1 5 6 | 1·2 1 | 3 5 5 1 | 2 0 | 6 1 5 6 | 1 0 | 3 3· 2 3· |
听得我好 动  情，越叫越伤 心，  越听越动 情。  伤伤 心，

3 3· 2 3· | 3 3· 2 3· | 3 5 5 32 | 1 3 2 | 1 2·5 | 6 — ‖
动动 情，  相思 妹，  相思懊恼  己两分，要到二 更。
```

整理：汪 平

湘 江 浪

（宁波）

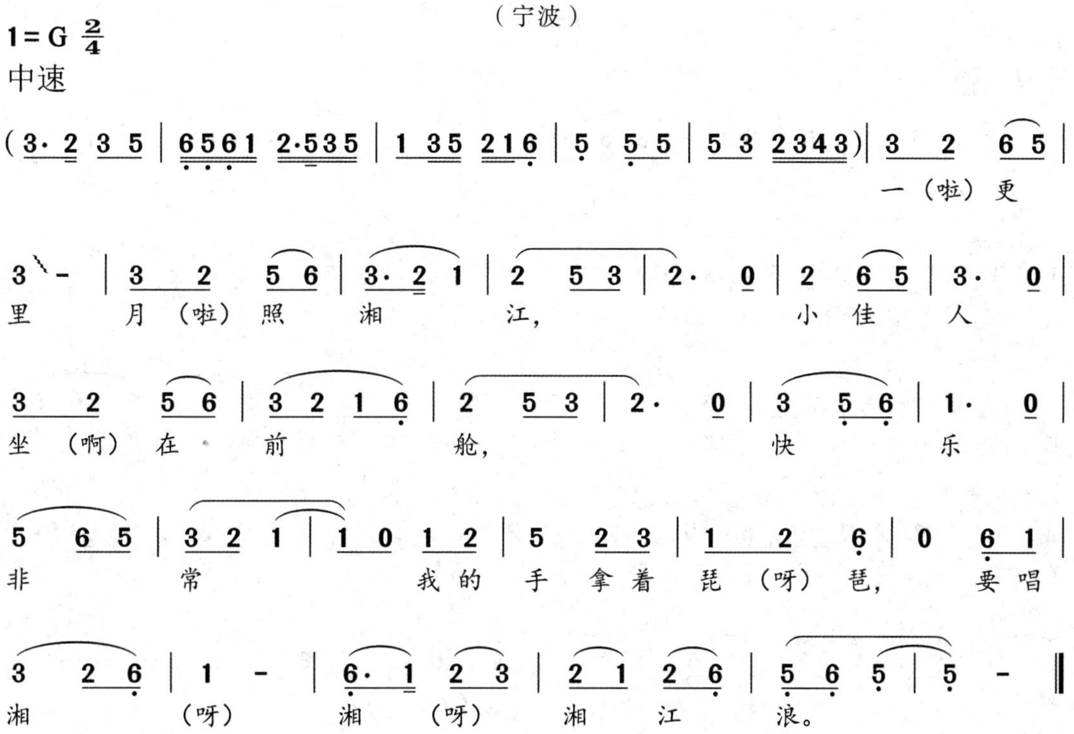

1 = G 2/4

中速

```
( 3·2 3 5 | 6 5 6 1 2·5 3 5 | 1 3 5 2 1 6 | 5 5 5 | 5 3 2 3 4 3 ) | 3 2 6 5 |
                                                                        一（啦）更

3  -  | 3 2 5 6 | 3·2 1 | 2 5 3 | 2· 0 | 2 6 5 | 3· 0 |
里 月（啦）照  湘    江,              小 佳 人

3 2 5 6 | 3 2 1 6 | 2 5 3 | 2· 0 | 3 5 6 | 1· 0 |
坐（啊）在  前    舱,              快  乐

5 6 5 | 3 2 1 | 1 0 1 2 | 5 2 3 | 1 2 6 | 0 6 1 |
非  常      我 的 手 拿着 琵（呀）琶,    要 唱

3 2 6 | 1 - | 6·1 2 3 | 2 1 2 6 | 5 6 5 | 5 - ‖
湘 （呀） 湘 （呀） 湘 江   浪。
```

原唱：王阿荣
记录：翁正庭

扫码听歌

想 我 郎

(宁波)

1=♭E 4/4

中速 稍慢

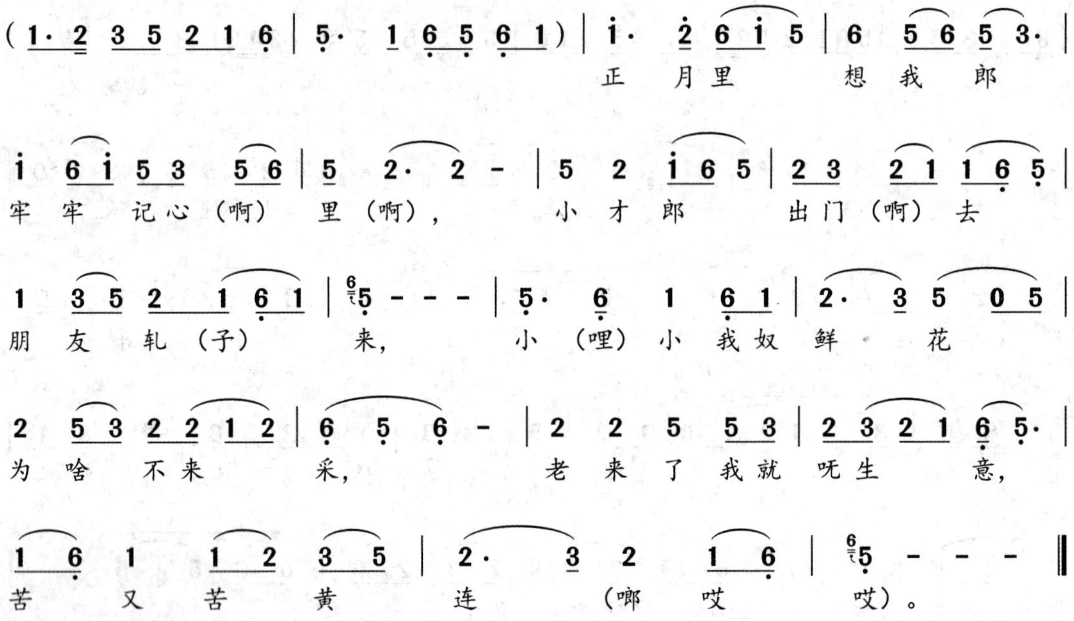

（1· 2 3 5 2 1 6 | 5· 1 6 5 6 1）| i· 2 6 i 5 | 6 5 6 5 3· |

正 月 里　　想 我 郎

i 6 i 5 3 5 6 | 5 2· 2 - | 5 2 i 6 5 | 2 3 2 1 1 6 5 |

牢 牢 记 心（啊）里（啊）,　小 才 郎　出 门（啊）去

1 3 5 2 1 6 1 | 5 - - - | 5· 6 1 6 1 | 2· 3 5 0 5 |

朋 友 轧（子）来,　小（哩）小 我 奴 鲜 花

2 5 3 2 2 1 2 | 6 5 6 - | 2 2 5 5 3 | 2 3 2 1 6 5 |

为 啥 不 来 采,　老 来 了 我 就 呒 生 意,

1 6 i 1 1 2 3 5 | 2· 3 2 1 6 | 5 - - - ‖

苦 又 苦 黄 连　（唧 哎　哎）。

原唱：宋德鼎
记录：李 微
演唱：王文宝

"朋友轧来"中，"轧"是相处的意思，泛指男女恋人。
女声演唱的调为：1=♭B。

小 板 艄（一）

1=C $\frac{3}{4}$ $\frac{2}{4}$
中速

6 6 6 i 5 6 | 2 3 2 6 i 0 | 6 6 i 6 5 3 5 | 6 i 6 3 5 0 | 2 3 2 6 i | 2 3 2 6 i |
唱 一 只 小 板 艄（哎 哟），唱 一 只 小 板 艄（哎 哟），小 小 板 艄

6· i 6 5 3 5 | 5· 6 i | i· 5 6 | 5 6 i 6 5 3 2 | 5 6 5 3 2 ‖
板 出 美 多 姣，美 格 多 姣 （哎），生 也 生 得 好（哎 哎 哈）。

记录：赵万福

小 二 五 更

（宁波）

1=G 2/4

中速

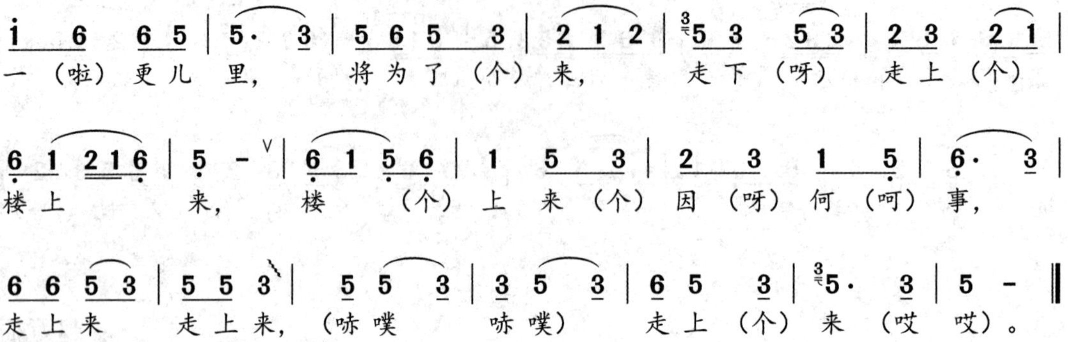

1̇ 6 6 5 | 5· 3 | 5 6 5 3 | 2 1 2 | ³5 3 5 3 | 2 3 2 1 |

一（啦）更儿里， 将为了（个）来， 走下（呀） 走上（个）

6 1 2 1 6 | 5 - ∨ | 6 1 5 6 | 1 5 3 | 2 3 1 5 | 6· 3 |

楼上 来， 楼 （个）上 来（个）因（呀）何（呵）事，

6 6 5 3 | 5 5 3 | 5 5 3 | 3 5 3 | 6 5 3 | ³5· 3 | 5 - ‖

走上来 走上来，（咏噗 咏噗） 走上（个）来（哎 哎）。

原唱：黄君卿
记录：翁正庭

"将为了来"，即"为了什么事来"的意思。

小 放 牛

1=G 2/4

中速

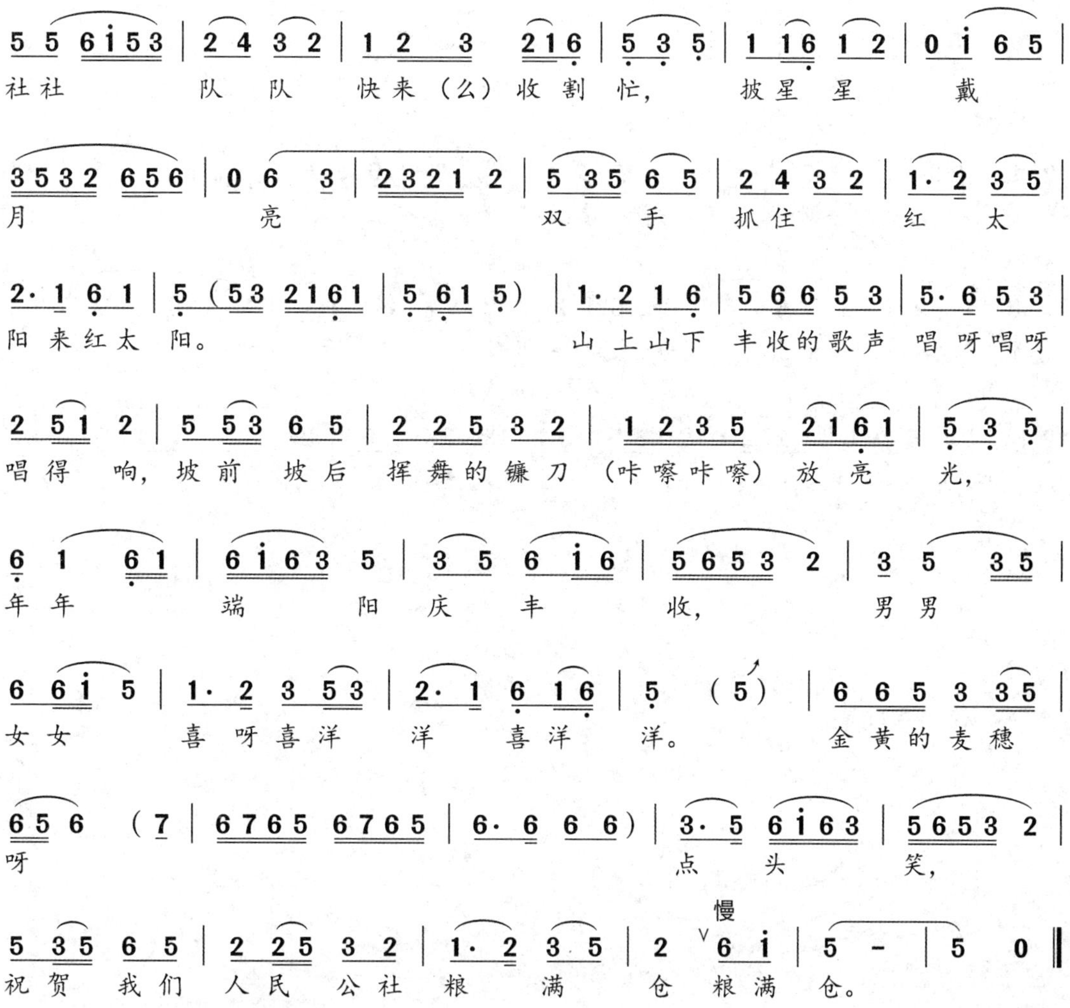

记录：章水祥

小孤孀哭坟

（宁波）

1 = F 4/4

慢 悲伤地

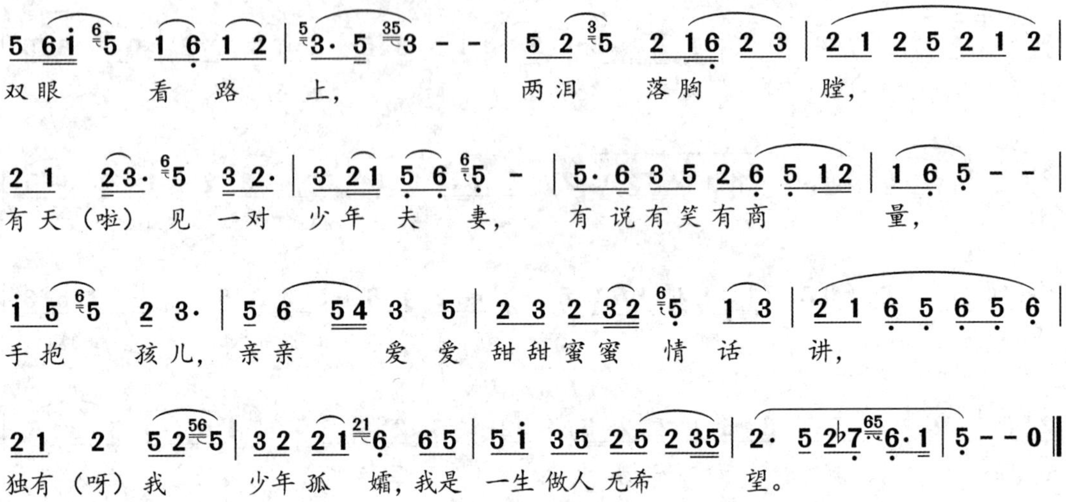

5 6 i 6̲5̲ 1̲6̲1̲2̲ | 5̲3·̲5 3̲5̲3 - - | 5̲2̲3̲5 2̲1̲6̲2̲3 | 2̲1̲2̲5̲2̲1̲2 |

双眼 看 路 上， 两泪 落 胸 膛，

2̲1̲ 2̲3·̲5 3̲2·̲ | 3̲2̲1̲ 5̲6̲5 - | 5·̲6̲3̲5̲2̲6̲5̲1̲2 | 1̲6̲5 - - |

有天（啦）见一对 少年夫妻， 有说有笑有商 量，

i̲5̲6̲5 2̲3· | 5̲6 5̲4̲3 5 | 2̲3 2̲3̲2̲6̲5 1̲3 | 2̲1̲6̲5̲6̲5̲6 |

手抱 孩儿，亲亲 爱爱甜甜蜜蜜 情话 讲，

2̲1̲ 2 5̲2̲5̲6̲5 | 3̲2̲2̲1̲2̲1̲6̲ 6̲5 | 5̲i̲ 3̲5̲2̲5̲2̲3̲5 | 2·̲5̲2̲7̲6̲5̲6·̲1 | 5 - - 0 ‖

独有（呀）我 少年孤 孀，我是 一生 做人 无希 望。

记录：周大风

"孤孀"即寡妇。

新莲花文书调

（宁波）

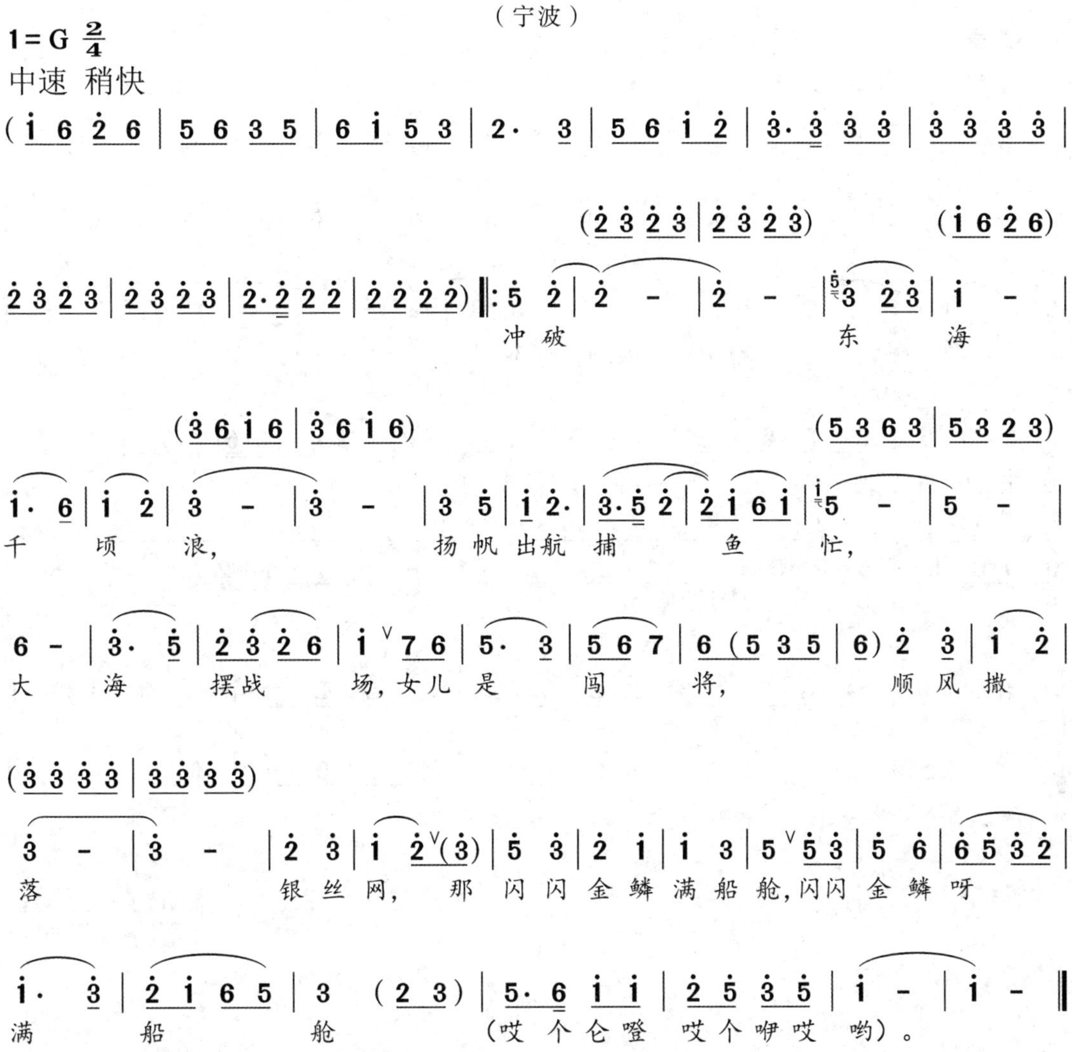

1=G 2/4

中速 稍快

（1̇ 6 2̇ 6 | 5 6 3̇ 5 | 6 1̇ 5 3 | 2·3 | 5 6 1̇ 2̇ | 3̇·3̇ 3̇ 3̇ | 3̇ 3̇ 3̇ 3̇ |

（2̇3̇ 2̇3̇ | 2̇3̇ 2̇3̇）   （1̇ 6 2̇ 6）

2̇3̇ 2̇3̇ | 2̇3̇ 2̇3̇ | 2̇·2̇2̇2̇ | 2̇2̇2̇2̇）‖: 5 2̇ | 2̇ - | 2̇ - | 5̇ 3̇ 2̇3̇ | 1̇ - |
　　　　　　　　　　　　　　　　　　　　　冲 破　　东　　海

（3̇ 6 1̇ 6 | 3̇ 6 1̇ 6）　　　　　　　　　　　（5 3̇ 6 3̇ | 5 3̇ 2̇ 3̇）

1̇·6 1̇ 2̇ | 3̇ - | 3̇ - | 3̇ 5̇ | 1̇ 2̇·3̇·5̇2̇ | 2̇1̇6̇1̇ | 5̇ - | 5 - |
千 顷　浪，　　　扬 帆 出 航 捕　　鱼　忙，

6 - | 3̇·5 | 2̇3̇ 2̇6 | 1̇ 7̇6̇ | 5·3 | 5 6 7 | 6（5 3̇ 5 | 6）2̇ 3̇ | 1̇ 2̇ |
大　海　摆 战　场，女 儿 是　闻　将，　　　顺 风 撒

（3̇ 3̇ 3̇ 3̇ | 3̇ 3̇ 3̇ 3̇）

3̇ - | 3̇ - | 2̇ 3̇ | 1̇ 2̇（3̇）| 5 3̇ | 2̇ 1̇ | 1̇ 3̇ | 5̇ 5̇3̇ | 5 6 | 6̇ 6̇5̇3̇2̇ |
落　　银 丝　网，　那 闪 闪 金 鳞 满 船 舱，闪 闪 金 鳞 呀

1̇·3̇ | 2̇1̇ 6 5 | 3 （2 3）| 5·6 1̇ 1̇ | 2̇ 5̇ 3̇5̇ | 1̇ - | 1̇ - ‖
满　船　舱　　　（哎 个 仑 噔 哎 个 咿 哎 哟）。

记录：汪 平

此曲根据宁波甬剧中的"莲花文书""走书调"融合改编，表现出欢快活跃的情绪，可用于女声
演唱。

其过门吸收了甬剧的小起板，并贯穿全曲，使唱腔更有生气。

宁波民歌
NINGBO FOLK SONGS

新 闻 调

（宁波）

1 = G 2/4

中速 稍慢 自由地

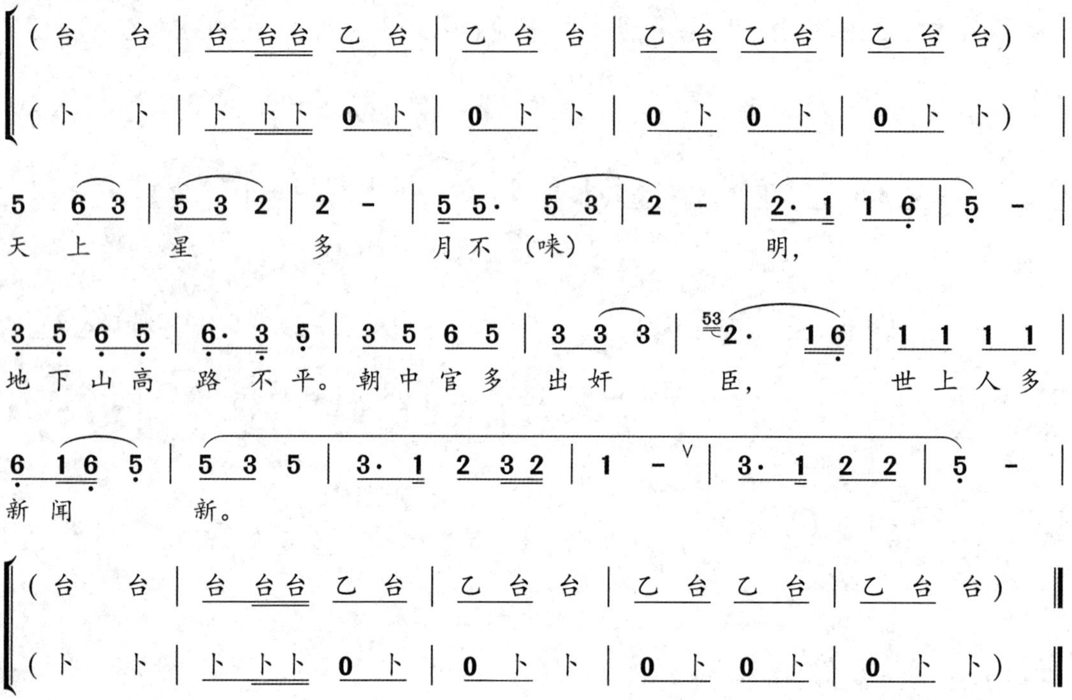

```
( 台    台 | 台 台 台 乙 台 | 乙 台 台 | 乙 台 乙 台 | 乙 台 台 ) |
( 卜    卜 | 卜 卜 卜 0 卜 | 0 卜 卜 | 0 卜 0 卜 | 0 卜 卜 ) |
```

```
5  6 3 | 5 3 2 | 2 - | 5 5· 5 3 | 2 - | 2· 1 1 6 | 5 - |
天  上 星  多    月 不（唻）       明，
```

```
3 5 6 5 | 6· 3 5 | 3 5 6 5 | 3 3 3 | 2· 1 6 | 1 1 1 1 |
地下 山高  路 不 平。 朝中 官 多 出 奸   臣，      世上 人 多
```

```
6· 1 6 5 | 5 3 5 | 3· 1 2 3 2 | 1 - ∨ | 3· 1 2 2 | 5 - |
新 闻   新。
```

```
( 台    台 | 台 台 台 乙 台 | 乙 台 台 | 乙 台 乙 台 | 乙 台 台 ) ‖
( 卜    卜 | 卜 卜 卜 0 卜 | 0 卜 卜 | 0 卜 0 卜 | 0 卜 卜 ) ‖
```

记录：万国春
演唱：万国春

牙 牌 仔

（宁波）

1=G 2/4

中速

(5· 6 5 3 | 2 3 2 1 | 6 5 6 1 | 2 3 1 | 2 1 6 1 6 | 5 0) |

5· 6 5 3 | 2 2 3 | 1 6 5 3 | 2· 3 | 1· 6 |
天 牌 （呀 呀 子） 地 牌 呀, 小

5· 3 | 2 1 6 1 5 6 | 1 - | 6 5 6 1 | 2 5 2 3 |
妹 妹 打 牙 牌, 耳 听 得 门 外

1 2 3 5 | 2 2 1 | 6 5 6 1 | 2 3 1 | 2 1 6 1 | 5 - |
有 人 进 房 来,（哎 哟） 对 手 儿 把 门 开,

5· 6 5 3 | 2 3 2 1 | 6 1 6 1 | 2 3 1 | 2 1 6 1 6 | 5 0 ‖
（哎 子 咿 哎 哟） 情 哥 哥 你 请 进 房 来。

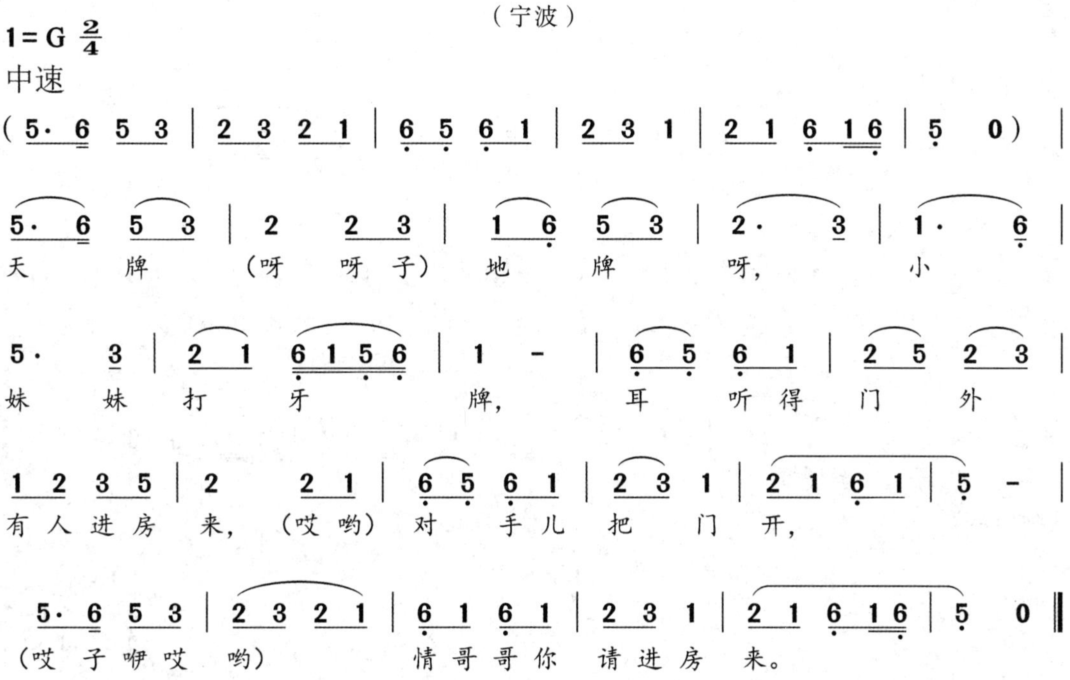

原唱：芦影湘
记录：章水祥
演唱：吕　明

烟花女子告阴状

（宁波）

1 = G 4/4

中速 悲伤地

```
2 1  2 - - | 2· 3  5  5  2 | 3 5 3 2  1 - - |
初 一    月  半 庙 门 开，

1· 2  2 3 5  2 3 2 1 | 2 3 2 1  6 1 2 3  1· 6 5 | 3· 2 1  6 1  2 - |
牛 头  马 面 分 作  两 边 站（呀）， 双 膝 蹲 地 来

2· 3  5 6 5  3 - | 3  3  2 3 2 1  6 1 2 3 | 1 2 1 6  5 - - ‖
（哎 哎 哈）， 烟 花 女 子  告 状 来。
```

原唱：金玉兰
记录：周大风

烟花算命调

（宁波）

1=F 2/4

快板

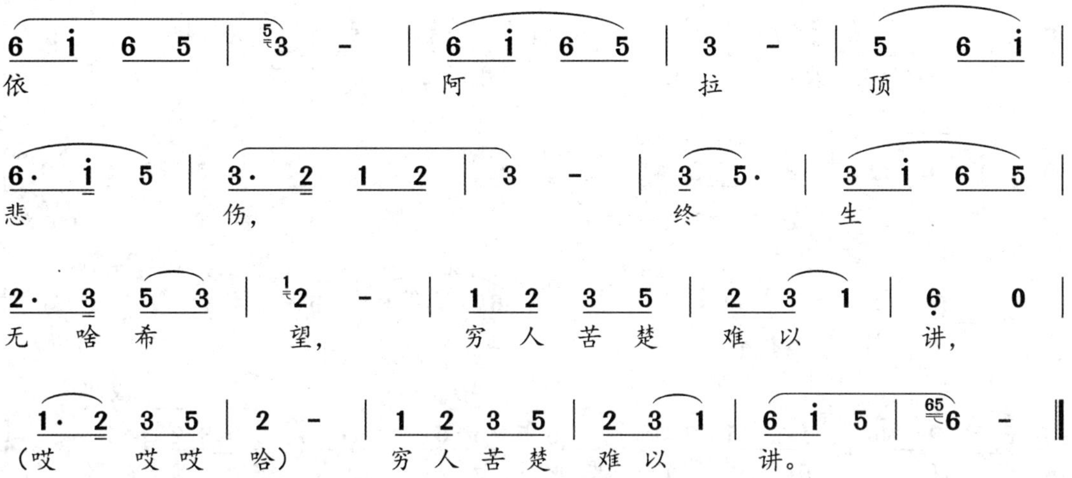

```
6  i  6  5 | ⁵₃ 3  - | 6  i  6  5 | 3  - | 5   6   i |
依                  阿        拉           顶
```

```
6·  i  5 | 3·  2  1  2 | 3  - | 3  5·  | 3  i  6  5 |
悲    伤,              终  生
```

```
2·  3  5  3 | ¹₂ 2  - | 1  2  3  5 | 2  3  1 | 6·  0 |
无  啥 希  望,      穷  人 苦 楚 难 以    讲,
```

```
1·  2  3  5 | 2  - | 1  2  3  5 | 2  3  1 | 6  i  5 | ⁶⁵6 6  - ‖
(哎  哎 哎 哈)    穷  人 苦 楚 难 以    讲。
```

原唱：金玉兰
记录：周大风
演唱：王锦文

83

扬州五更

（宁波）

1=D 2/4

中速

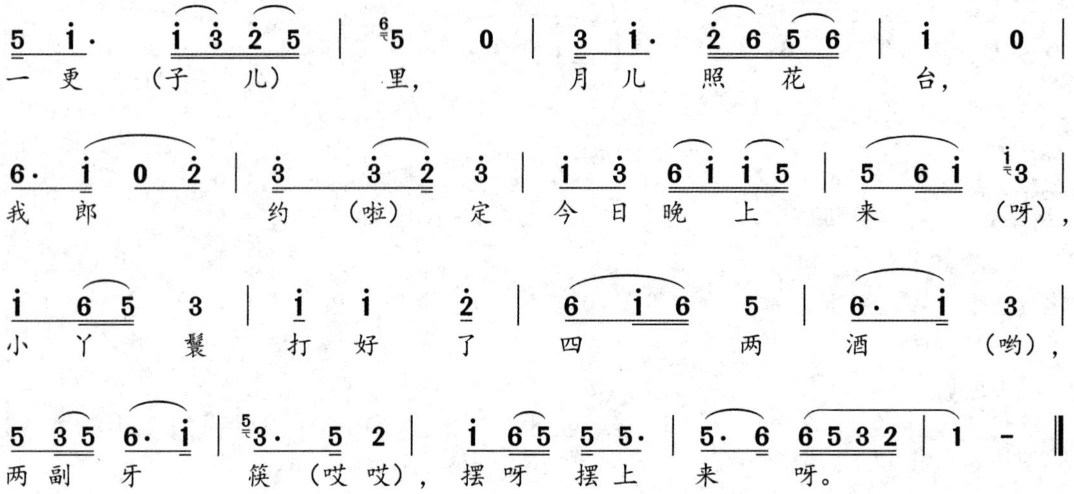

```
5  i· | i 3 2 5 | ⁶5  0 | 3 i· | 2 6 5 6 | i  0 |
一 更 （子 儿）    里，     月 儿 照  花  台，
```

```
6· i | 0 2 | 3  3 2 3 | i 3 6 i 5 | 5 6 i | ⁱ3 |
我 郎   约 （啦） 定  今 日 晚 上  来 （呀），
```

```
i 6 5 | 3 | i i | 2 | 6 i 6 5 | 6· i | 3 |
小 丫 鬟 打 好  了 四   两    酒 （哟），
```

```
5 3 5 | 6· i | ⁵3· 5 2 | i 6 5 5 5· | 5· 6 | 6 5 3 2 | 1 — ‖
两 副 牙  筷 （哎 哎）， 摆 呀 摆 上  来  呀。
```

记录：李 微

杨柳青调

（宁波）

1 = G 2/4

中速

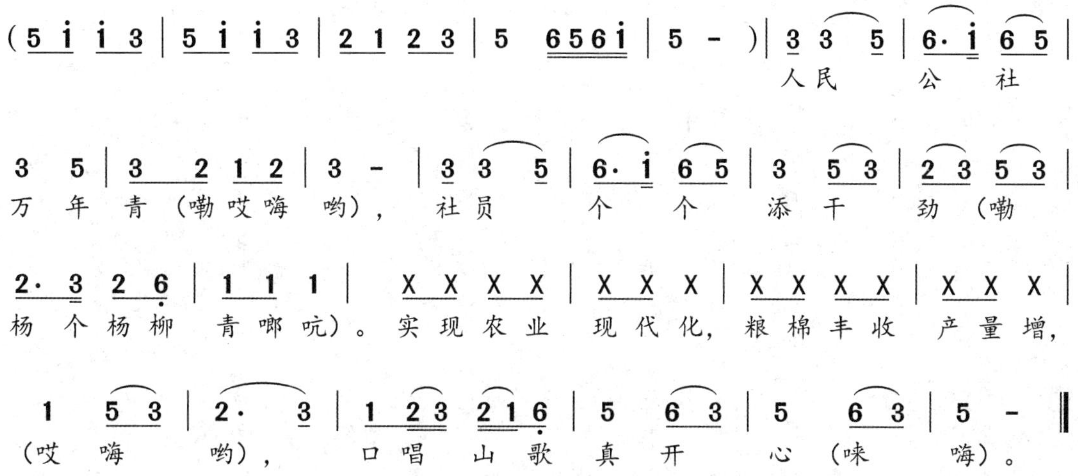

(5 i i 3 | 5 i i 3 | 2 1 2 3 | 5 6 5 6 i | 5 -) | 3 3 5 | 6·i 6 5 |

人民　公社

3 5 | 3 2 1 2 | 3 - | 3 3 5 | 6·i 6 5 | 3 5 3 | 2 3 5 3 |

万年青（嘞哎嗨哟），　社员　个个　添干劲（嘞

2·3 2 6 | 1 1 1 | X X X X | X X X | X X X X | X X X |

杨个杨柳　青嘟吭）。 实现农业　现代化，粮棉丰收　产量增，

1 5 3 | 2·3 | 1 2 3 2 1 6 | 5 6 3 | 5 6 3 | 5 - ‖

（哎嗨　哟）， 口唱山歌　真开心（唻嗨）。

记录：汪　平

演唱：李佩菁　史　艳

　　　王文爱　王彩飞

85

扫码听歌

摇船五更调

（宁波）

1 = C 4/4

中速

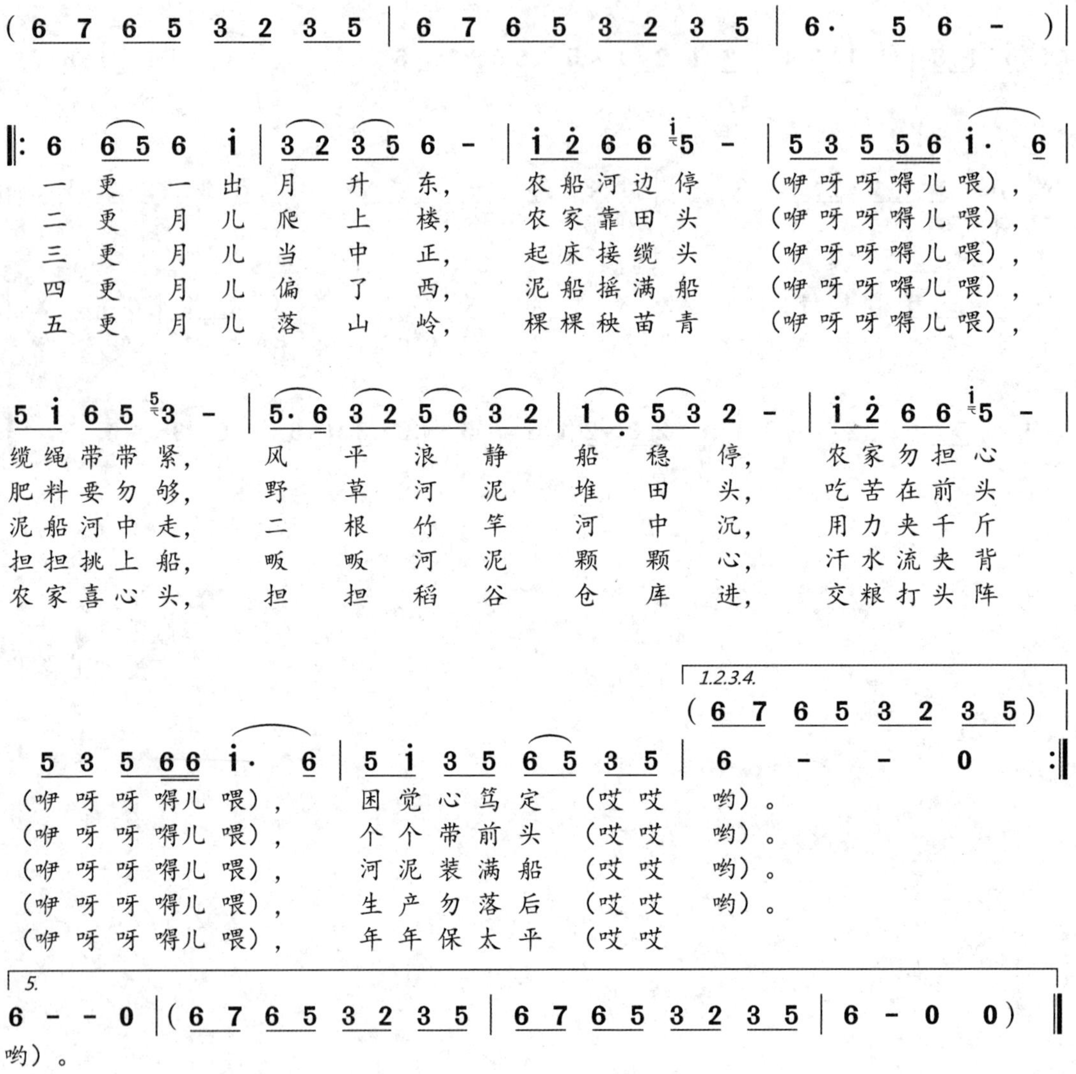

(6 7 6 5 3 2 3 5 | 6 7 6 5 3 2 3 5 | 6· 5 6 -) |

‖: 6 6 5 6 i | 3 2 3 5 6 - | i 2 6 6 i 5 - | 5 3 5 5 6 i· 6 |

一更一出月升东，　农船河边停　（咿呀呀嘚儿喂），
二更月儿爬上楼，　农家靠田头　（咿呀呀嘚儿喂），
三更月儿当中正，　起床接缆头　（咿呀呀嘚儿喂），
四更月儿偏了西，　泥船摇满船　（咿呀呀嘚儿喂），
五更月儿落山岭，　棵棵秧苗青　（咿呀呀嘚儿喂），

5 i 6 5 5 3 - | 5· 6 3 2 5 6 3 2 | i 6· 5 3 2 - | i 2 6 6 i 5 - |

缆绳带带紧，　风平浪静船稳停，　农家勿担心
肥料要勿够，　野草河泥堆田头沉，　吃苦在前头
泥船河中走，　二根竹竿河中沉，　用力夹千斤
担担挑上船，　畈畈河泥颗颗心，　汗水流夹背
农家喜心头，　担担稻谷仓库进，　交粮打头阵

5 3 5 5 6 6 i· 6 | 5 i 3 5 6 5 3 5 | 6 - - 0 :‖

（咿呀呀嘚儿喂），　困觉心笃定　（哎哎　哟）。
（咿呀呀嘚儿喂），　个个带前头　（哎哎　哟）。
（咿呀呀嘚儿喂），　河泥装满船　（哎哎　哟）。
（咿呀呀嘚儿喂），　生产勿落后　（哎哎　哟）。
（咿呀呀嘚儿喂），　年年保太平　（哎哎

1.2.3.4.
(6 7 6 5 3 2 3 5) |

5.
6 - - 0 | (6 7 6 5 3 2 3 5 | 6 7 6 5 3 2 3 5 | 6 - 0 0) ‖

哟）。

记录：汪　平
演唱：万国春

　　此曲在宁波地区比较流行。以前船是城乡的主要交通工具，也是农民劳动工具之一。农民运送庄稼、肥料或捞取河泥，都是靠船来运输。船工走百里要拉纤绳，船老大为了解除疲劳，会在船上唱五更调。

游 魂 调

（宁波）

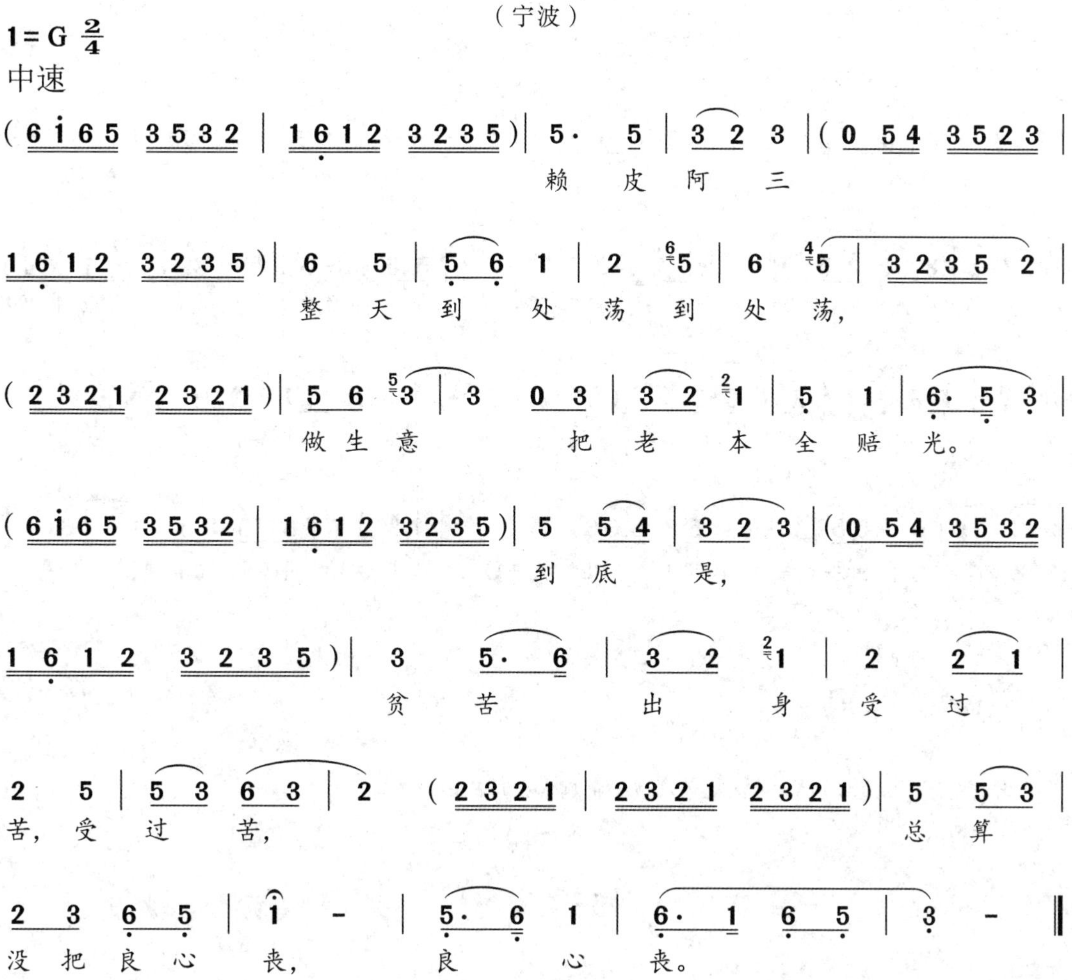

1=G 2/4

中速

（6 i 6 5　3 5 3 2｜1 6 1 2　3 2 3 5）｜5· 5｜3 2 3｜（0 5 4　3 5 2 3｜
　　　　　　　　　　　　　　　　　　　　　赖 皮 阿 三

1 6 1 2　3 2 3 5）｜6　5｜5 6 1｜2　5｜6　5｜3 2 3 5　2｜
　　　　　　　　　整 天 到　处 荡 到 处 荡，

（2 3 2 1　2 3 2 1）｜5 6 3｜3　0 3｜3 2 1｜5 1｜6· 5 3｜
　　　　　　　　做 生 意　　把 老　本 全 赔 光。

（6 i 6 5　3 5 3 2｜1 6 1 2　3 2 3 5）｜5　5 4｜3 2 3｜（0 5 4　3 5 3 2｜
　　　　　　　　　　　　　　　　　　　到 底 是，

1 6 1 2　3 2 3 5）｜3　5· 6｜3 2　1｜2　2 1｜
　　　　　贫 苦　出 身 受 过

2　5｜5 3 6 3｜2　（2 3 2 1｜2 3 2 1　2 3 2 1）｜5　5 3｜
苦， 受 过 苦，　　　　　　　　　　　　总 算

2 3　6 5｜i　-｜5· 6 1｜6· 1　6 5｜3　-‖
没 把 良 心　丧，　良　心　丧。

记录：章水祥

87

玉兰叹五更

（宁波）

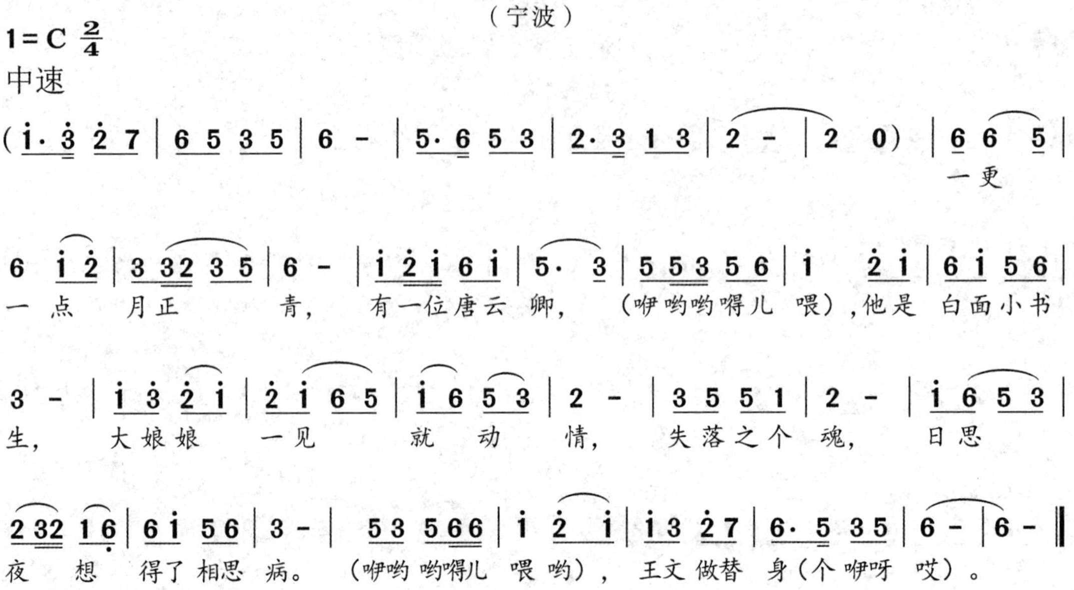

1=C 2/4

中速

（1· 3 2 7 | 6 5 3 5 | 6 - | 5· 6 5 3 | 2· 3 1 3 | 2 - | 2 0 ）| 6 6 5 |

一更

6 1 2 | 3 3 3 2 3 5 | 6 - | 1 2 1 6 1 | 5· 3 | 5 5 3 5 6 | 1 2 1 | 6 1 5 6 |

一 点 月 正 青， 有一位唐云 卿， （咿哟哟嗬儿 喂），他是 白面小书

3 - | 1 3 2 1 | 2 1 6 5 | 1 6 5 3 | 2 - | 3 5 5 1 | 2 - | 1 6 5 3 |

生， 大娘娘 一见 就 动 情， 失落之个 魂， 日思

2 3 2 1 6 | 6 1 5 6 | 3 - | 5 3 5 6 6 | 1 2 1 1 3 2 7 | 6· 5 3 5 | 6 - | 6 - ‖

夜 想 得了相思 病。 （咿哟 哟嗬儿 喂哟）， 王文 做替 身（个咿呀 哎）。

记录：汪 平

此调又称《怕老婆调》，民间地方社戏、甬剧常采用此调。

怨 我 郎

（宁波）

1＝F $\frac{4}{4}$

中速 稍慢

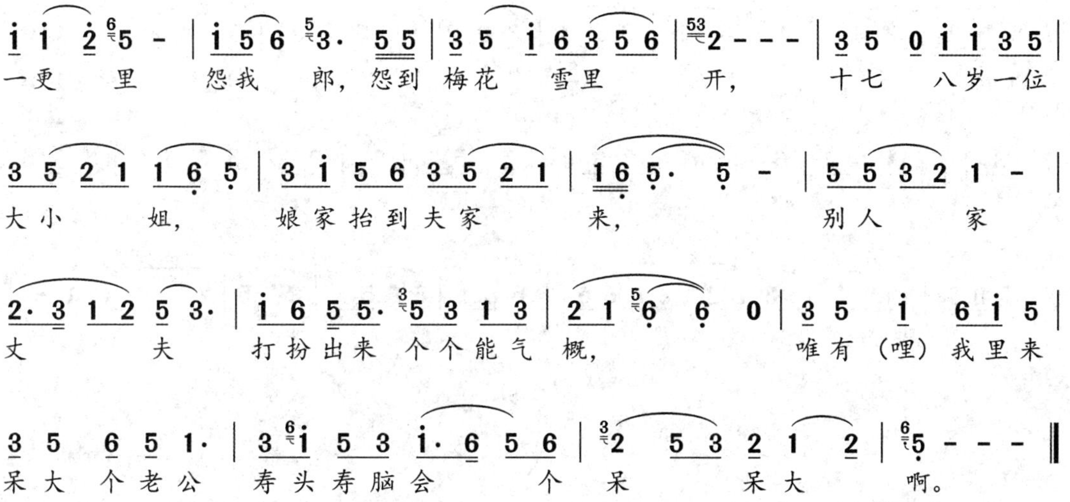

```
i i 2̲6̲5 - | i̲ 5̲6̲ 5̲3̲· 5̲5̲ | 3̲5̲ i̲6̲3̲5̲6̲ | 5̲3̲2 - - - | 3̲5̲ 0i̲i̲3̲5̲ |
一更  里  怨我  郎，怨到梅花  雪里     开，  十七  八岁一位
```

```
3̲5̲2̲1̲ 1̲6̲5̲ | 3̲i̲5̲6̲3̲5̲2̲1̲ | 1̲6̲5̲·  5̲ - | 5̲5̲3̲2̲1 - |
大小   姐，  娘家抬到夫家   来，     别人  家
```

```
2̲·3̲1̲2̲5̲3̲· | i̲6̲5̲5̲·3̲5̲3̲1̲3̲ | 2̲1̲5̲6̲ 6̲ 0 | 3̲5̲ i̲ 6̲i̲5̲ |
丈      夫  打扮出来 个个能气  概，    唯有（哩）我里来
```

```
3̲5̲ 6̲5̲1̲· | 3̲6̲i̲5̲3̲ i̲·6̲5̲6̲ | 3̲2 5̲3̲2̲1̲ 2 | 6̲5 - - - ‖
呆大 个老公  寿头寿脑会 个  呆  呆大    啊。
```

记录：汪 平

"呆大"，即"傻瓜"。"寿头寿脑"，指头脑不正常。

月　调（一）

（宁波）

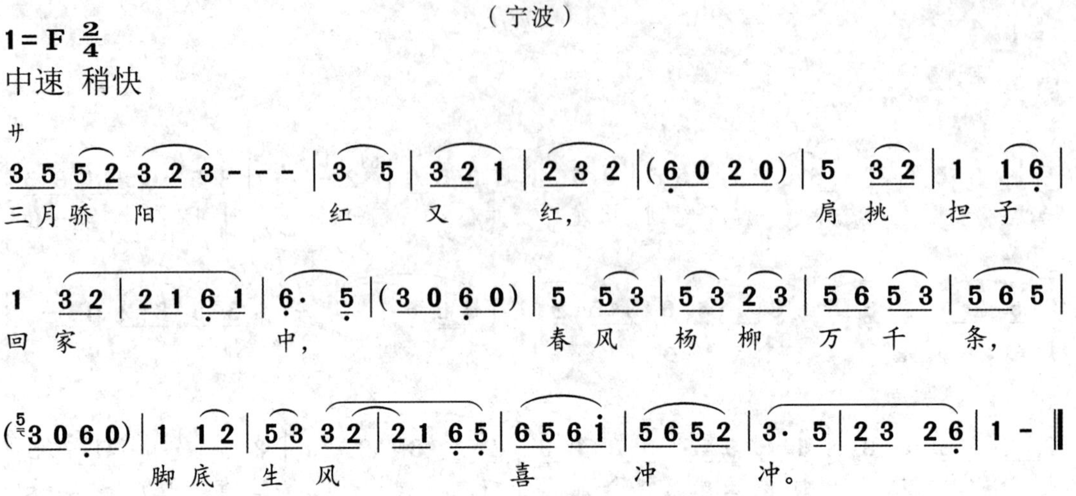

1=F 2/4

中速 稍快

```
廿
3 5 5 2 3 2 3 - - - | 3 5 | 3 2 1 | 2 3 2 | (6 0 2 0) | 5 3 2 | 1 1 6 |
三月 骄 阳      红 又 红，          肩 挑 担 子

1 3 2 | 2 1 6 1 | 6· 5 | (3 0 6 0) | 5 5 3 | 5 3 2 3 | 5 6 5 3 | 5 6 5 |
回 家        中，          春风 杨柳 万 千 条，

(3 0 6 0) | 1 1 2 | 5 3 3 2 | 2 1 6 5 | 6 5 6 1 | 5 6 5 2 | 3· 5 | 2 3 2 6 | 1 - ‖
脚底 生风    喜 冲   冲。
```

记录：汪　平

月　调（二）

（宁波）

1＝C 2/4 1/4

中速 稍快

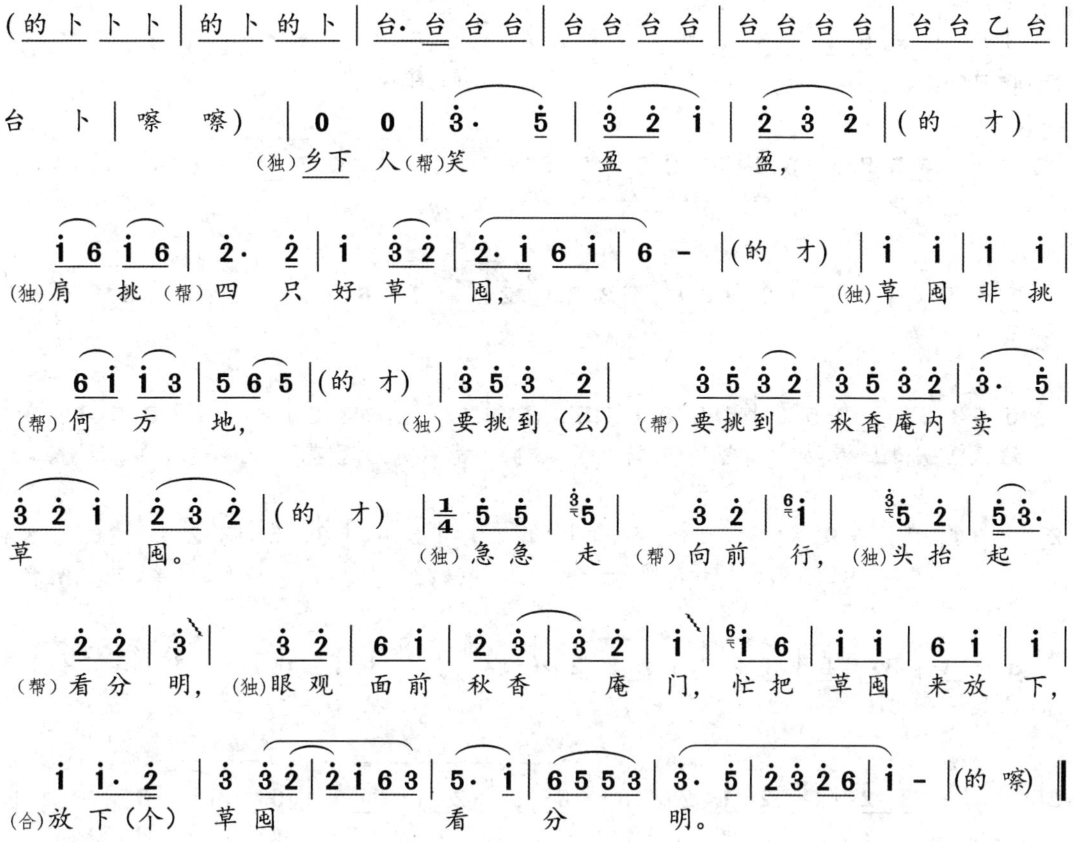

（的 卜 卜 卜｜的 卜 的 卜｜台·台 台 台｜台 台 台 台｜台 台 台 台｜台 台 乙 台｜

台 卜｜嚓 嚓）｜0 0 0 3·5｜3 2 i｜2 3 2｜（的 才）｜

（独）乡下 人（帮）笑　　盈　　盈，

i 6 i 6｜2· 2｜i 3 2｜2· i 6 i｜6 -｜（的 才）｜i i i i｜

（独）肩 挑（帮）四 只 好 草 囤，　　　　　　　　（独）草 囤 非 挑

6 i i 3｜5 6 5｜（的 才）｜3 5 3 2｜3 5 3 2｜3 5 3 2｜3·5｜

（帮）何 方 地，　　　　（独）要 挑 到（么）（帮）要 挑 到　秋 香 庵 内 卖

3 2 i｜2 3 2｜（的 才）｜1/4 5 5｜3/5 5｜3 2｜6/5 i｜3/5 2｜5 3·｜

草　　　囤。　　　　（独）急 急 走（帮）向 前　行，（独）头 抬 起

2 2｜3｜3 2｜6 1｜2 3｜3 2｜i｜6/5 i 6｜i i｜6 i｜i｜

（帮）看 分　明，（独）眼 观 面 前 秋 香　庵 门，忙 把 草 囤 来 放 下，

i i·2｜3 3 2｜2 i 6 3｜5· i｜6 5 5 3｜3·5｜2 3 2 6｜i -｜（的 嚓）‖

（合）放 下（个）草 囤　　　看　分　　明。

原唱：张德元
　　　王文斌
记录：翁正庭
演唱：刘海涛
　　　王文宝

月　调（三）

（宁波）

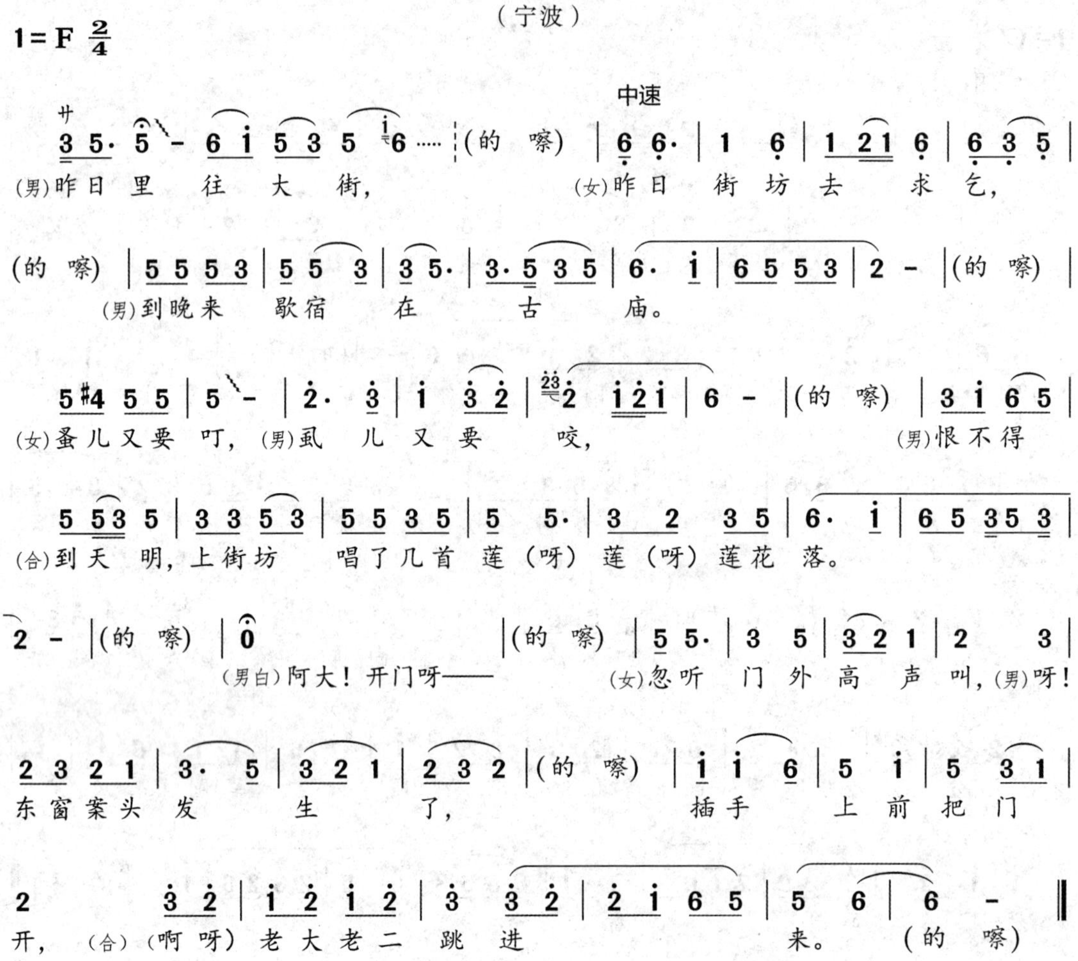

1=F　2/4

中速

```
 3 5·5 - 6 i 5 3 5  i 6……|(的 嚓) |6 6·|1 6|1 2 1 6|6 3 5|
(男)昨日里往大街，        (女)昨日街坊去求乞，

(的 嚓)|5 5 5 3|5 5  3|3 5·3·5 3 5|6·i|6 5 5 3|2 -|(的 嚓)|
   (男)到晚来 歇宿在  古  庙。

 5 #4 5 5|5 - |2·3|i 3 2|2 3 2 1 2 1 6 -|(的 嚓)|3 i 6 5|
(女)蚤儿又要叮，(男)虱儿又要咬，         (男)恨不得

 5 5 3 5|3 3 5 3|5 5 3 5|5  5·3|5  2 3 5|6·i|6 5 3 5 3|
(合)到天明，上街坊 唱了几首莲（呀）莲（呀）莲花落。

 2 - |(的 嚓)|0    |(的 嚓)|5 5·3 5|3 2 1|2  3|
   (男白)阿大！开门呀——   (女)忽听 门外高声叫,(男)呀！

 2 3 2 1|3·5|3 2 1|2 3 2|(的 嚓)|i i 6|5 i|5 3 1|
东窗案头发 生 了，         插手 上前把门

 2   3 2|i 2 i 2|3|3 2 2 i 6 5|5 6|6 -‖
开，(合)（啊呀）老大老二 跳 进     来。 （的 嚓）
```

原唱：黄君卿
　　　张德元
记录：翁正庭

月　调（四）

（宁波）

1=F 2/4

中速　自由地

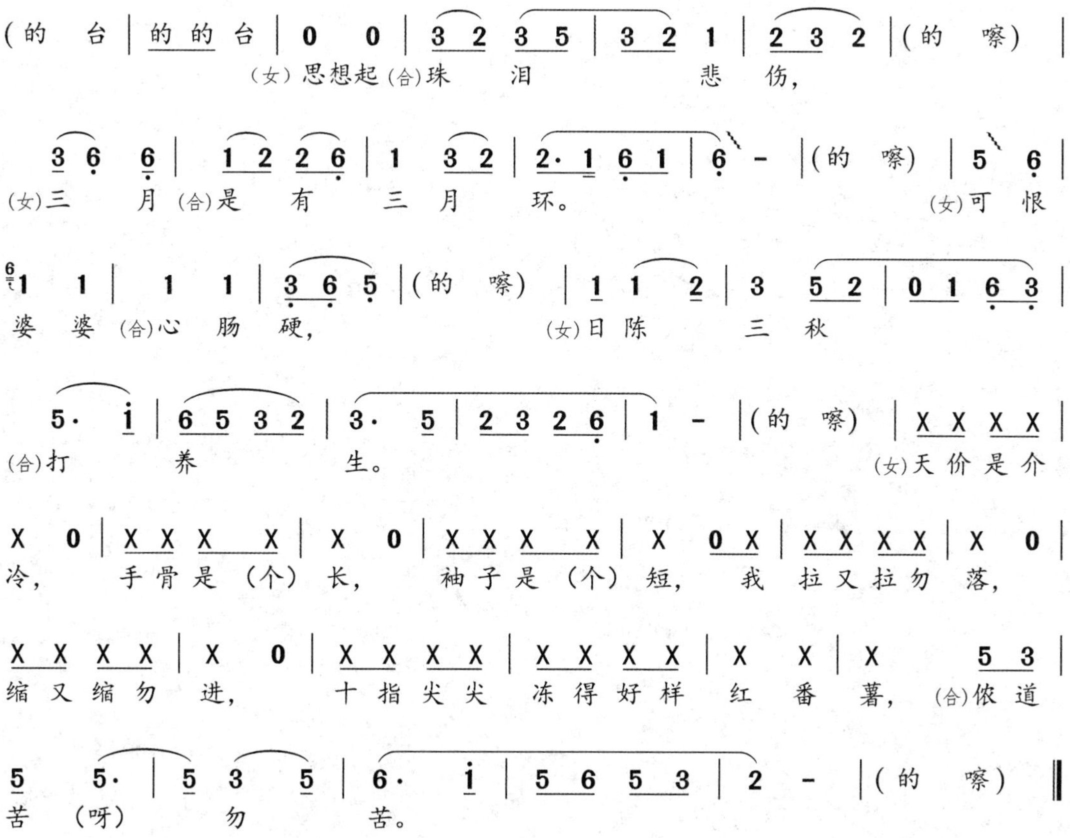

（的 台｜的 的 台｜0　0｜3 2 3 5｜3 2 1｜2 3 2｜（的　嚓）｜
（女）思想起 (合)珠　泪　　　悲　伤，

3 6 6｜1 2 2 6｜1 3 2｜2·1 6 1｜6 -｜（的 嚓）｜5 6｜
（女）三　月 (合)是　有　三　月　环。　　　　　　（女）可 恨

1 1｜1 1｜3 6 5｜（的　嚓）｜1 1 2｜3 5 2｜0 1 6 3｜
婆　婆 (合)心　肠　硬，　　　　（女）日陈　三　秋

5· 1｜6 5 3 2｜3· 5｜2 3 2 6｜1 -｜（的　嚓）｜X X X X｜
(合)打　养　　生。　　　　　　　　　（女）天 价 是 介

X 0｜X X X X｜X 0｜X X X X｜X 0 X｜X X X X｜X 0｜
冷，　手 骨 是（个）长，　　袖 子 是（个）短，　我 拉 又 拉 勿 落，

X X X X｜X 0｜X X X X｜X X X X｜X X｜X｜5 3｜
缩 又 缩 勿 进，　十 指 尖 尖 冻 得 好 样 红 番 薯，(合)侬 道

5 5·｜5 3 5｜6· 1｜5 6 5 3｜2 -｜（的　嚓）‖
苦（呀） 勿　　苦。

原唱：金玉兰
　　　黄君卿
记录：翁正庭

"天价"即"天气"，"养生"即"童养媳"。

奉化 二

种田山歌

（奉化）

1 = D 2/4

中速 坚定有力地

X X X X | X X X | X X X X | X X X | X X X X | X X X |
水 牛 头 上　　两 只 角，　走 起 路 来　　踱 步 踱，　耕 起 田 来　　劲 道 足，

X X X X | X X X | X X X X | X X X | X X X X | X X X |
老 来 还 要　　杀 杀 吃。　看 牛 小 孩　　交 关 恶，　又 要 打 来　　又 要 辱，

i 2 i 6 | 3 5 | 6 - | i 2 i 6 | 3 5 | 6 - ‖
水　牛 呀 劳　碌　啊，　　　水　牛 呀 劳　碌　啊。

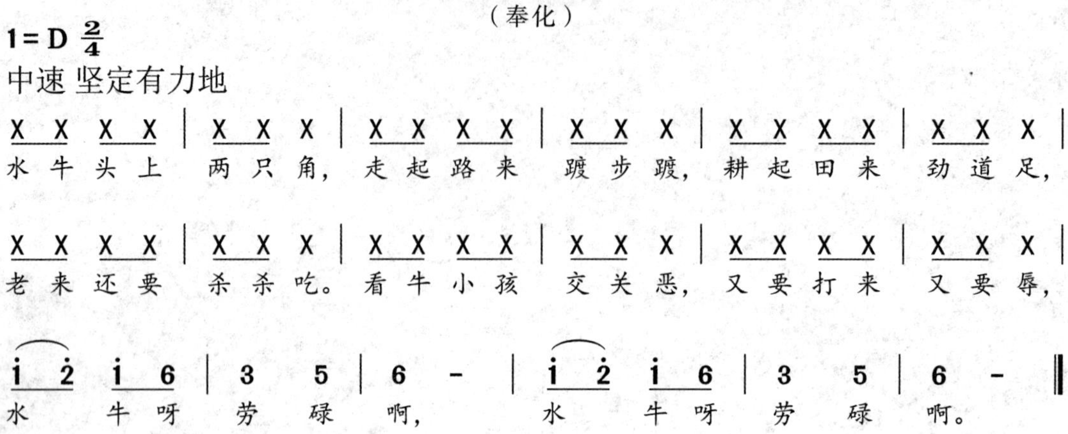

原唱：俞月明
记录：张志军

（二）小调

吃酒挖花调

（奉化）

1=♭B 4/4

节奏自由 愉悦地

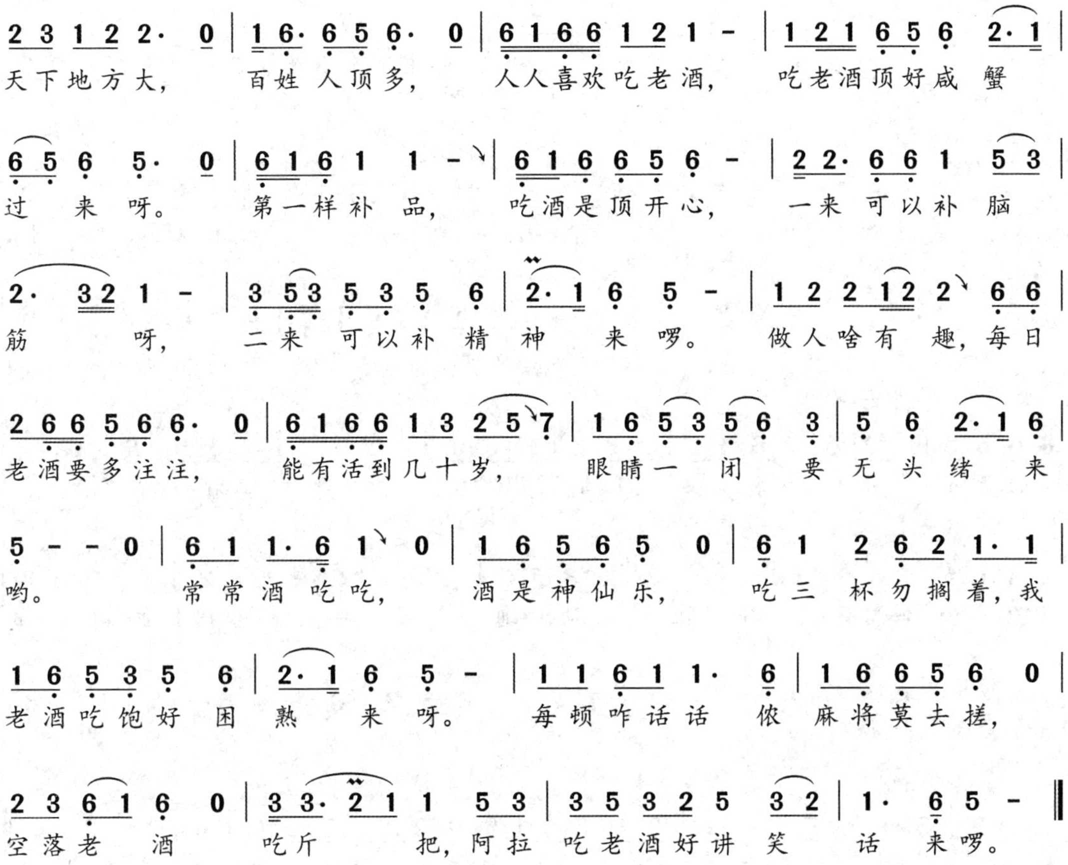

2 3 1 2 2· 0 | 1 6· 6 5 6 · 0 | 6 1 6 6 1 2 1 - | 1 2 1 6 5 6 2· 1 |

天 下 地 方 大, 百姓 人 顶 多, 人人 喜欢 吃 老 酒, 吃 老酒 顶 好 咸 蟹

6 5 6 5· 0 | 6 1 6 1 1 - | 6 1 6 6 5 6 - | 2 2· 6 6 1 5 3 |

过 来 呀。 第一 样 补 品, 吃酒 是 顶 开 心, 一来 可以 补 脑

2· 3 2 1 - | 3 5 3 5 3 5 6 | 2· 1 6 5 - | 1 2 2 1 2 2· 6 6 |

筋 呀, 二来 可以 补 精 神 来 罗。 做人 啥 有 趣, 每日

2 6 6 5 6 6· 0 | 6 1 6 6 1 3 2 5 7 | 1 6 5 3 5 6 3 5 6 2· 1 6 |

老酒 要 多 注注, 能 有 活到 几十 岁, 眼睛 一 闭 要 无 头 绪 来

5 - - 0 | 6 1 1· 6 1 0 | 1 6 5 6 5 0 | 6 1 2 6 2 1· 1 |

哟。 常常 酒 吃吃, 酒 是 神仙 乐, 吃三 杯 勿 搁着, 我

1 6 5 3 5 6 | 2· 1 6 5 - | 1 1 6 1 1· 6 | 1 6 6 5 6 0 |

老酒 吃 饱 好 困 熟 来 呀。 每顿 咋 话话 侬 麻将 莫 去 搓,

2 3 6 1 6 0 | 3 3· 2 1 1 5 3 | 3 5 3 2 5 3 2 | 1· 6 5 - |

空落 老 酒 吃斤 把, 阿拉 吃 老酒 好 讲 笑 话 来 罗。

原唱：包斌云
记录：单良君
演唱：单良君

歌曲中"注注"意为"喝"。

97

扫码听歌

宁波民歌
NINGBO FOLK SONGS

春　游

（奉化）

1=D 2/4

中速 稍慢 激动地

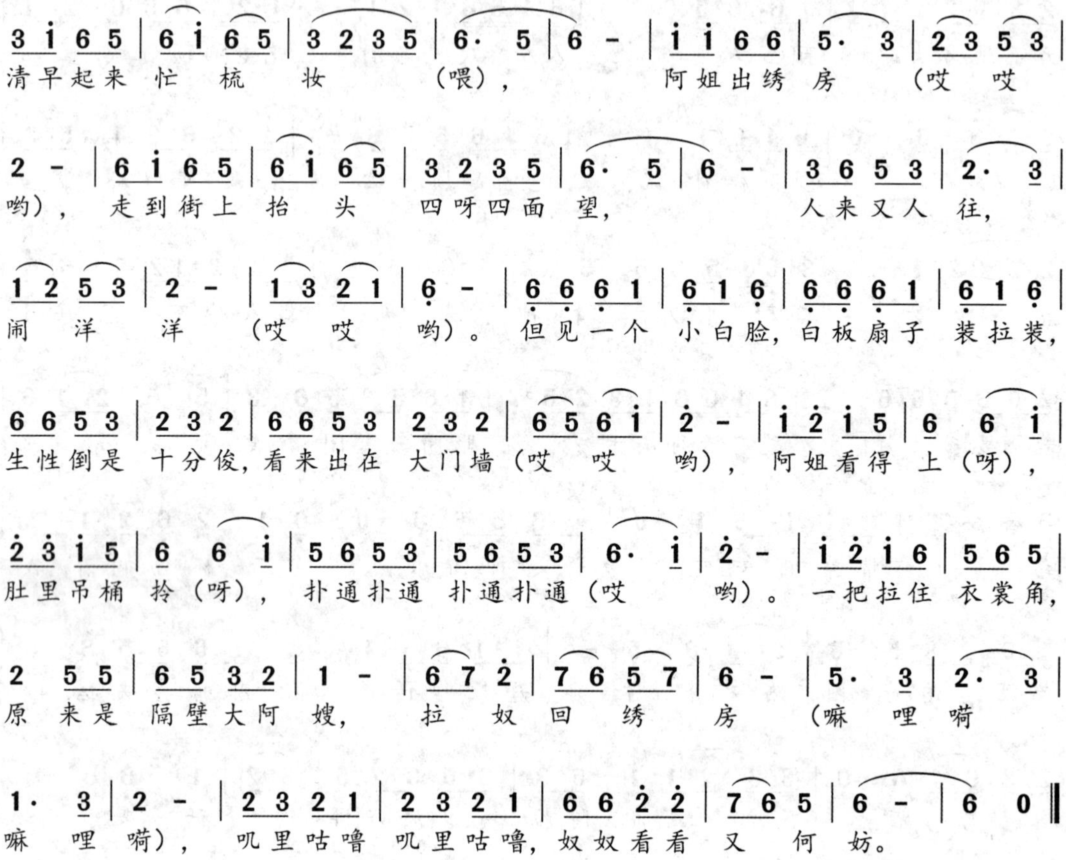

```
3 1̇ 6 5 | 6 1̇ 6 5 | 3 2 3 5 | 6· 5 | 6 - | 1̇ 1̇ 6 6 | 5· 3 | 2 3 5 3 |
清早起来  忙 梳  妆 （喂）          阿姐出绣 房 （哎 哎
```

```
2 - | 6 1̇ 6 5 | 6 1̇ 6 5 | 3 2 3 5 | 6· 5 | 6 - | 3 6 5 3 | 2· 3 |
哟）  走到街上 抬 头  四呀四面望      人来又人 往，
```

```
1 2 5 3 | 2 - | 1 3 2 1 | 6̣ - | 6̣ 6̣ 6̣ 1 | 6 1 6̣ | 6̣ 6̣ 6̣ 1 | 6 1 6̣ |
闹 洋 洋 （哎 哎 哟）  但见一个 小白脸，白板扇子 装拉装，
```

```
6 6 5 3 | 2 3 2 | 6 6 5 3 | 2 3 2 | 6 5 6 1̇ | 2̇ - | 1̇ 2̇ 1̇ 5 | 6 6 1̇ |
生性倒是 十分俊，看来出在 大门墙（哎 哎  哟），阿姐看得 上（呀），
```

```
2̇ 3̇ 1̇ 5 | 6 6 1̇ | 5 6 5 3 | 5 6 5 3 | 6· 1̇ | 2̇ - | 1̇ 2̇ 1̇ 6 | 5 6 5 |
肚里吊桶 拎（呀），扑通扑通 扑通扑通（哎  哟）。 一把拉住 衣裳角，
```

```
2 5 5 | 6 5 3 2 | 1 - | 6̣ 7̣ 2 | 7 6 5 7 | 6 - | 5· 3 | 2· 3 |
原来是隔壁 大阿嫂，  拉 奴 回绣 房（嘛 哩 嗬
```

```
1· 3 | 2 - | 2 3 2 1 | 2 3 2 1 | 6 6 2̇ 2̇ | 7 6 5 | 6 - | 6 0 ‖
嘛 哩 嗬）  叽里咕噜 叽里咕噜，奴奴看看 又 何 妨。
```

记录：周大风
演唱：赵艺红

98

打 养 生（滩簧）

（奉化）

1 = G 4/4

中速 稍慢 节奏稍自由 怨诉地

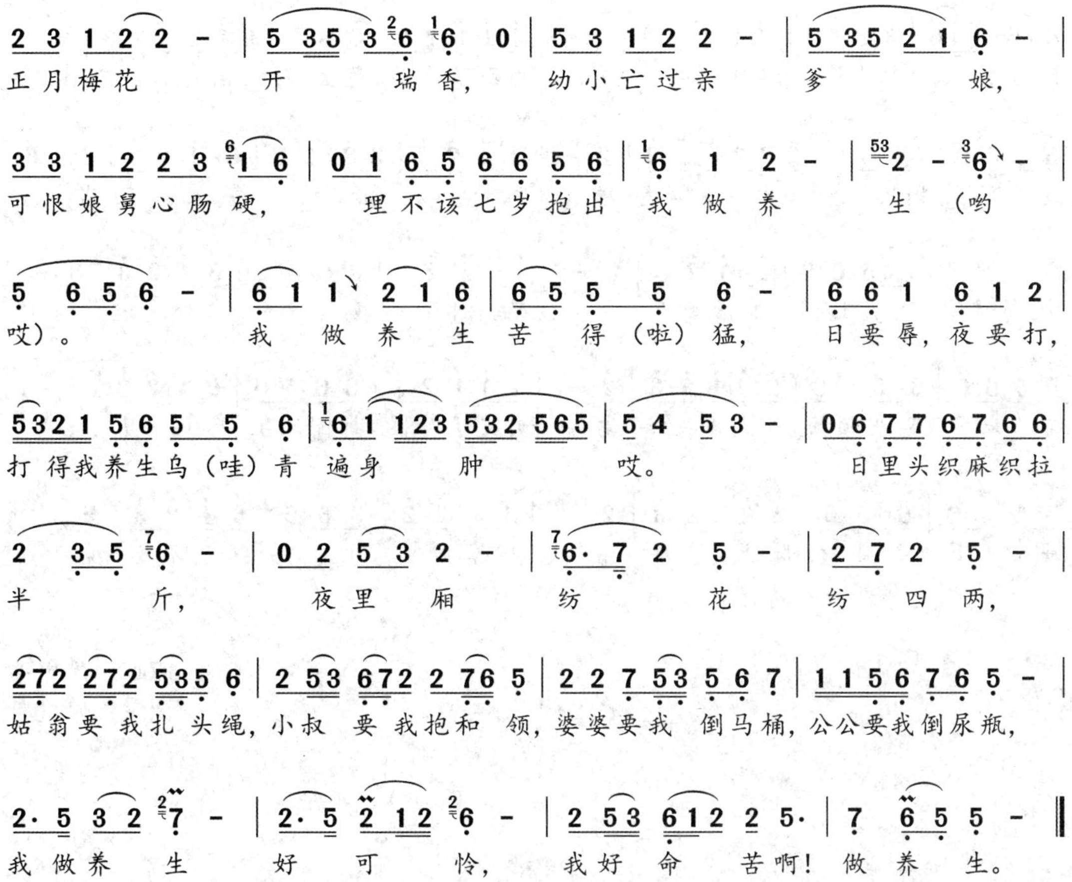

2 3 1 2 2 - | 5 35 3 2̂6̂ 6̣ 0 | 5 3 1 2 2 - | 5 35 2 1 6̣ - |
正月梅花　　　开　瑞香，　　幼小亡过亲　爹　娘，

3 3 1 2 2 3 6̂1̂ 6 | 0 1 6 5 6 6 6 5 6 | 1̂ 6 1 2 - | 53 2 - 3̂6̂ - |
可恨娘舅心肠硬，　理不该七岁抱出　我　做养　　生（哟

5̣ 6̂5̂ 6 - | 6 1 1̂ 2 1 6 | 6 5 5　5　6 - | 6 6 1 6 1 2 |
哎）。　　　我　做养 生苦 得（啦）猛，　日要辱，夜要打，

5 3 2 1 5 6 5 5　5　6 | 1̂6̂ 1 1 2 3 5 3 2 5 6 5 | 5 4 5 3 - | 0 6 7 7 6 7 6 6 |
打 得我养生乌（哇）青 遍身　肿　　哎。　　　日里头织麻织拉

2　3 5̂ 6̂ - | 0 2 5 3 2 - | 7̂6̣ ·7̂ 2　5 - | 2 7 2　5 - |
半　斤，　　夜里厢　纺　花 纺　四两，

2 7 2 2 7 2 5 3 5 6 | 2 5 3 6 7 2 2 7 6̣ | 2 2 7 5 3 5 6 7 | 1 1 5 6 7 6 5 - |
姑 翁要 我扎头绳，小叔 要 我抱和 领，婆婆要我 倒马桶，公公要我倒尿瓶，

2·5̂ 3 2 2̂7̂ - | 2·5 2̂1̂2 2̂6̣ - | 2 5 3 6 1 2 2 5· | 7 6̃5̂ 5 - ‖
我 做养　生　好 可 怜，我 好 命 苦啊！做养　生。

原唱：包斌云
记录：单良君
演唱：赵艺红

翻 身 调

（奉化）

1=C 2/4

中速 稍慢 喜悦地

6·5 6 16 | 6 6 6 | 2 3 2 1 2 3 | 2 - | 1 1 1 2 2 | 3 6 5 | 6 1 6 1 2 3 | 5 - |
日 出东方　红光光，来了恩人共产 党，　打败了反动　蒋匪邦，全国大陆全解 放，

5 5 6 6 | 6 6 5 6 | 2 3 2 1 2 3 | 2 - | 1 1 2 2 | 3 3· 5 5 | 6·1 2 3 | 5· 5 |
过去可恨 国民 党，做出事情真荒 唐，　强奸妇女 杀人 放火 实在不应 当，它

6·5 6 6 | 6·5 6 6 | 2· 1 2 3 | 2 - | 1 1 1 2 2 | 3 6 5 5 | 6 1 2 3 | 5 - |
吃 喝嫖赌 浪 荡逍遥 快 活上天 堂，　害我们百姓 妻离子散 各处去逃 荒。

5 5 6 6 | 6·5 6 6 | 2 2 1 2 3 | 2 - | 1 1 1 2 2 | 3 6 5 5 | 6 1 2 3 | 5 - |
自从来了 英 明领袖 伟大的共产 党，　赶走了蒋匪 打倒地主 人民出火 坑，

5 5 6 6 | 6·5 6 | 2 2 1 2 3 | 2 - | 1 1 2 2 | 3 6 5 | 6 1 2 3 | 5 - ‖
每个人民 大 翻身，脸上 喜洋 洋，　当家做主 做主人，翻身不忘 党。

原唱：庄忠德
记录：单良君

姑 嫂 看 灯

（奉化）

1=D 2/4

中速 稍快 愉快地

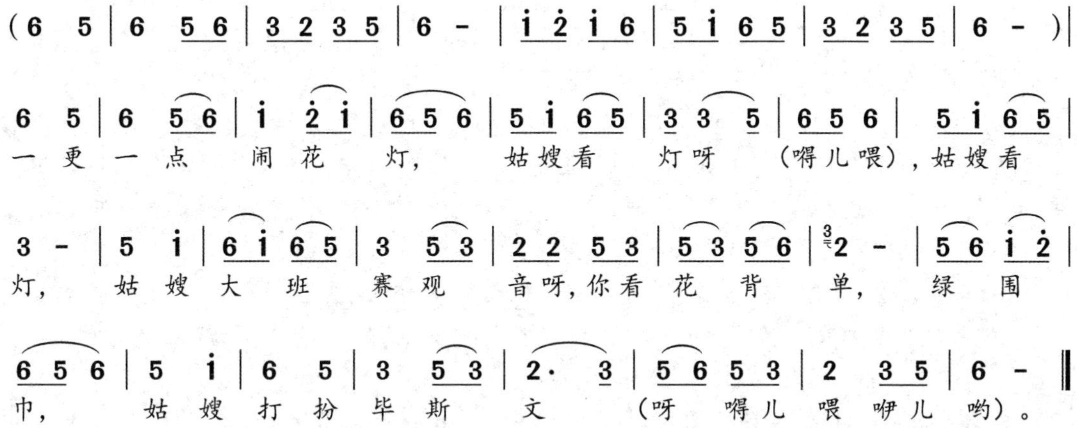

(6 5 | 6 5 6 | 3 2 3 5 | 6 - | i 2 i 6 | 5 i 6 5 | 3 2 3 5 | 6 -) |

6 5 | 6 5 6 | i 2 i | 6 5 6 | 5 i 6 5 | 3 3 5 | 6 5 6 | 5 i 6 5 |
一 更 一 点 闹 花 灯， 姑 嫂 看 灯 呀 （嘚儿喂），姑 嫂 看

3 - | 5 i | 6 i 6 5 | 3 5 3 | 2 2 5 3 | 5 3 5 6 | 3 2 - | 5 6 i 2 |
灯， 姑 嫂 大 班 赛 观 音 呀, 你 看 花 背 单， 绿 围

6 5 6 | 5 i | 6 5 | 3 5 3 | 2 · 3 | 5 6 5 3 | 2 3 5 | 6 - ‖
巾， 姑 嫂 打 扮 毕 斯 文 （呀 嘚儿 喂 咿儿 哟）。

原唱：傅阿良
记录：单良君
演唱：赵艺红

101

宁波民歌
NINGBO FOLK SONGS

黄 昏 上

(奉化)

1=G 2/4

中速 思念地

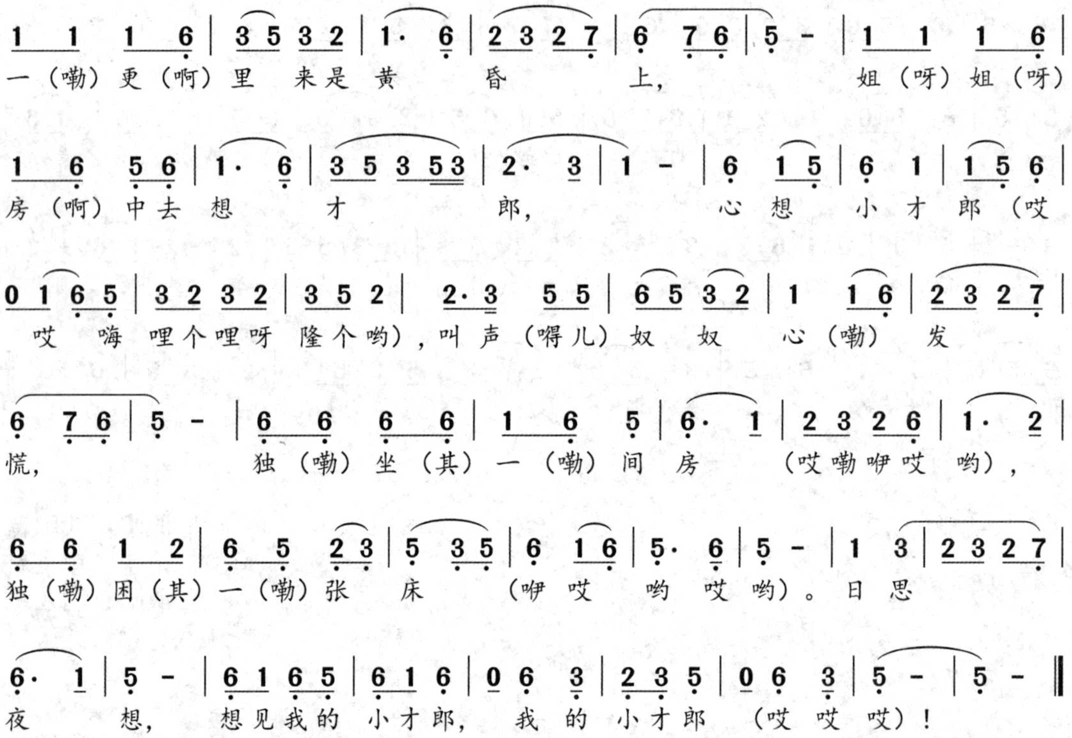

1 1 1 6 | 3 5 3 2 | 1· 6 | 2 3 2 7 | 6 7 6 | 5 - | 1 1 6 |
一(嘞)更(啊)里 来是黄 昏 上, 姐(呀)姐(呀)

1 6 | 5 6 | 1· 6 | 3 5 3 5 3 | 2· 3 | 1 - | 6 1 5 | 6 1 | 1 5 6 |
房(啊)中去想 才 郎, 心想 小才郎(哎

0 1 6 5 | 3 2 3 2 | 3 5 2 | 2· 3 5 5 | 6 5 3 2 | 1 | 1 6 | 2 3 2 7 |
哎 嗨 哩个哩呀 隆个哟), 叫声(嗻儿)奴 奴 心(嘞)发

6 7 6 | 5 - | 6 6 6 6 | 1 6 | 5 | 6· 1 | 2 3 2 6 | 1· 2 |
慌, 独(嘞)坐(其)一(嘞)间房 (哎嘞咿哎 哟),

6 6 1 2 | 6 5 | 2 3 | 5 3 5 | 6 1 6 | 5· 6 | 5 - | 1 3 | 2 3 2 7 |
独(嘞)困(其)一(嘞)张床 (咿哎 哟哎哟)。日思

6· 1 | 5 - | 6 1 6 5 | 6 1 6 | 0 6 3 | 2 3 5 | 0 6 3 | 5 - | 5 - ‖
夜 想, 想见我的 小才郎, 我的小才郎 (哎哎哎)!

原唱：周志兴
记录：单良君
演唱：赵艺红

惠 政 大 桥

(奉化)

1=♭B 4/4

行板 柔美地

$\overset{\frown}{\dot{1}\,6}\,\overset{\approx}{\dot{2}}\,5\,-\,|\,\dot{1}\,6\,\overset{\frown}{3\,\dot{2}\,\dot{1}}\,\overset{\frown}{\dot{1}\,6}\,-\,|\,\underset{\leqq}{\dot{5}}\,\overset{\dot{5}}{\underset{\leqq}{3}}\,\dot{3}\,\overset{\frown}{\dot{2}\,\dot{2}\,\dot{2}\,\dot{1}}\,\overset{\approx}{6}\,|\,\overset{\frown}{6\cdot\dot{1}}\,\overset{\dot{5}}{\underset{\leqq}{6}}\,3\,5\,-\,|$

奉 化(啊) 城(呀咿个)里 有(个)一座惠政 大 桥,

$\overset{\frown}{3\,\dot{2}}\,\overset{\frown}{5\,3\,2}\,\overset{3}{\underset{\leqq}{\dot{2}}}\,\dot{1}\,6\,|\,5\,6\,\overset{\frown}{\dot{2}\,\dot{1}}\,\overset{\approx}{\dot{1}}\,6\,-\,|\,\dot{1}\,6\,\overset{\frown}{5\,3}\,\overset{\frown}{5\,6\,5}\,|\,3\,2\,\overset{\frown}{3\,2\,1}\,-\,|$

大(嘞)桥 像弓 跨(嘞)县 江, 一(嘞)只 桥墩 立(嘞)中 央,

$5\,6\,3\,5\,\overset{\approx}{6}\,-\,|\,5\,6\,\overset{\approx}{\dot{2}}\,\overset{\frown}{\dot{1}}\,\overset{\approx}{6}\,-\,|\,5\cdot6\,\overset{\frown}{\dot{1}\,3}\,5\,6\,5\,|\,\overset{\frown}{3\,5}\,\overset{\approx}{3}\,2\,1\,-\,\|$

桥东桥(嘞)西, 市面闹(个)猛, 桥(嘞)下 河(个)里 船 好 撑。

原唱：宋德丁
记录：单良君
演唱：单良君

拣 郎 调

（奉化）

1=G 2/4

中速 稍慢 不情愿地

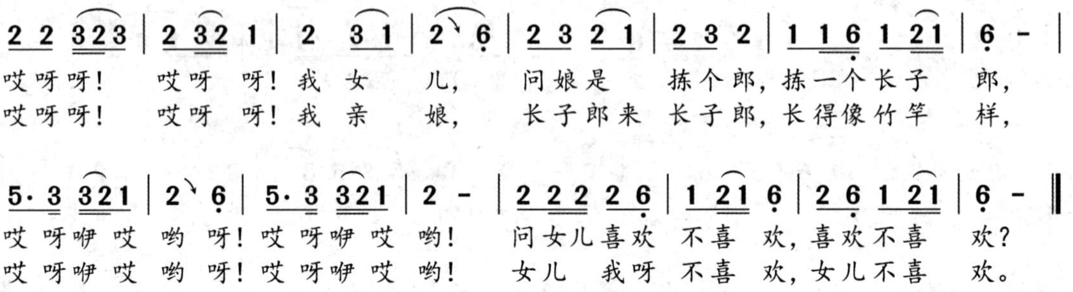

2 2 323 | 2 321 | 2 31 | 2 6 | 2 321 | 232 | 116 121 | 6 - |

哎呀呀! 哎呀 呀! 我女 儿, 问娘是 拣个郎,拣一个长子 郎,

哎呀呀! 哎呀 呀! 我亲 娘, 长子郎来 长子郎,长得像竹竿 样,

5·3 321 | 2 6 | 5·3 321 | 2 - | 2 222 6 | 1 21 6 | 26 1 21 | 6 - ‖

哎 呀咿哎 哟 呀! 哎呀咿哎 哟! 问女儿喜欢 不喜 欢,喜欢不喜 欢?

哎 呀咿哎 哟 呀! 哎呀咿哎 哟! 女儿 我呀 不喜 欢,女儿不喜 欢。

原唱：陈世雄
记录：单良君

金 生 弟（二）

（奉化）

1=C 4/4

中速 稍慢 稍自由地

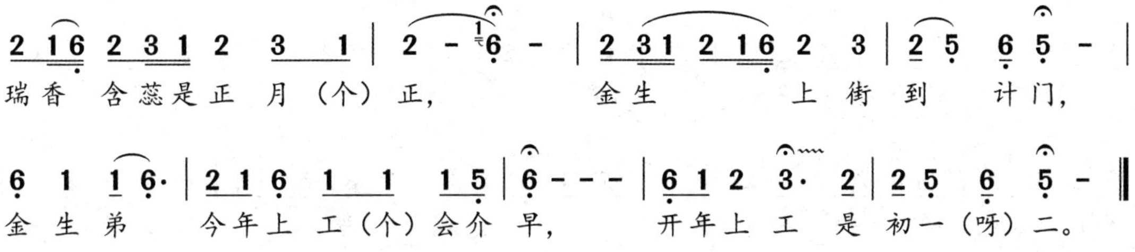

2 16 2 31 2 3 1 | 2 - 6 - | 2 31 2 16 2 3 | 2 5 6 5 - |
瑞香 含蕊是正 月（个）正，　　金生　　上 街到 计门，

6 1 16· | 2 16 1 1 15 | 6 - - - | 6 12 3· 2 | 2 5 6 5 - ‖
金 生 弟　今年上 工（个）会介 早，　开年上 工 是 初一（呀）二。

记录：王建华

"计门"，姓计的家。

旧社会农民叹苦

（奉化）

1=G 3/4

节奏自由 诉说地

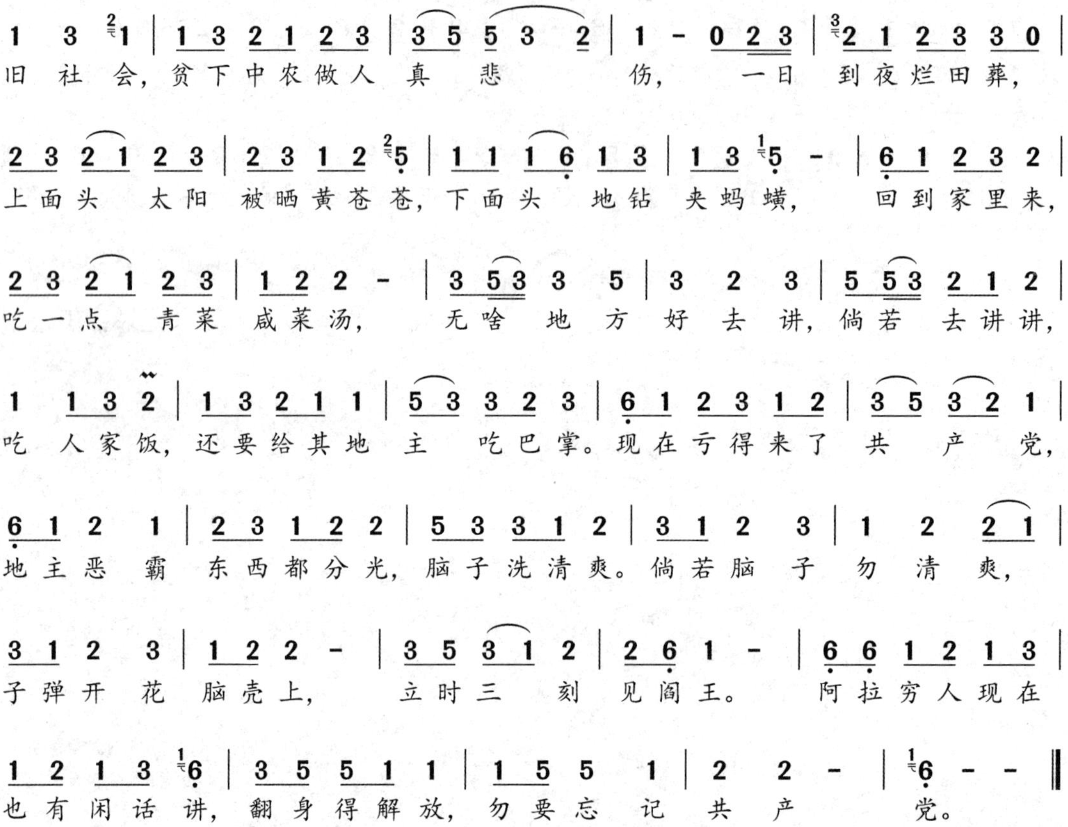

```
1  3 ²̲1 | 1 3 2 1 2 3 | 3 5 5̲ 3 2 | 1 - 0 2̲3̲ | ³2 1̲2̲3̲3̲0 |
旧  社 会， 贫 下 中 农 做 人 真  悲    伤，    一 日  到 夜 烂 田 葬，
```

```
2 3 2̲1̲ 2 3 | 2 3 1 2 ²5̲ | 1 1 1̲6̲ 1 3 | 1 3 ¹̲5̲ - | 6̲ 1̲ 2 3 2 |
上 面 头  太 阳 被 晒 黄 苍 苍，下 面 头  地 钻 夹 蚂 蟥， 回 到 家 里 来，
```

```
2 3 2̲1̲ 2 3 | 1 2 2 - | 3 5 3̲ 3 5 | 3 2 3 | 5 5̲3̲ 2 1 2 |
吃 一 点  青 菜 咸 菜 汤， 无 啥 地 方 好 去 讲， 倘 若 去 讲 讲，
```

```
1  1 3 2̈ | 1 3 2 1 1 | 5̲3̲ 3 2 3 | 6̲ 1̲ 2 3 1 2 | 3̲5̲ 3 2 1 |
吃 人 家 饭， 还 要 给 其 地 主  吃 巴 掌。现 在 亏 得 来 了 共  产  党，
```

```
6̲ 1̲ 2  1 | 2 3 1 2 2 | 5 3 3̲ 1 2 | 3 1 2 3 | 1  2  2̲ 1̲ |
地 主 恶 霸 东 西 都 分 光，脑 子 洗 清 爽。倘 若 脑 子 勿 清 爽，
```

```
3 1 2 3 | 1 2 2 - | 3 5 3̲ 1 2 | 2̲ 6̲ 1 - | 6̲ 6̲ 1̲ 2 1 3 |
子 弹 开 花 脑 壳 上， 立 时 三 刻 见 阎 王。 阿 拉 穷 人 现 在
```

```
1 2 1 3 ¹̲6̲ | 3 5 5̲ 1 1 | 1 5 5  1 | 2 2 - | ¹6 - - ‖
也 有 闲 话 讲， 翻 身 得 解 放， 勿 要 忘 记 共 产   党。
```

原唱：俞月明
记录：单良君
演唱：单良君

君 王 花 情（滩簧）

（奉化）

1=♭B 2/4

中速 稍慢 稍自由

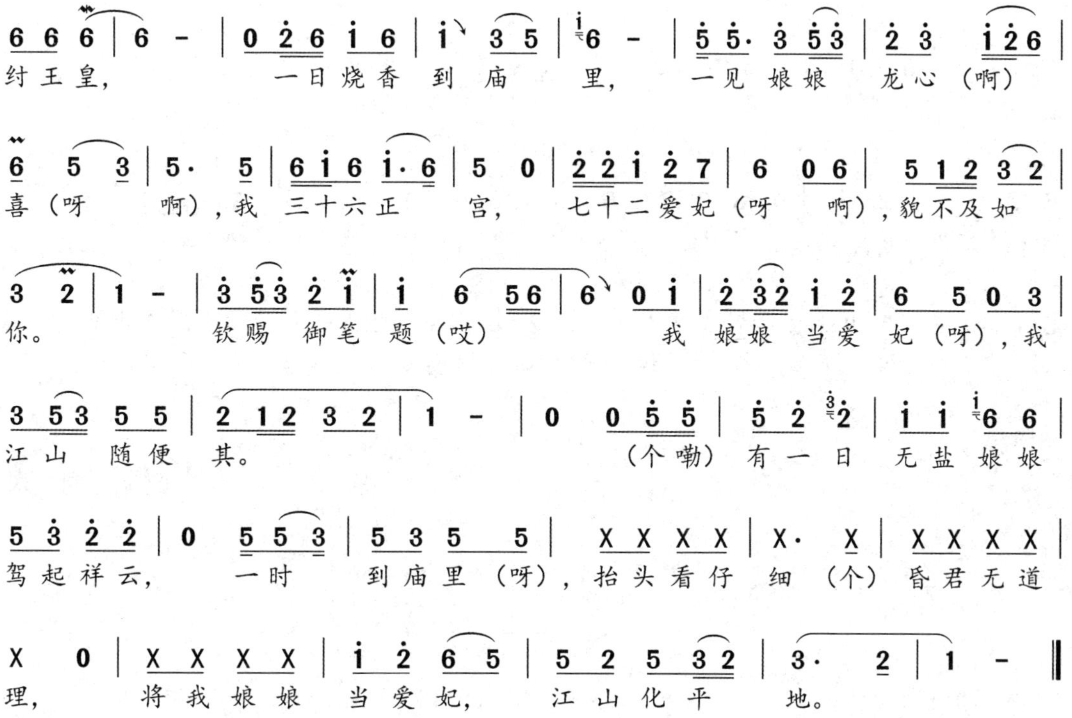

6 6 6 | 6 - | 0 2 6 1 6 | i˙ 3 5 | 6 - | 5 5· 3 5 3 | 2 3 | 1 2 6 |
纣王皇，　　　　一日 烧香 到 庙 里，　一见 娘娘　龙心（啊）

6 5 3 | 5· 5 | 6 1 6 1· 6 | 5 0 | 2 2 1 2 7 | 6 0 6 | 5 1 2 3 2 |
喜（呀　　啊），我 三十六 正　宫，　七十二 爱妃（呀　　啊），貌不及 如

3 2 | 1 - | 3 5 3 2 1 | i 6 5 6 | 6˙ 0 i | 2 3 2 1 2 | 6 5 0 3 |
你。　　　钦赐 御笔 题（哎）　　我 娘娘 当爱 妃（呀），我

3 5 3 5 5 | 2 1 2 3 2 | 1 - | 0 0 5 5 | 5˙ 2 3 2 | i i i 6 6 |
江山 随便 其。　　　　　　（个嘞）有 一日 无盐 娘娘

5 3 2 2 | 0 5 5 3 | 5 3 5 5 | X X X X | X· X | X X X X |
驾起 祥云，　一时　到庙 里（呀），抬头看仔 细（个）昏君无道

X 0 | X X X X | i 2 6 5 | 5 2 5 3 2 | 3· 2 | 1 - ‖
理，　将我 娘娘 当爱 妃，　江山化平　地。

原唱：宋德丁
记录：单良君

脓疱疮

（奉化）

1=C 2/4

中速 稍慢 讽刺地

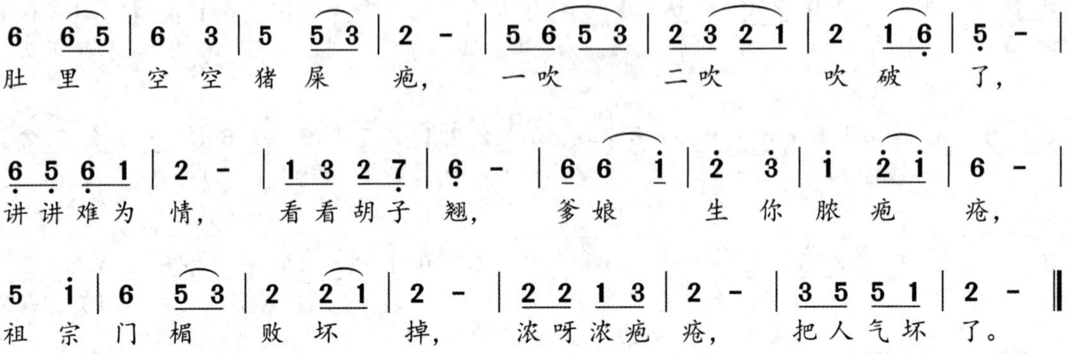

6 6̂5 | 6 3 | 5 5̂3 | 2 - | 5 6̂ 5̂3 | 2 3̂ 2 1 | 2 1̂ 6̇ | 5 - |
肚里 空空 猪屎 疮， 一吹 二吹 吹破 了，

6̇ 5̂ 6̇ 1 | 2 - | 1 3 2̇ 7̇ | 6̇ - | 6̇ 6̇ i | 2̇ 3̇ | i 2̂ i | 6̇ - |
讲讲 难为 情， 看看胡子翘， 爹娘 生你 脓疱 疮，

5 i | 6 5̂3 | 2 2̂1 | 2 - | 2 2̂1 3 | 2 - | 3 5 5̂1 | 2 - ‖
祖宗门楣 败坏 掉， 浓呀浓疮疮， 把人气坏 了。

记录：周大风

十 勿 亲

（奉化）

1=F 2/4

中速 怨诉地

```
3 5 ⁵⌣3 | 3 5 5 3 | 5  5  1 | 6 5 5 3 | 2 2  1 | 6 6  1 | 2 3 2 |
天 工 青 也  不 算 青（呀    莲呀莲子 莲呀   莲呀   莲花），
```

```
1 1 3 | 2 1 6 | 1 1  2 6 | 5  5· 6 | 1 2 | 6 1 6 5 | 6 1 6 3 | 5 — |
天（啊）公 做 事 勿（嘞）公 平（啊 莲花   莲花莲花 落 哟  嗨），
```

```
3 5 3 5 | 3· 5 | 5  5  1 | 6 5 5 3 | 2 2  1 | 6 6  1 | 2 3 2 |
东 边 日 出 西  边 沉（啊    莲呀莲子 莲呀   莲呀   莲花），
```

```
1 3 | 2 1 6 | 1  2 6 | 5  5· | 6 1 2 | 6 1 6 5 | 6 1 6 3 | 5 — ‖
半 天 落 雨 半  天 晴（啊 莲花   莲花莲花 落 哟  嗨）。
```

原唱：傅阿良
记录：单良君

武 鲜 花（四）

（奉化）

1＝F 2/4

中速

3 5 6 5 | 3 5 2 | 3 2 3 5 | 1 1 0 1 | 5 5· 6 5 3 | 5 2 3 5 | 1 6 1 |

春暖四季 生来（哎），春暖四季 生啊（喏），遍地 黄花　百草一齐 青（喔喔），

5 6 6 | 5 6 | 5 3 5 5 | 3 5 | 1 | 2· 5 | 3 6 3 | 5 - |

好 一 位 西 门 庆 打扮（咿喂）串 门 （哎 咿哎 哎 哎），

1 1 3 1 | 6 5 5 | 3 2 3 5 | 1 1· | 5 5 0 3 | 6 5 3 | 3 2 3 5 | 1 6 1 |

打扮嫩衣 襟（噢哎），打扮毕斯 文啊，身穿（喏）蓝衫　头戴方　巾（啊），

5 6 1 | 5 6 3 | 5 3 3 | 5 5 | 1 | 2 5 | 3 6 3 | 5 - ‖

手拿着 准妆　扇摇摇 摆摆 出 门（哎 咿哎 哎 哎）。

原唱：俞月明
记录：单良君
演唱：单良君

下 盘 棋

（奉化）

1=C 2/4

中速 稍慢 柔美地

```
6   5   3 23 | 5· 6 | i· 6 3 2 | i - | 5· 6 i | 2 2 7 6· 5 |
姐（呀）在  （呀）房  中   下  了  一 盘（呀）
```

```
5 6 5 53 | 5 - | 3· 5 6 76 | 5 65 3 | 3 5 i 7 | 7  6· 6 - | 5 6 5653 |
棋（哎嘟哟 噢），手 捏    棋子呀 对郎笑嘻嘻（哎 嘚儿 哎 哎）
```

```
5 50 | 5  56 i 7  6 | 5 63 5 | 5 53 2· 3 | 5 65 3 2 | 1 - |
郎哟， 有（啊）什么（嘞）闲话  对奴（呀） 讲（哎嗨哎，
```

```
( 5  53 5 6 | 1  -  ) | 5· 6 i 7 | 6 - | 6 - |
               哎  嗨 侬 呀  哎），
```

```
5 53 0 | 5  56 i 7  6 | 5 63 5 | 5 53 2· 3 | 5  65 3532 | 1 - ‖
郎哟， 有（啊）什么（嘞）闲话  对奴（呀） 讲（嘞）      啊。
```

原唱：方正初
记录：单良君

鲜 花 调（一）

（奉化）

1 = G 2/4

中速

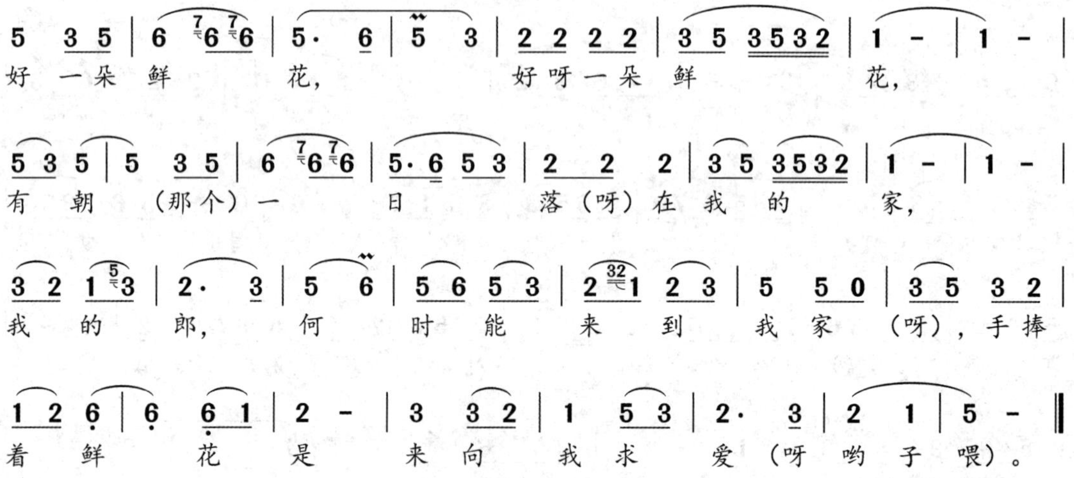

5 | 3 5 | 6 7 6 6 | 5· 6 5 3 | 2 2 2 2 | 3 5 3 5 3 2 | 1 - | 1 - |
好 一 朵 鲜 花， 好 呀 一 朵 鲜 花，

5 3 5 | 5 3 5 | 6 7 6 6 | 5· 6 5 3 | 2 2 2 | 3 5 3 5 3 2 | 1 - | 1 - |
有 朝（那个）一 日 落（呀）在 我 的 家，

3 2 1 5 3 | 2· 3 | 5 6 | 5 6 5 3 | 2 3 2 1 2 3 | 5 5 0 | 3 5 3 2 |
我 的 郎， 何 时 能 来 到 我 家（呀），手 捧

1 2 6 | 6 6 1 | 2 - | 3 3 2 | 1 5 3 | 2· 3 | 2 1 | 5 - ‖
着 鲜 花 是 来 向 我 求 爱（呀 哟 子 喂）。

原唱：周孟正
记录：单良君

绣 平 台

（奉化）

1=G 2/4

中速 稍快 自豪地

```
6·  6 1 | 2· 1 | 2 - | 1 2 5 3 | 2· 1 | 6 - | 6 1 2 3 | 1 - |
```

第 一 只 台 子 绣，　 大 阿 姐 来 绣，　 妹 问 姐，
第 二 只 台 子 绣，　 小 阿 妹 来 绣，　 姐 问 妹，
第 三 只 台 子 绣，　 大 阿 姐 来 绣，　 妹 问 姐，
第 四 只 台 子 绣，　 小 阿 妹 来 绣，　 姐 问 妹，
第 五 只 台 子 绣，　 大 阿 姐 来 绣，　 妹 问 姐，
第 六 只 台 子 绣，　 小 阿 妹 来 绣，　 姐 问 妹，

```
2·  6 5 | 6 1 2 1 | 6· 5 | 5 - | 6· 6 1 | 2· 1 | 2 - | 1 2 5 3 |
```

绣 的 是 啥 花 头 （呀）？ 绣 的 是 啥 花 头，　 姐 告 诉
绣 的 是 啥 花 头 （呀）？ 绣 的 是 啥 花 头，　 妹 告 诉
绣 的 是 啥 花 头 （呀）？ 绣 的 是 啥 花 头，　 姐 告 诉
绣 的 是 啥 花 头 （呀）？ 绣 的 是 啥 花 头，　 妹 告 诉
绣 的 是 啥 花 头 （呀）？ 绣 的 是 啥 花 头，　 姐 告 诉
绣 的 是 啥 花 头 （呀）？ 绣 的 是 啥 花 头，　 妹 告 诉

```
2·  1 | 6 - | 6 1 2 3 | 1 - | 2·  6 5 | 6 1 2 1 | 6· 5 | 5 - ‖
```

小 丫 头，　 绣 的 是，　 奉 化 的 大 桥 头 （呀）。
大 丫 头，　 绣 的 是，　 溪 口 的 武 岭 头 （呀）。
小 丫 头，　 绣 的 是，　 千 丈 的 山 岩 头 （呀）。
大 丫 头，　 绣 的 是，　 滨 海 的 船 码 头 （呀）。
小 丫 头，　 绣 的 是，　 奉 化 的 桃 花 头 （呀）。
大 丫 头，　 绣 的 是，　 奉 化 的 芋 艿 头 （呀）。

原唱：傅阿良
记录：单良君
演唱：赵艺红

扫码听歌

夜 勿 禅

(奉化)

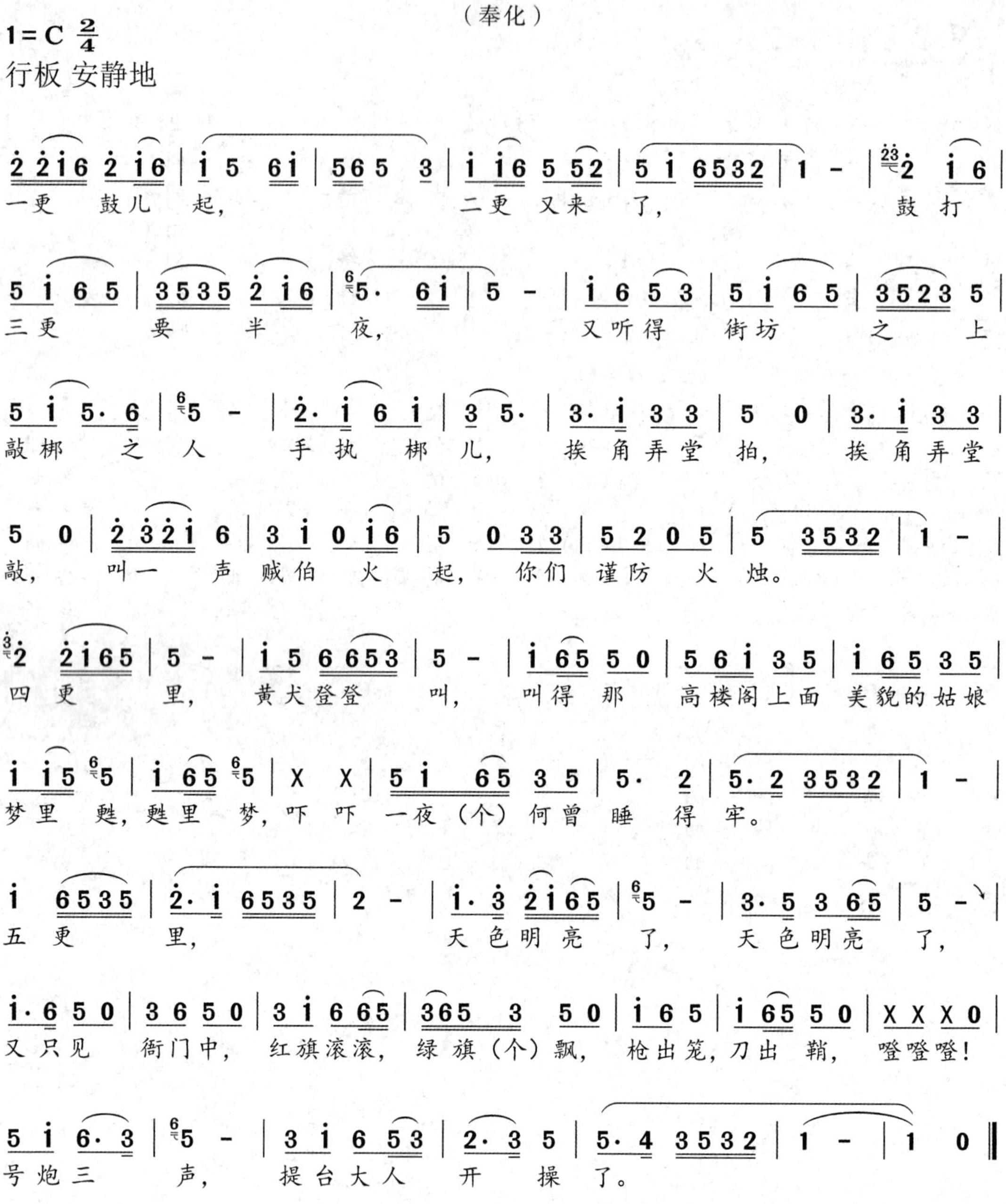

1=C 2/4

行板 安静地

2 2̇ i̇ 6 | 2̇ i̇ 6 | i̇ 5 6̇i | 5̇6̇5 3 | i̇ i̇6̇5̇5̇2̇ | 5̇i̇6̇5̇3̇2̇ | 1 - | 2̇ i̇ 6 |
一更 鼓儿 起,　　　　二更 又来 了,　　　鼓打

5̇i̇6̇5̇ | 3̇5̇3̇5̇ 2̇i̇6̇ | 5· 6̇i | 5 - | i̇6̇5̇3̇ | 5̇i̇6̇5̇ | 3̇5̇2̇3̇5̇ |
三更 要半 夜,　　又听得 街坊 之上

5̇i̇ 5·6̇ | 5 - | 2̇· i̇6̇i̇ | 3̇5· | 3̇·i̇3̇3̇ | 5 0 | 3̇·i̇3̇3̇ |
敲梆 之人　手执 梆儿,　挨角弄堂 拍,　挨角弄堂

5 0 | 2̇3̇2̇i̇6̇ | 3̇i̇ 0i̇6̇ | 5 0 3̇3̇ | 5̇ 2̇ 0 5̇ | 5 3̇5̇3̇2̇ | 1 - |
敲,　叫一 声贼伯火起,　你们 谨防 火 烛。

3̇·2̇ 2̇i̇6̇5̇ | 5 - | i̇5̇6̇6̇5̇3̇ | 5 - | i̇6̇5̇5̇0 | 5̇6̇i̇3̇5̇ | i̇6̇5̇3̇5̇ |
四更 里,　黄犬登登 叫,　叫得那 高楼阁上面 美貌的姑娘

i̇ i̇5̇5̇ | i̇6̇5̇5̇ | X X | 5̇i̇ 6̇5̇3̇5̇ | 5· 2̇ | 5·2̇3̇5̇3̇2̇ | 1 - |
梦里甦,甦里梦,吓吓 一夜(个) 何曾睡 得牢。

i̇ 6̇5̇3̇5̇ | 2̇·i̇6̇5̇3̇5̇ | 2 - | i̇·3̇2̇i̇6̇5̇ | 5 - | 3̇·5̇3̇6̇5̇ | 5 ↘|
五更 里,　　天色明亮 了,　天色明亮 了,

i̇·6̇5̇0 | 3̇6̇5̇0 | 3̇i̇6̇6̇5̇ | 3̇6̇5̇ 3 | 5 0 | i̇6̇5̇ | i̇6̇5̇5̇0 | X X X 0 |
又只见 衙门中, 红旗滚滚, 绿旗(个) 飘,　枪出笼, 刀出鞘,　噔噔噔!

5̇i̇6̇·3̇ | 5 - | 3̇i̇6̇5̇3̇ | 2̇·3̇5̇ | 5·4̇3̇5̇3̇2̇ | 1 - | 1 0 ‖
号炮三 声,　提台大人 开 操 了。

原唱:王君卿
记录:周大风
演唱:单良君

一 根 虫

（奉化）

1 = G 2/4

中速 风趣地

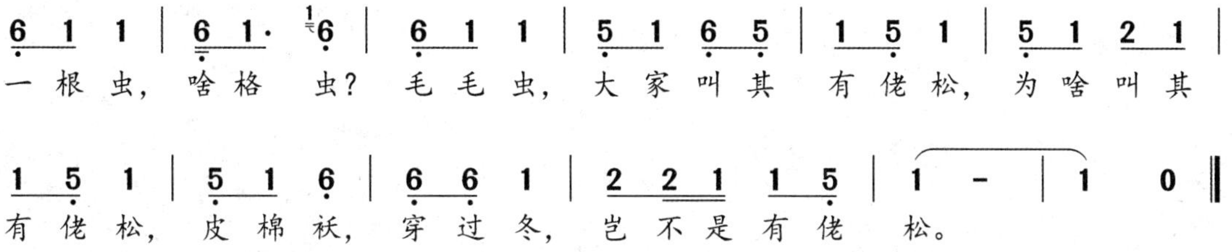

```
6̣ 1 1 | 6̣ 1· ⁻6̣ | 6̣ 1 1 | 5̣ 1 6̣ 5̣ | 1 5̣ 1 | 5̣ 1 2 1 |
一 根 虫，  啥 格  虫？  毛 毛 虫，  大 家 叫 其  有 佬 松，  为 啥 叫 其
```

```
1 5̣ 1 | 5̣ 1 6̣ | 6̣ 6̣ 1 | 2 2 1 1 5̣ | 1  -  | 1  0 ‖
有 佬 松，  皮 棉 袄，  穿 过 冬，  岂 不 是 有 佬  松。
```

原唱：俞月明
记录：张志军

"有佬松"，在宁波方言中指毛毛虫。

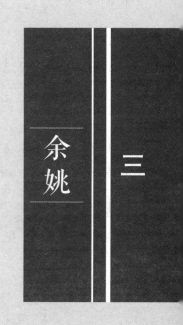

余姚　　三

小调

扫码听歌

阿 姐 歌

（余姚）

1=C 2/4

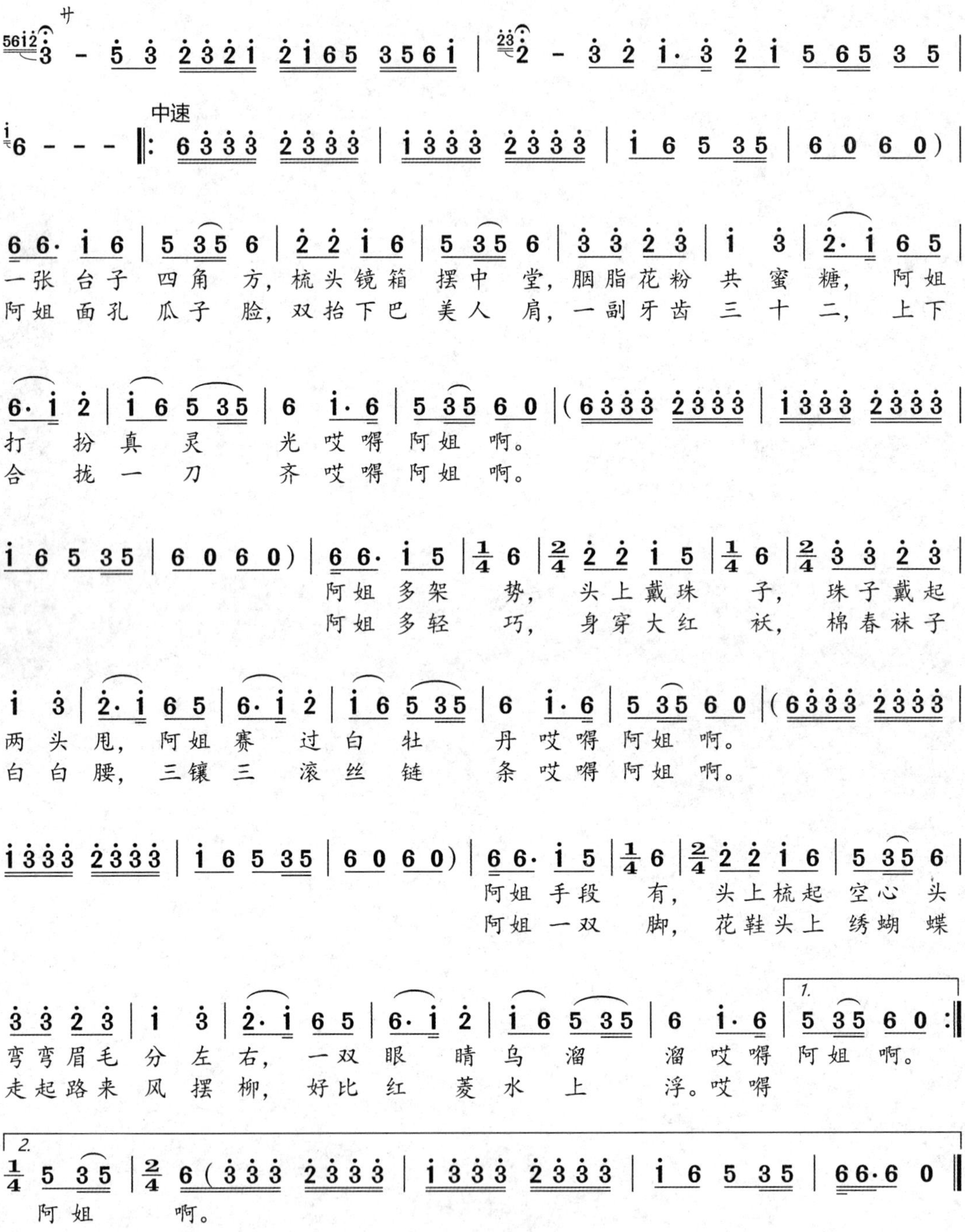

5612 3 - 5 3 2321 2165 3561 | 23 2 - 321.3 21 5653 5 |

i6 - - - ‖: 6333 2333 | 1333 2333 | 16 535 | 6060) |

中速

66.16 | 5356 | 22 16 | 5356 | 3323 | 13 | 2.1 65 |
一张台子四角方，梳头镜箱摆中堂，胭脂花粉共蜜糖，阿姐
阿姐面孔瓜子脸，双抬下巴美人肩，一副牙齿三十二，上下

6.1 2 | 16 535 | 6 i.6 | 5356 0 (6333 2333 | 1333 2333 |
打扮真灵光哎嗬阿姐啊。
合拢一刀齐哎嗬阿姐啊。

i6 535 | 6060) | 66.1 5 | 1/4 6 | 2/4 22 1 5 | 1/4 6 | 2/4 3323 |
阿姐多架势，头上戴珠子，珠子戴起
阿姐多轻巧，身穿大红袄，棉春袜子

1 3 | 2.1 65 | 6.1 2 | 16 535 | 6 i.6 | 5356 0 (6333 2333 |
两头甩，阿姐赛过白牡丹哎嗬阿姐啊。
白白腰，三镶三滚丝链条哎嗬阿姐啊。

1333 2333 | 16 535 | 6060) | 66.1 5 | 1/4 6 | 2/4 22 16 | 5356 |
阿姐手段有，头上梳起空心头
阿姐一双脚，花鞋头上绣蝴蝶

3323 | 13 | 2.1 65 | 6.1 2 | 16 535 | 6 i.6 | 5356 0 :‖
弯弯眉毛分左右，一双眼睛乌溜溜哎嗬阿姐啊。
走起路来风摆柳，好比红菱水上浮。哎嗬

2.
1/4 5 35 | 2/4 6 (333 2333 | 1333 2333 | 16 535 | 66.6 0 ‖
阿姐啊。

原唱：陈金仙
记录：余姚文化馆
演唱：黄　飞

呆 大 郎

（余姚）

1=G 2/4

中速

3 5 3 5 | 6 6 5 3 | 2 0 3 | 5 6 5 3 | 5 3 0 3 | 2 3 | 2 3 2 6 |
正月梅花 雪地（呀）开， 我 十七（呀）八岁 抬到 婆家（呀）

1 - | 6 5 6 3 | 5 6 5 3 | 5 6 5 3 | 2 5 3 | 2· 3 | 1 2 1 6 | 5 - ‖
去， 我怨（呀）呆大郎， 笨三笨四 有介 笨， 呆大 郎。

原唱：赵金桥

119

扫码听歌

倒 扳 浆

（余姚）

1=F 2/4

中速 稍慢

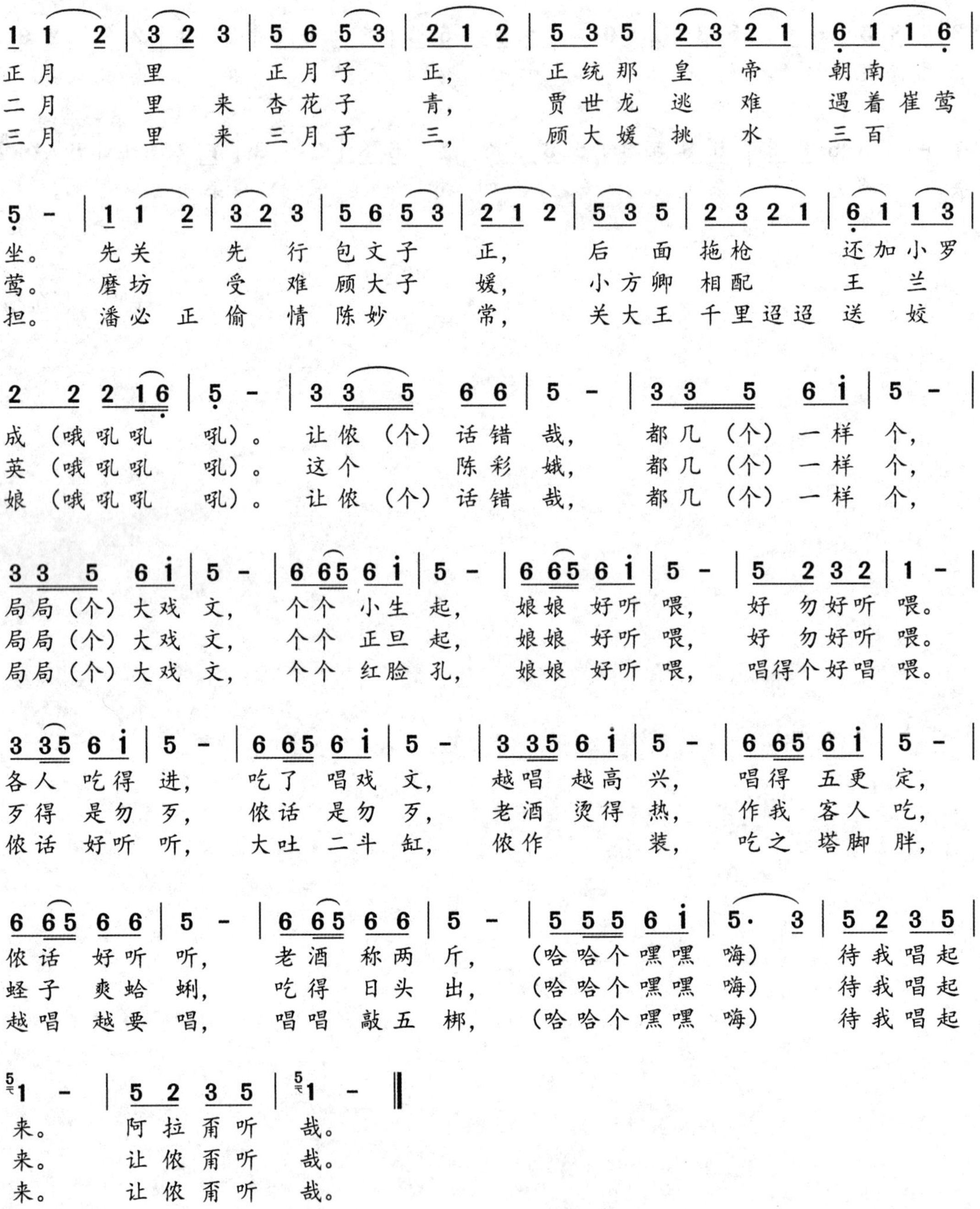

```
1 1  2 | 3 2 3 | 5 6 5 3 | 2 1 2 | 5 3 5 | 2 3 2 1 | 6 1 1 6 |
```
正月　里　　正月子　正，　正统那　皇　帝　朝南
二月　里　来杏花子　青，　贾世龙　逃难　遇着崔莺
三月　里　来三月子　三，　顾大媛　挑水　三百

```
5 - | 1 1  2 | 3 2 3 | 5 6 5 3 | 2 1 2 | 5 3 5 | 2 3 2 1 | 6 1 1 3 |
```
坐。　先关　先行　包文子　正，　后　面拖枪　还加小罗
莺。　磨坊　受难顾大子　媛，　小方卿　相配　王兰
担。　潘必正偷情陈妙　常，　关大王　千里迢迢　送姣

```
2  2 2 1 6 | 5 - | 3 3  5  6 6 | 5 - | 3 3  5  6 1 | 5 - |
```
成（哦吼吼　吼）。　让侬（个）话错哉，　都几（个）一样个，
英（哦吼吼　吼）。　这个　　陈彩娥，　都几（个）一样个，
娘（哦吼吼　吼）。　让侬（个）话错哉，　都几（个）一样个，

```
3 3  5  6 1 | 5 - | 6 6 5 6 1 | 5 - | 6 6 5 6 1 | 5 - | 5  2 3 2 | 1 - |
```
局局（个）大戏　文，　个个小生起，　娘娘好听喂，　好勿好听喂。
局局（个）大戏　文，　个个正旦起，　娘娘好听喂，　好勿好听喂。
局局（个）大戏　文，　个个红脸孔，　娘娘好听喂，　唱得个好唱喂。

```
3 3 5 6 1 | 5 - | 6 6 5 6 1 | 5 - | 3 3 5 6 1 | 5 - | 6 6 5 6 1 | 5 - |
```
各人　吃得　进，　吃了唱戏　文，　越唱越高兴，　唱得五更定，
歹得　是勿　歹，　侬话是勿歹，　老酒烫得热，　作我客人吃，
侬话　好听　听，　大吐二斗缸，　侬作　装，　吃之塔脚胖，

```
6 6 5 6 6 | 5 - | 6 6 5 6 6 | 5 - | 5 5 5 6 1 | 5· 3 | 5 2 3 5 |
```
侬话　好听听，　老酒称两斤，　（哈哈个嘿嘿嗨）　待我唱起
蛏子　爽蛤蜊，　吃得日头出，　（哈哈个嘿嘿嗨）　待我唱起
越唱　越要唱，　唱唱敲五梆，　（哈哈个嘿嘿嗨）　待我唱起

```
1. 1 - | 5 2 3 5 | 2. 1 - ‖
```
来。　阿拉甬听　哉。
来。　让侬甬听　哉。
来。　让侬甬听　哉。

原唱：黄厚盛　王长仁
演唱：甘银宝

"倒扳浆"即"唱反调""出反力"的意思。

花 拳 调

（余姚）

1 = C 4/4

中速 稍快

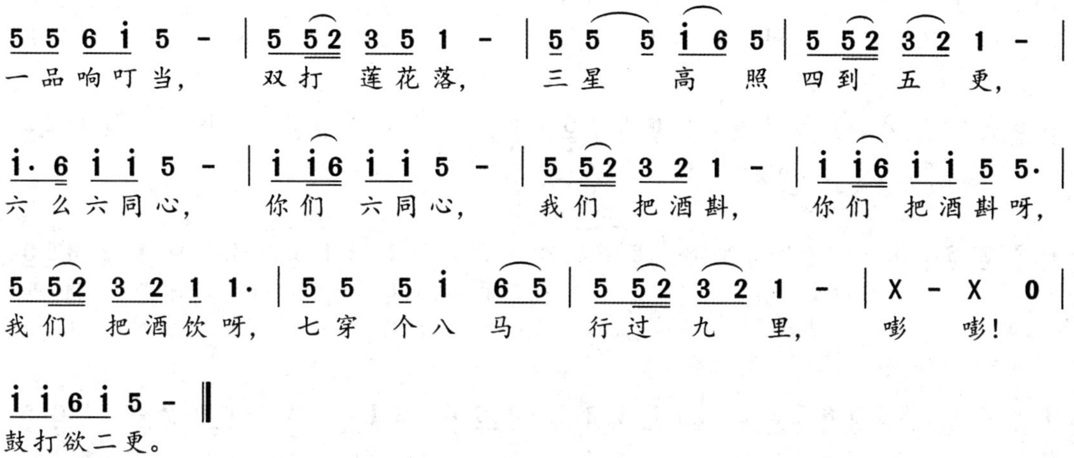

```
5 5 6 i̇ 5 - | 5 5 5̇2̇ 3 5 1 - | 5̇ 5 5̇ i̇ 6 5 | 5 5̇2̇ 3̇2̇ 1 - |
一品 响叮当，   双打 莲花落，  三星  高 照 四到 五 更，
```

```
i̇· 6 i̇ i̇ 5 - | i̇ i̇ 6 i̇ i̇ 5 - | 5 5̇2̇ 3̇2̇ 1 - | i̇ i̇ 6 i̇ i̇ 5 5· |
六 么 六 同心，  你们 六 同心，  我们 把 酒斟，  你们 把酒斟呀，
```

```
5 5̇2̇ 3̇2̇ 1 1· | 5 5 5̇ i̇ 6 5 | 5 5̇2̇ 3̇2̇ 1 - | X - X 0 |
我们 把 酒饮呀， 七穿 个 八马  行过 九 里，  嘭 嘭！
```

```
i̇ i̇ 6 i̇ 5 - ‖
鼓打欲二更。
```

原唱：孙春阳
记录：邹小洲

121

扫码听歌

剪剪花

（余姚）

1=G 2/4

中速

（3 - ）| 6 52 3 | 6 52 3 | 5 6 52 | 5 3 2 | 1 1 2 3 2 3 | 1 1 2 3 2 3 |

姐 在 房 中 打（呀）打 彩 袋， 姐 打 彩 袋 剪 剪 花 儿 开

5 6 5 3 2·3 | 1 3 2 6 | 1 6 5 | 6 1 6 1 2 | 1 3 2 6 | 1 6 5 |（5· 32 |

四 季 花 儿 开， 我 郎 还 未 来 （哎 哟 哎 咿 哟）我 郎 还 未 来。

1 3 2 6 | 5 - ）| 5 6 5 2 3 | 5 6 5 2 3 | 5 6 5 5 3 | 5 3 2 | 1 1 2 3 2 3 |

墙 门 外 面 有 一 株 梧 桐 树（呀）手 攀 梧 桐

跳 进 墙 里 当 一 声 猫 儿 叫（呀）猫 叫 咪 咪

1 2 1 3 2 3 | 5 6 5 3 2·3 | 1 3 2 6 | 1 6 5 | 6 1 6 1 2 | 1 3 2 6 | 1 6 5 |

剪 剪 花 儿 开 四 季 花 儿 开， 我 郎 跳 墙 来 （哎 哟 咿 哎 哟）我 郎 跳 墙 来。

剪 剪 花 儿 开 四 季 花 儿 开， 我 郎 上 楼 来 （哎 哟 咿 哎 哟）我 郎 上 楼 来。

（1 3 2 6 | 1 6 5 | 5 - ）:‖

原唱：孙春阳
记录：藤永然
演唱：陆谢丹

看灯五更

（余姚）

1=C 2/4 1/4

中速

1 1 2 | 3 2 3 | 1 - | 3 5 3 2 | 1· 2 | 1 0 | 6 1 6 | 1/4 5· |
一更　　里（来子）去　梳　　妆，　　　　红绒　　扎
二更　　里（来子）正　月　　明，　　　　你看　　什

2/4 1 2 1 | 6· 1 | 6 5 3 | 1/4 5 | 2/4 1 3 5 | 2 1 6 | 1 3 | 2 1 6 |
头　心，（哎）　珠　子　每　边　呀分　子　红绒　（哎个）
么　灯，（哎）　狮　子　（啦个）灯荷花（啦个）灯，你看

6 5 | 1 1 2 1 | 6 0 | 6 5 3 2 3 | 5 - | 6 2 1 6 | 5 6 1 | 5 - ‖
袄，（呀）袄子下面白　罗　　裙（呀哎哟咿哎哟哎哎哟）。
这　边　鼓笛笙箫闹　盈　　盈（呀哎哟咿哎哟哎哎哟）。

原唱：赵金桥

宁波民歌

NINGBO FOLK SONGS

七 朵 花（二）

（余姚）

1=C 2/4
中速 稍慢

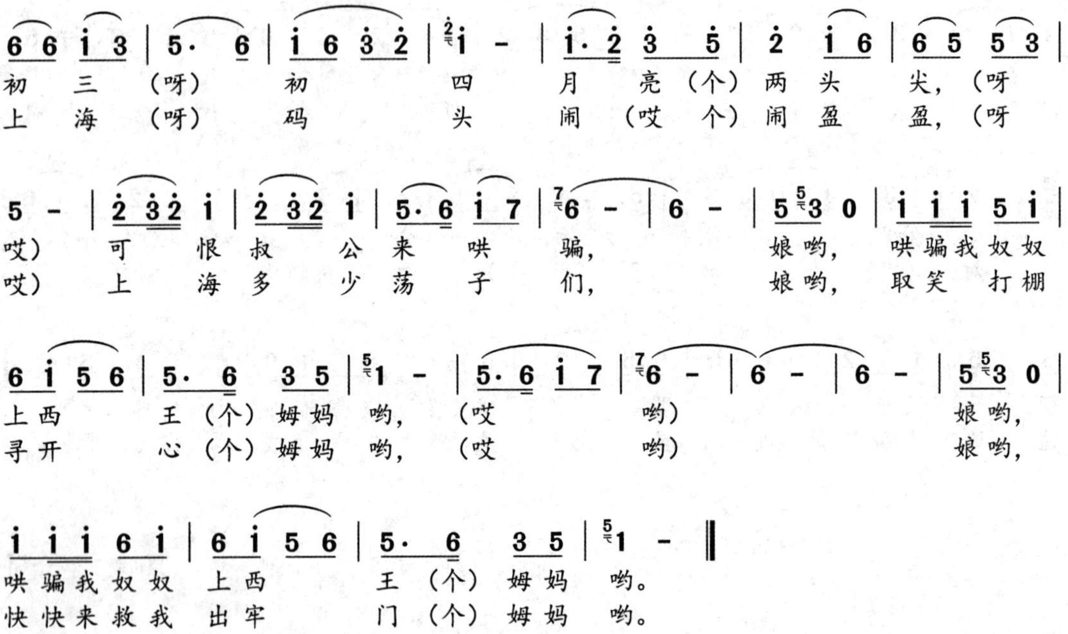

```
6 6 i 3 | 5· 6 | i 6 3 2 | i - | i· 2 3 5 | 2 i 6 | 6 5 5 3 |
初 三（呀）初    四  月 亮（个）两 头 尖，（呀
上 海（呀）码    头  闹（哎 个）闹 盈 盈，（呀
```

```
5 - | 2 3 2 i | 2 3 2 i | 5· 6 i 7 | 7 6 - | 6 - | 5 5 3 0 | i i i 5 i |
哎） 可 恨 叔 公 来 哄 骗，    娘 哟， 哄 骗 我 奴 奴
哎） 上 海 多 少 荡 子 们，    娘 哟， 取 笑 打 棚
```

```
6 i 5 6 | 5· 6 3 5 | 5 1 - | 5· 6 i 7 | 7 6 - | 6 - | 6 - | 5 5 3 0 |
上 西 王（个）姆 妈 哟，（哎    哟）    娘 哟，
寻 开 心（个）姆 妈 哟，（哎    哟）    娘 哟，
```

```
i i i 6 i | 6 i 5 6 | 5· 6 3 5 | 5 1 - ‖
哄 骗 我 奴 奴 上 西 王（个）姆 妈 哟。
快 快 来 救 我 出 牢 门（个）姆 妈 哟。
```

原唱：黄厚盛
　　　王长仁
演唱：甘银宝

"上西王"，即"上西方"。

四门花灯（一）

（余姚）

1=F 2/4

中速 稍慢

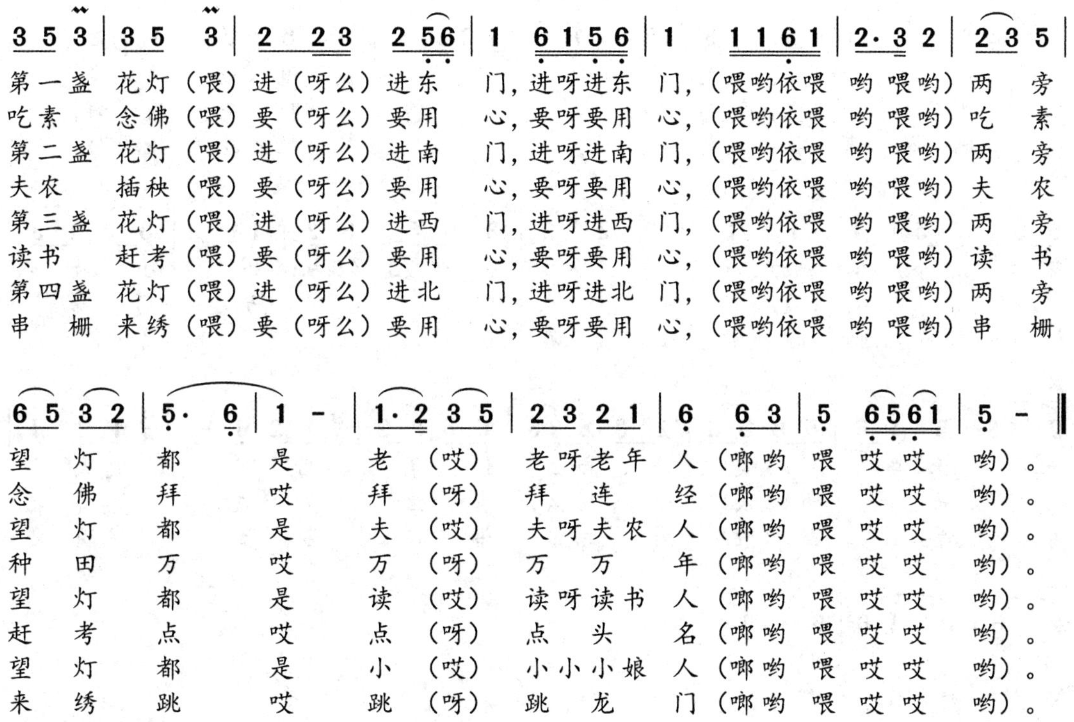

```
3 5̃3 | 3 5  3̃ | 2 23  2 56 | 1  6156 | 1  1161 | 2·3 2 | 2 35 |
第一盏 花灯（喂）进（呀么）进东  门，进呀进东 门，（喂哟依喂 哟 喂哟）两 旁
吃素  念佛（喂）要（呀么）要用  心，要呀要用 心，（喂哟依喂 哟 喂哟）吃 素
第二盏 花灯（喂）进（呀么）进南  门，进呀进南 门，（喂哟依喂 哟 喂哟）两 旁
夫农  插秧（喂）要（呀么）要用  心，要呀要用 心，（喂哟依喂 哟 喂哟）夫 农
第三盏 花灯（喂）进（呀么）进西  门，进呀进西 门，（喂哟依喂 哟 喂哟）两 旁
读书  赶考（喂）要（呀么）要用  心，要呀要用 心，（喂哟依喂 哟 喂哟）读 书
第四盏 花灯（喂）进（呀么）进北  门，进呀进北 门，（喂哟依喂 哟 喂哟）两 旁
串栅  来绣（喂）要（呀么）要用  心，要呀要用 心，（喂哟依喂 哟 喂哟）串 栅
```

```
6 5 32 | 5·6 | 1 - | 1·2 35 | 2 321 | 6  63 | 5  6561 | 5 - ‖
望 灯 都  是  老（哎）老呀老年 人（嘟哟 喂哎哎 哟）。
念 佛 拜  哎  拜（呀）拜 连 经（嘟哟 喂哎哎 哟）。
望 灯 都  是  夫（哎）夫呀夫农 人（嘟哟 喂哎哎 哟）。
种 田 万  哎  万（呀）万 万 年（嘟哟 喂哎哎 哟）。
望 灯 都  是  读（哎）读呀读书 人（嘟哟 喂哎哎 哟）。
赶 考 点  哎  点（呀）点 头 名（嘟哟 喂哎哎 哟）。
望 灯 都  是  小（哎）小小小娘 人（嘟哟 喂哎哎 哟）。
来 绣 跳  哎  跳（呀）跳 龙 门（嘟哟 喂哎哎 哟）。
```

原唱：孙春阳
记录：邹小洲

宁波民歌
NINGBO FOLK SONGS

踏 青 见（一）

（余姚）

1 = D 2/4

中速

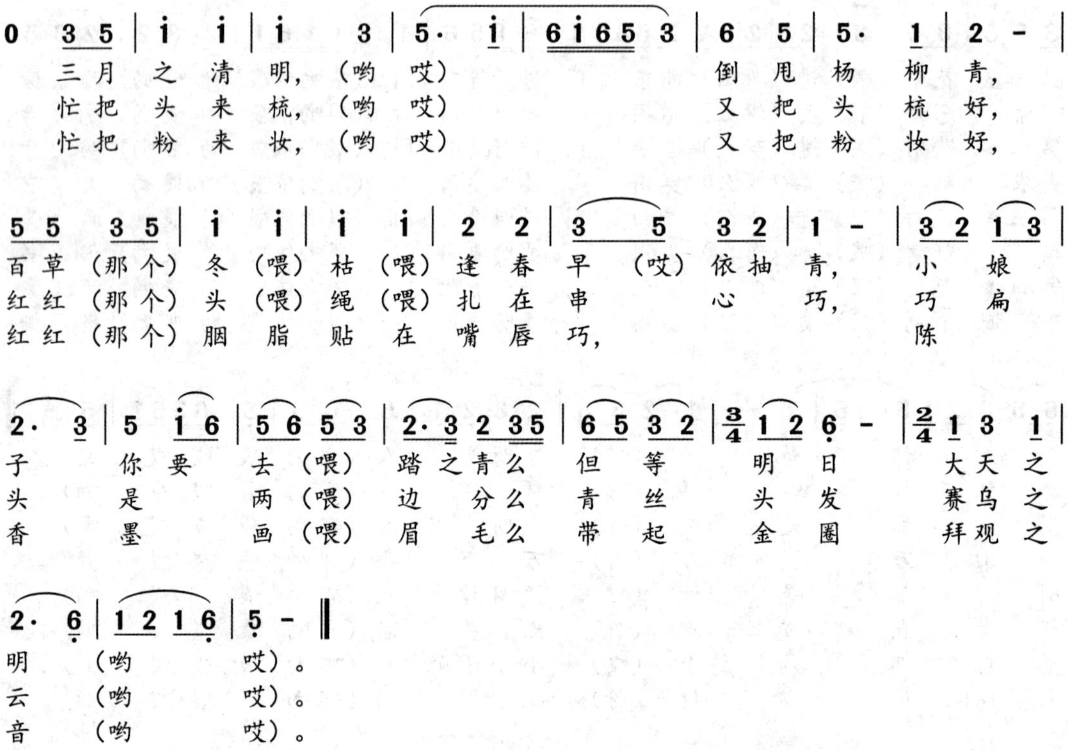

```
0  3 5 | i  i  i  3 | 5· i | 6 i 6 5 3 | 6 5 | 5· 1 | 2 - |
```
三 月 之 清 明，（哟 哎）　　　　　倒 甩 杨 柳 青，
忙 把 头 来 梳，（哟 哎）　　　　　又 把 头 梳 好，
忙 把 粉 来 妆，（哟 哎）　　　　　又 把 粉 妆 好，

```
5 5  3 5 | i  i  i  i | 2 2 | 3  5 | 3 2 | 1 - | 3  2  1  3 |
```
百草 （那个）冬 （喂） 枯 （喂） 逢 春 早 （哎） 依 抽 青， 小 娘
红红 （那个）头 （喂） 绳 （喂） 扎 在 串 心 巧， 巧 扁
红红 （那个）胭 脂 贴 在 嘴 唇 巧，　　　　　　陈

```
2· 3 | 5  i 6 | 5 6 5 3 | 2· 3  2 3 5 | 6 5 3 2 | 3/4 1 2 6 - | 2/4 1 3  1 |
```
子 你 要 去 （喂） 踏 之 青 么 但 等 明 日 大 天 之
头 是 两 （喂） 边 分 么 青 丝 头 发 赛 鸟 之
香 墨 画 （喂） 眉 毛 么 带 起 金 圈 拜 观 之

```
2· 6 | i 2 1 6 | 5 - ‖
```
明 （哟 哎）。
云 （哟 哎）。
音 （哟 哎）。

桃 花 见

（余姚）

1=C 2/4

中速 稍慢

| 5 5 6 3 | 5· 6 | i 3 2 | i - | i 2 3 | 2 3 2 i | 6 | 6 3 |

桃 花 （喂） 艳 艳 菜 （呀） 菜 花 黄， （哟

南 风 （喂） 吹 来 暖 （呀） 暖 洋 洋， （哟

廿 岁 （喂） 姑 娘 许 配 七 岁 郎， （哟

叫 一 声 丈 夫 勿 （呀） 勿 出 气， （哟

| 5 - | 2 i 6 | 2 i 6 | 5 6 i 2 | 6 | 5 3 | 5 i 6 | 5 3 | 3· 2 |

哎） 廿 岁 姑 娘 依 楼 窗， （哎哟） 眼 关 想 情 郎

哎） 东 风 吹 来 百 花 香， （哎哟） 腰 骨 两 局 生

哎） 抱 起 困 到 穿 衣 裳， （哎哟） 姊 姊 心 发 昂

哎） 叫 一 声 孩 儿 婆 要 气， （哎哟） 总 之 怨 爹 娘

| i 2 3 | i - | 5 6 i 2 | 6 | 5 3 | 5 i 6 | 5 3 | 3· 2 | i 2 3 | i - ‖

（哟 哎 哎 哎哟哎哟） 眼 关 想 情 郎 （哟 哎）。

（哟 哎 哎 哎哟哎哟） 腰 骨 两 局 生 （哟 哎）。

（哟 哎 哎 哎哟哎哟） 姊 姊 心 发 昂 （哟 哎）。

（哟 哎 哎 哎哟哎哟） 总 之 怨 爹 娘 （哟 哎）。

演唱：何建宁

望灯五更（一）

（余姚）

1=G 2/4

中速

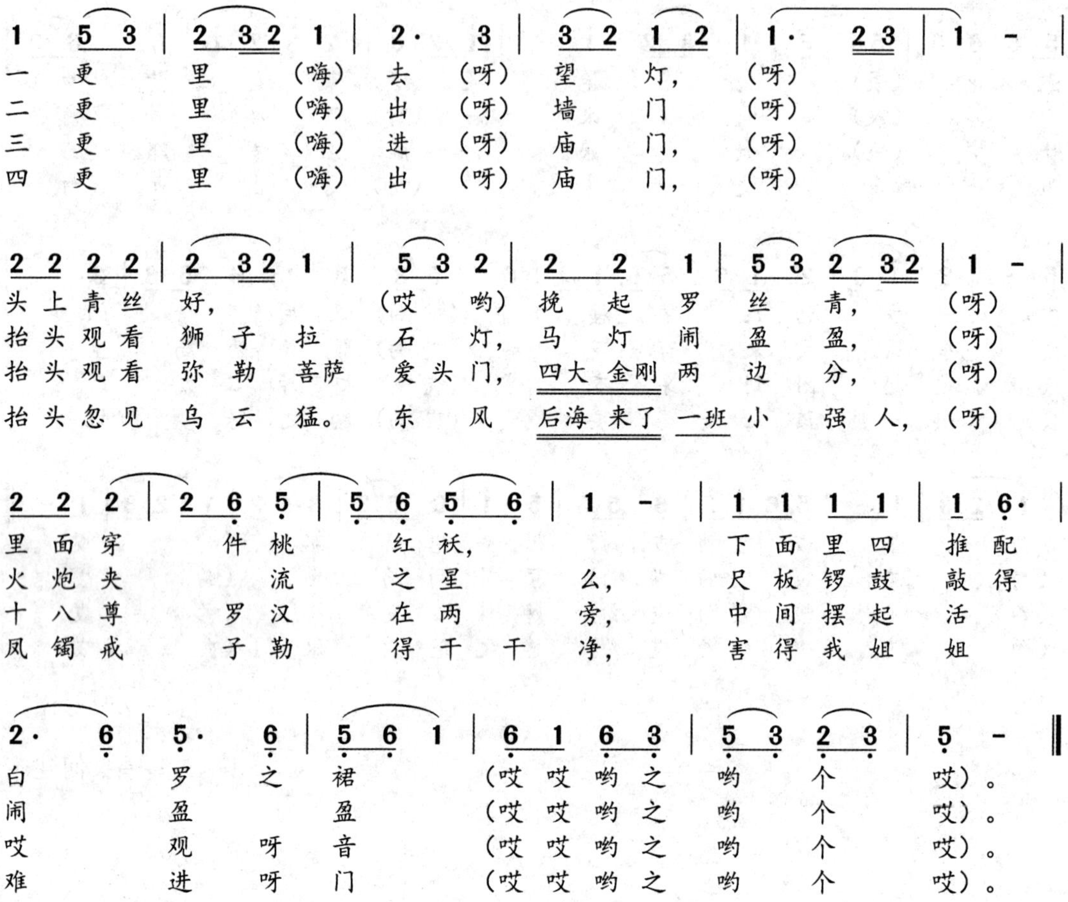

```
1  5 3 | 2 3 2 1 | 2· 3 | 3 2 1 2 | 1· 2 3 | 1 - |
```
一　更　里　（嗨）去　（呀）望　灯，　（呀）
二　更　里　（嗨）出　（呀）墙　门　（呀）
三　更　里　（嗨）进　（呀）庙　门，　（呀）
四　更　里　（嗨）出　（呀）庙　门，　（呀）

```
2 2 2 2 | 2 3 2 1 | 5 3 2 | 2  2  1 | 5 3 2 3 2 | 1 - |
```
头上青丝好，　　（哎　哟）挽起罗丝青，　（呀）
抬头观看狮子拉　石灯，马灯闹盈　盈，　（呀）
抬头观看弥勒菩萨爱头门，四大金刚两边分，　（呀）
抬头忽见乌云猛。东风后海来了一班小　强人，　（呀）

```
2 2 2 | 2 6 5 | 5 6 5 6 | 1 - | 1 1 1 1 | 1 6· |
```
里面穿　件桃流红袄，　　下面里四推配得
火炮夹　流之星　么，　尺板锣鼓敲得
十八尊　罗汉在两　旁，　中间摆起活
凤镯戒　子勒得干干净，　害得我姐　姐

```
2· 6 | 5· 6 | 5 6 1 | 6 1 6 3 | 5 3 2 3 | 5 - |
```
白　罗之裙　（哎哎哟之哟个　　哎）。
闹　盈之盈　（哎哎哟之哟个　　哎）。
哎　观呀音门　（哎哎哟之哟个　　哎）。
难　进呀门　（哎哎哟之哟个　　哎）。

五 大 船

（余姚）

1 = C 2/4

中速

```
6  6  6 5 | 6   1 | 3 2 5 6 | 1· 3 | 2 1 1 2 | 3 - | 5 3 5 6 |
头一只    大  船   装 黄    豆，  黄豆 大 用  头，  摇  嘚儿
第二只    大  船   装 小    麦，  船 水 来 得  快，  摇  嘚儿
第三只    大  船   装 了    谷，  装 到 合 作  社，  摇  嘚儿
第四只    大  船   装 花    皮，  花 皮 白 如  雪，  摇  嘚儿
```

```
1· 3 | 2 1 1 2 | 3 - | 5 6 3 2 | 5 6 3 2 | 3 2 1 3 | 2 - |
喂）年年 得 丰   收，  先 打 豆  油   还好 做酱  油，
喂）合作 社 里   卖，  做 好 淡  包   好 当 开  粮，
喂）支援 工 业   化，  大 小 机  器   马 达都 开  足，
喂）装到 沙 厂   里，  机 器 织  布   一 呀 匹  匹，
```

```
3  2 | 1 3 | 2 - | 5 6 1 | 3 5 2 1 | 1 1 2 1 | 3 - | 5 3 5 6 |
把  酱   当 肥  料，  壅 田 土  质 厚，  年年 得 丰
好  当   粮， 慰 问那 解 放  军 吃了 身 体  强，  咿呀 摇 嘚
都  开   足， 造 出 新  农 具 送到 乡  下，  工农 是 一
一（呀）匹  匹， 花 洋 锦   发到 农 村  里，  咿呀 摇 嘚
```

```
1· 3 | 2 1 1 2 | 3 1 1 1 | 2 - | (5 6 3 5 | 1 1 2 6 | 1  1 :‖
收，  摇摇 嘚儿 喂 摇 嘚儿 喂。
喂，  日夜 守 边 疆 摇 嘚儿 喂。
家，  支援 工 业 化 摇 嘚儿 喂。
喂，  人人 穿 新 衣 摇 嘚儿 喂。
```

原唱：黄厚盛
　　　王长仁
演唱：陆谢舟

原曲只提到四只船。

鲜 花 调(二)

（余姚）

1＝G 2/4 3/4

中速

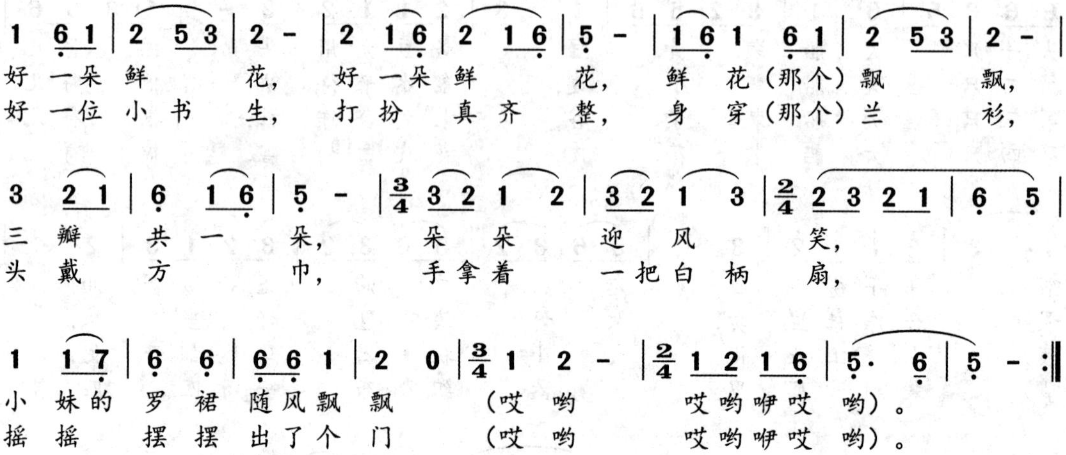

```
1  6̇1 | 2  5̇3 | 2 - | 2  1̇6 | 2  1̇6 | 5 - | 1̇61  6̇1 | 2  5̇3 | 2 - |
```
好 一朵鲜　　花，　好 一朵鲜　　花，　鲜 花(那个)飘　　飘，
好 一位小书　生，　打 扮 真齐　整，　身 穿(那个)兰　　衫，

```
3  2̇1 | 6̇  1̇6 | 5 - | 3/4 3  2̇1  2 | 3  2̇1  3 | 2/4 2̇3  2̇1 | 6̇  5̇ |
```
三 瓣 共一 朵，　朵 朵 迎 风　笑，
头 戴 方 巾，　手 拿 着 一把 白柄扇，

```
1  1̇7 | 6̇  6̇ | 6̇6̇1 | 2  0 | 3/4 1  2 - | 2/4 1̇2̇ 1̇6̇ | 5̇ · 6̇ | 5̇ - : ‖
```
小 妹的罗 裙 随风 飘飘　(哎 哟　　哎哟咿哎哟)。
摇 摇 摆摆 出了个 门　(哎 哟　　哎哟咿哎哟)。

原唱：赵金桥
记录：邹小洲

想 江 郎

(余姚)

1=C 4/4 3/4 2/4

中速

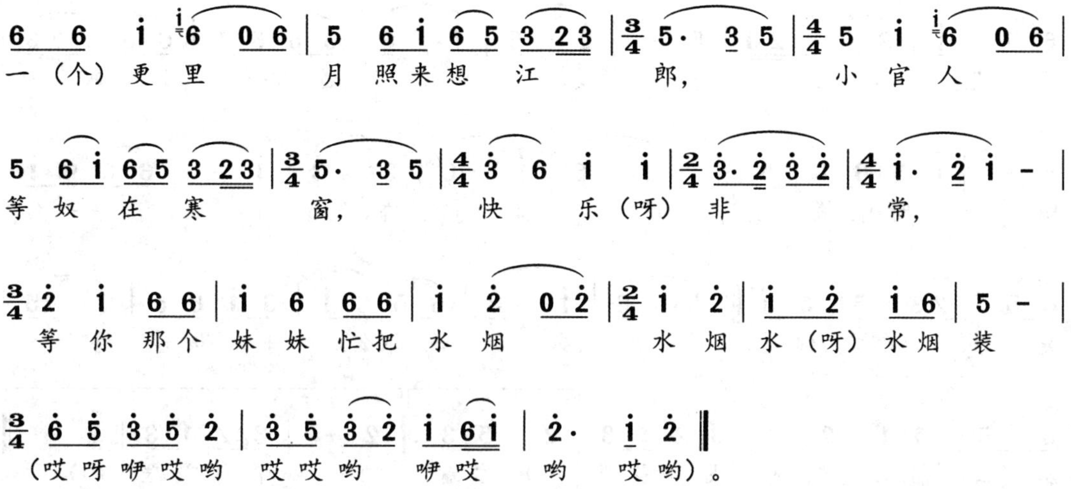

```
6  6   i  ⁱ⁼6  0 6 | 5  6i 6 5  3 2 3 | 3/4 5·  3 5 | 4/4 5  i  ⁱ⁼6  0 6 |
一(个)更 里      月 照 来 想 江     郎,       小  官  人
```

```
5  6i 6 5  3 2 3 | 3/4 5·  3 5 | 4/4 3  6  i   i | 2/4 3· 2 3 2 | 4/4 i· 2 i - |
等 奴 在 寒    窗,       快  乐 (呀) 非        常,
```

```
3/4 2  i  6 6 | i  6  6 6 | i  2  0 2 | 2/4 i  2 | i  2  i 6 | 5 - |
等 你 那 个 妹 妹 忙 把 水 烟    水 烟 水 (呀) 水 烟 装
```

```
3/4 6  5  3  5  2 | 3  5  3 2  i 6 i | 2·  i 2 ‖
(哎 呀 咿 哎 哟 哎 哎 哟 咿 哎  哟  哎 哟)。
```

原唱：赵金桥

小 板 艄（二）

（余姚）

1=D 2/4
中速 稍快

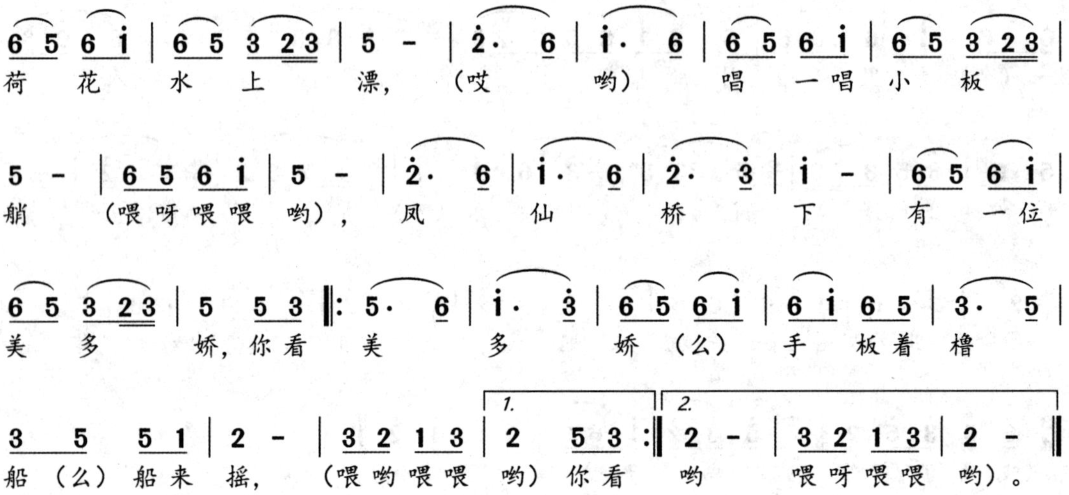

6 5 6 i | 6 5 3 23 | 5 - | 2· 6 | i· 6 | 6 5 6 i | 6 5 3 23 |
荷 花 水 上 漂， （哎 哟） 唱 一 唱 小 板

5 - | 6 5 6 i | 5 - | 2· 6 | i· 6 | 2· 3 | i - | 6 5 6 i |
艄 （喂呀喂喂 哟）， 凤 仙 桥 下 有 一 位

6 5 3 23 | 5 53 ‖: 5· 6 | i· 3 | 6 5 6 i | 6 i 6 5 | 3· 5 |
美 多 娇， 你 看 美 多 娇（么） 手 板 着 橹

3 5 51 | 2 - | 3 2 1 3 | [1.] 2 53 :‖ [2.] 2 - | 3 2 1 3 | 2 - ‖
船（么） 船 来 摇， （喂哟喂喂 哟） 你 看 哟 喂呀喂喂 哟）。

原唱：孙春阳
记录：邹小洲

夜夜游五更

(余姚)

1=G 2/4

中板 稍快

(3 53̲2̲ | 3 53̲2̲ | 3 53̲2̲ | 1 -) | 1̲1̲ 3 | 2̲1̲1̲6̲ | 1̲5̲·| (5̲3̲2̲3̲ |
　　　　　　　　　　　　　　　　　　　　一 领(呀) 衣　　衫,

5̲3̲6̲3̲ | 5̲3̲5̲) | 5̲5̲5̲ | 5̲2̲ | 3·2̲²³ | 1 - | (1̲6̲5̲6̲ | 1̲6̲2̲6̲ | 1̲6̲1̲) |
　　　　　　　桂 英 我 亲 手 裁;

1̲ 3̲ | 1̲ 2̲ | 1̲2̲1̲6̲ | 1̲5̲·| (5̲3̲2̲3̲ 5̲3̲6̲3̲ | 5̲3̲5̲) | 5̲2̲3̲ |
长 短 尺 寸 合 身　　材,　　　　　　　　　　元 青 哥,

5̲2̲3̲3̲ 3̲ | 5̲2̲3̲3̲ | 5̲2̲3̲3̲ | 3·3̲3̲2̲ | 3 0 0 | 3̲3̲3̲2̲ | 3 0 0 | 5̲3̲ 2̲ |
穿 在 身 上,我 喜 在 心 里, 出 门 拜 客, 分 外 见 光 彩, 能 不 叫 人 爱, 飞 针(呀)

1̲ 3̲ | 3̲3̲3̲2̲ | 5̲3·2̲²³ | 1 - | (1̲6̲5̲6̲ | 1̲6̲2̲6̲ | 1̲6̲1̲) | 3̲3̲3̲ | 1̲ 3̲ |
走 线,针 针 线 线 缝 起 来。　　　　　　　　　　绣 一 对 莲 花

2̲1̲1̲6̲ | 1̲5̲·| (5̲3̲2̲3̲ 5̲3̲6̲3̲ | 5̲3̲5̲) | 3̲3̲ 6̲ | 1̲ 3̲ | 2̲3̲3̲2̲ |
并 蒂　　开,　　　　　　　　　　鸳 鸯(哪)荷 包,元 青 哥 哥

3·2̲²³ | 1 - | (1̲6̲5̲6̲ | 1̲6̲2̲6̲ | 1̲6̲1̲) | 3̲3̲3̲ | 1̲ 3̲ | 2̲1̲1̲6̲ | 1̲5̲·|
随 身 带;　　　　　　　　　　小 妹 我 心 意 永 相　　随,

(5̲3̲2̲3̲ | 5̲3̲6̲3̲ | 5̲3̲5̲) | 5̲2̲3̲ | 5̲2̲3̲ | 5̲2̲3̲ | 5̲2̲3̲ | 3̲3̲3̲3̲ |
　　　　　　　　　　花 凌 袄, 绣 荷 包, 赠 与 哥, 莫 见 笑, 情 意 脉 脉,

3̲3·3̲3̲ | 3̲3̲3̲3̲ | 3·3̲3̲2̲ | 3 53̲2̲ | 3 53̲2̲ | 1 0 0 ‖
心 事 相 托, 羞 人 答 答, 元 青 阿 哥, 早 日 成 亲, 早 日 花 轿 抬。

原唱:张芙蓉
记录:黄　飞
演唱:张芙蓉

怨 郎 五 更

（余姚）

1=G 2/4

中速

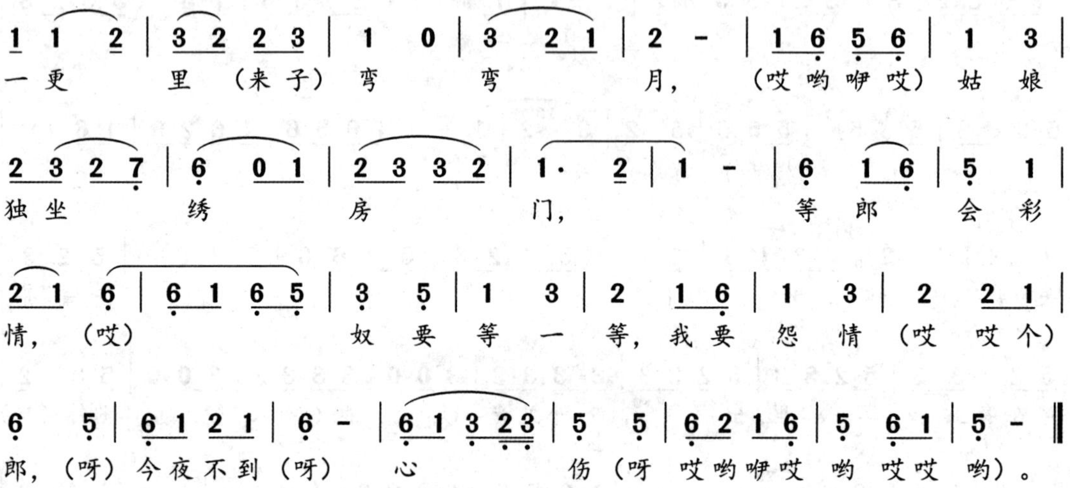

```
1  1  2 | 3 2 2 3 | 1  0  3 | 2 1 | 2 - | 1 6 5 6 | 1  3 |
一 更  里 （来子） 弯    弯   月，  （哎 哟 咿 哎） 姑 娘

2  3  2 7 | 6  0 1 | 2 3 3 2 | 1· 2 | 1 - | 6 1 6 | 5  1 |
独 坐   绣  房   门，        等 郎   会 彩

2 1  6 | 6 1 6 5 | 3  5 | 1  3 | 2  1 6 | 1  3 | 2  2 1 |
情，（哎）    奴 要 等 一 等， 我 要 怨   情 （哎 哎 个）

6  5 | 6 1 2 1 | 6 - | 6 1 3 2 3 | 5  5 | 6 2 1 6 | 5 6 1 | 5 - ‖
郎，（呀） 今 夜 不 到 （呀）   心    伤 （呀 哎 哟 咿 哎  哟 哎 哎 哟）。
```

原唱：赵金桥

紫 竹 调

（余姚）

1=F 2/4

中速

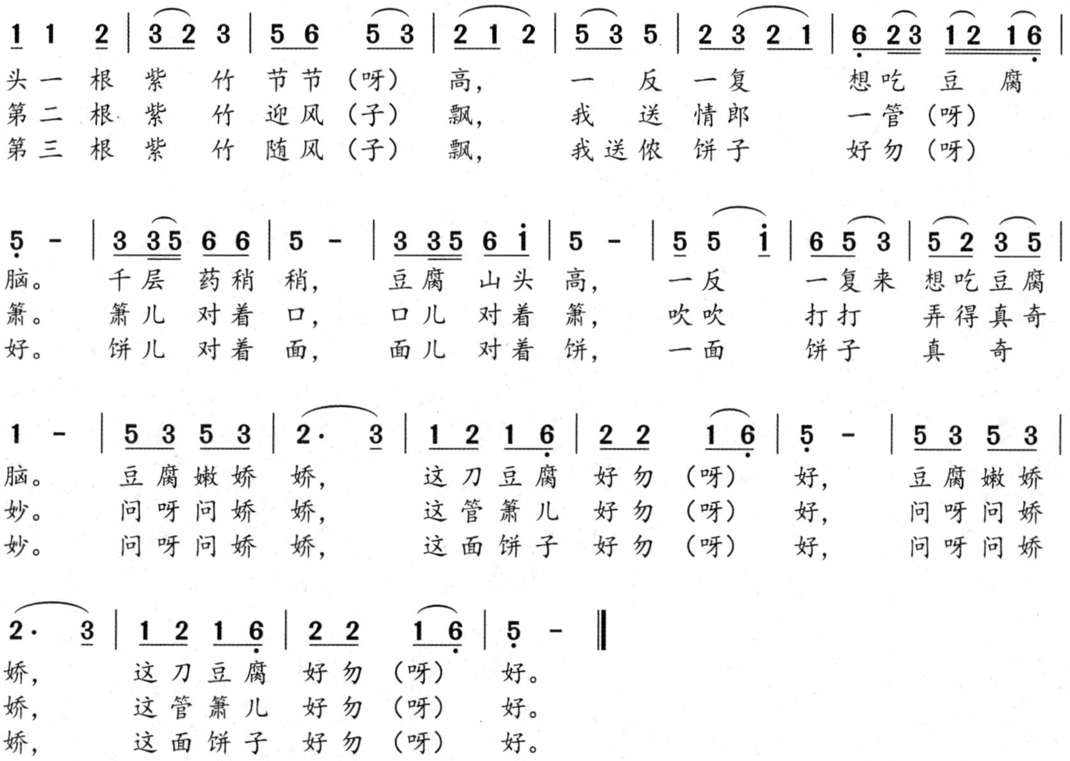

```
1 1 2 | 3 2 3 | 5 6 | 5 3 | 2 1 2 | 5 3 5 | 2 3 2 1 | 6· 2 3 | 1 2 | 1 6 |
```
头一 根 紫 竹 节节（呀）高，　一 反 一 复　想吃 豆 腐
第二 根 紫 竹 迎风（子）飘，　我 送 情郎　一管（呀）
第三 根 紫 竹 随风（子）飘，　我 送 偗 饼子　好勿（呀）

```
5· - | 3 3 5 6 6 | 5 - | 3 3 5 6 i | 5 - | 5 5 i | 6 5 3 | 5 2 3 5 |
```
脑。　千层 药 稍 稍，　豆腐 山头 高，　一反　一复来　想吃豆腐
箫。　箫儿 对着 口，　口儿 对着 箫，　吹吹　打打　弄得 真奇
好。　饼儿 对着 面，　面儿 对着 饼，　一面　饼子　真奇

```
1 - | 5 3 5 3 | 2· 3 | 1 2 1 6· | 2 2 | 1 6· | 5· - | 5 3 5 3 |
```
脑。　豆腐 嫩娇 娇，　这刀 豆腐 好勿（呀）好，　豆腐 嫩娇
妙。　问呀 问娇 娇，　这管 箫儿 好勿（呀）好，　问呀 问娇
妙。　问呀 问娇 娇，　这面 饼子 好勿（呀）好，　问呀 问娇

```
2· 3 | 1 2 1 6· | 2 2 | 1 6· | 5 - ‖
```
娇，　这刀 豆腐 好勿（呀）好。
娇，　这管 箫儿 好勿（呀）好。
娇，　这面 饼子 好勿（呀）好。

原唱：黄厚盛
　　　王长仁
演唱：何建宁

慈溪　四

（一）山歌

什么花长，什么花短

（慈溪）

1=♭B 2/4 3/4 1/4

中速 稍快

2/4 5· 3 ̂32 1 | ⌒2 - | 3 5 ̂32 1 | ⌒2 - | 2 2 3 | 2· 1 ̂6 5 |

什 么 花 （儿）短？ 什 么 花 （儿）长？ 什 么 花 每 天 晚 上

3 5 ̂2 7 6 | ⁵⁶5 - | 6 5 6 | 3/4 6 1 3 2 2 1 | 2/4 ⁶⁵6 - | 1/4 1 3 2 |

乘（个）风 凉？ 什 么 花 爱 他 三 岁 小 兄 弟？ 什 么 花

2/4 2· 1 ̂6 5 | 3 5 ̂2 7 6 | ⁵⁶5 - | 5· 3 ̂32 1 | ⌒2 - | 3 3 5 ̂32 1 |

相 送 一 位 美（啦）娇 娘？ 栀 子 花 儿 短， 代 代 花 儿

⌒2 - | 2 2 3 | ̂2 1 6 5 | 3 5 ̂2 7 6 | ⁵⁶5 - | 6 5 6 | 3/4 6 1 3 2 2 1 |

长， 腊 梅 花 每 天 晚 上 乘（个）风 凉， 喇 叭 花 爱 他 三 岁 小 兄

2/4 ⁶⁵6 - | 1/4 1 3 2 | 2/4 2· 1 ̂6 5 | 3 5 ̂2 7 6 | 5 - ‖

弟， 白 兰 花 相 送 一 位 美（啦）娇 娘。

原唱：谭丽娟
记录：周大风
演唱：韩立军
　　　林静静

（二）小调

百 鸟 歌

（慈溪）

1＝F 2/4
中速 稍慢

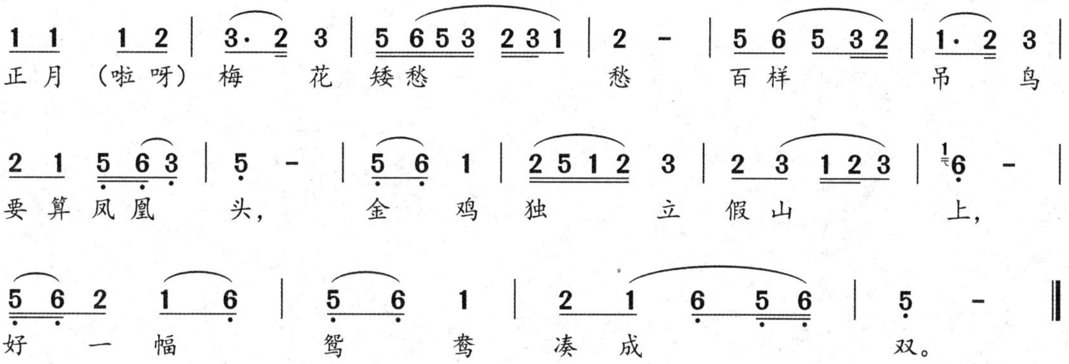

| 1 1 | 1 2 | 3· 2 3 | 5 6 5 3 2 3 1 | 2 - | 5 6 5 3 2 | 1· 2 3 |
| 正月 | （啦 呀） | 梅 花 矮愁 | 愁 | 百样 | 吊鸟 |

| 2 1 5 6 3 | 5 - | 5 6 1 | 2 5 1 2 3 | 2 3 1 2 3 | 6 - |
| 要算 凤凰 头， | | 金 鸡 独 | 立 假 山 | 上， |

| 5 6 2 1 6 | 5 6 1 | 2 1 6 5 6 | 5 - ‖ |
| 好 一 幅 | 鸳 鸯 凑 成 | 双。 |

记录：王午庆

补　缸

（慈溪）

1=G 2/4

中速

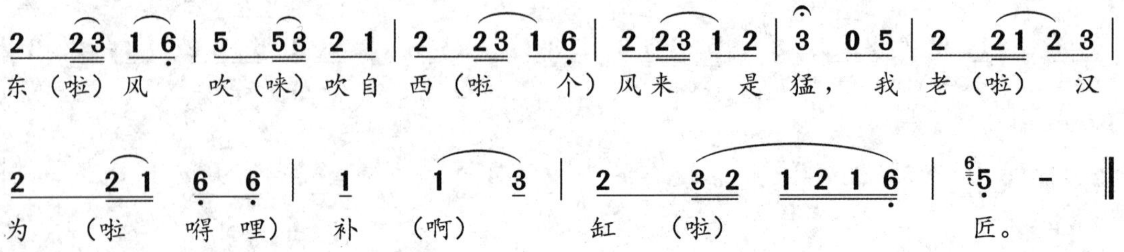

2 23 1 6·	5 53 21	2 23 1 6·	2 23 12	3 0 5	2 21 23

东（啦）风　　吹（唻）吹自西（啦　个）风来　是　猛，　我老（啦）汉

2 21 6 6·	1 1 3	2 32 12 16·	6/5· - ‖

为（啦　嗨　哩）补（啊）　　缸（啦）　　　　　　匠。

采 桑 见

(慈溪)

1=G 2/4

中速

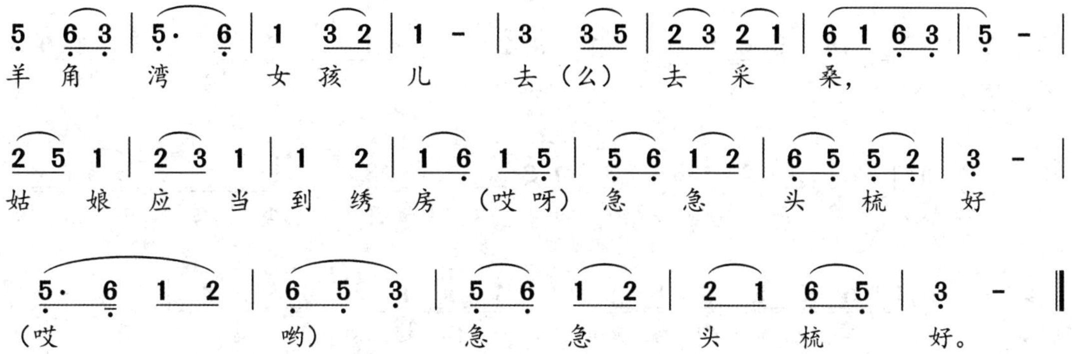

```
5  63 | 5· 6 | 1  32 | 1 - | 3  35 | 23 21 | 6 16 3 | 5 - |
羊  角 湾  女 孩  儿   去(么)     去  采    桑,
```

```
2 5 1 | 23 1 | 1  2 | 16 15 | 56 12 | 65 52 | 3 - |
姑 娘 应  当 到  绣  房(哎呀)急 急  头 梳  好
```

```
5· 6 1 2 | 65 3 | 56 12 | 21 65 | 3 - |
(哎     哟)   急 急  头 梳  好。
```

本歌曲歌词只录一段。全曲内容描写女儿去采桑,遇见了情哥,在桑园里互相爱慕的过程。

宁波民歌
NINGBO FOLK SONGS

车 子 灯 调

（慈溪）

1 = C 2/4

中速 稍慢

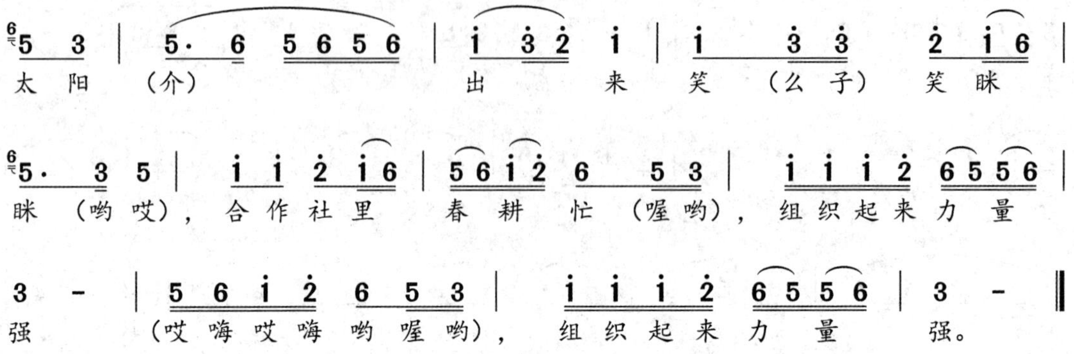

⁶5 3 | 5· 6 5 6 5 6 | i 3 2 i | i 3 3 2 i 6 |

太阳 （介） 出 来 笑 （么 子） 笑 眯

⁶5· 3 5 | i i 2 i 6 | 5 6 i 2 6 5 3 | i i i 2 6 5 5 6 |

眯 （哟 哎），合 作 社 里 春 耕 忙 （喔 哟），组 织 起 来 力 量

3 - | 5 6 i 2 6 5 3 | i i i 2 6 5 5 6 | 3 - ‖

强 （哎 嗨 哎 嗨 哟 喔 哟），组 织 起 来 力 量 强。

演唱：周高杰

142

对 花 调

(慈溪)

1=F 2/4

中速

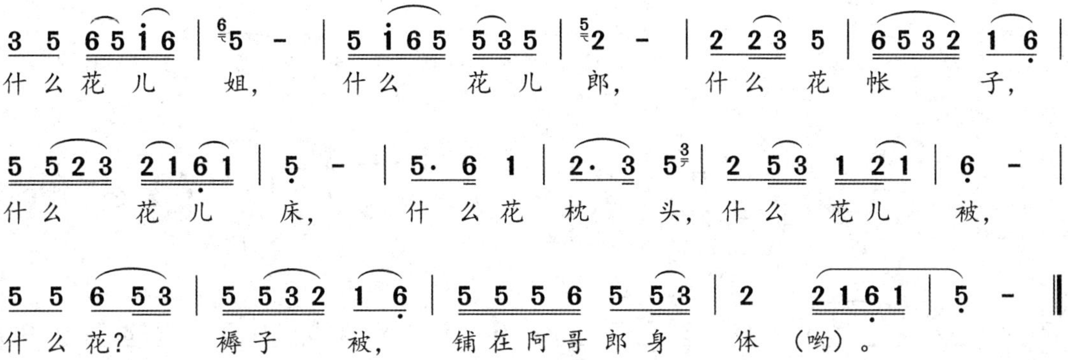

3 5 6̂5i6 | 6̲5 - | 5 i65 5̂35 | 5̲2 - | 2 2̂23 5 | 6̂532 1̂6̇ |
什么花儿 姐， 什么 花儿 郎， 什么 花帐 子，

5 5̂23 2̲1̂61 | 5̣ - | 5̇·6 1 | 2̇·3 5̇³̱ 2 53 1̂21 | 6̣ - |
什么 花儿 床， 什么 花枕 头，什么 花儿 被，

5 5 6̂53 | 5 5̂32 1̂6̇ | 5 5 5̂6 5 5̂3 | 2 2̲1̂61 | 5̣ - ‖
什么花？ 褥子 被， 铺在阿哥郎身 体（哟）。

记录：晓 泽

扫码听歌

宁波民歌
NINGBO FOLK SONGS

九 连 环

（慈溪）

1=F 4/4
中速

```
1· 6 5 6 5 3 | 2· 6 2  3 6 | 5· 6 6  1 6 | 2· 5 3 2 1 3 2 6 |
情  哥   （啊）      送      九      连
```

```
5· 3 5 6 1 2 | 6  1 2 1 6 5 7 | 6 - 6 7 6 5 | 6  1 2 6  1 6 |
环         九（呀）九 连 环，    十  指 尖 尖
```

```
2· 5 3 2 1 3 2 6 | 5· 3 5 6 1 2 | 6  1 2 6 1 5 6 | 3· 2 3 5 2 3 |
解     不    开，     拿 把 刀 来 割，
```

```
5· 6 5 6 5 3 | 2 1 2 3 5 6 3 5 | 6 1 6 5 3 5 2 6 | 1 2 6 1 2 5 3 2 |
割 也 割 不 断 来 （咿 哆 哈 哆 哈   哆 哆
```

```
1 - - - ‖
哈）。
```

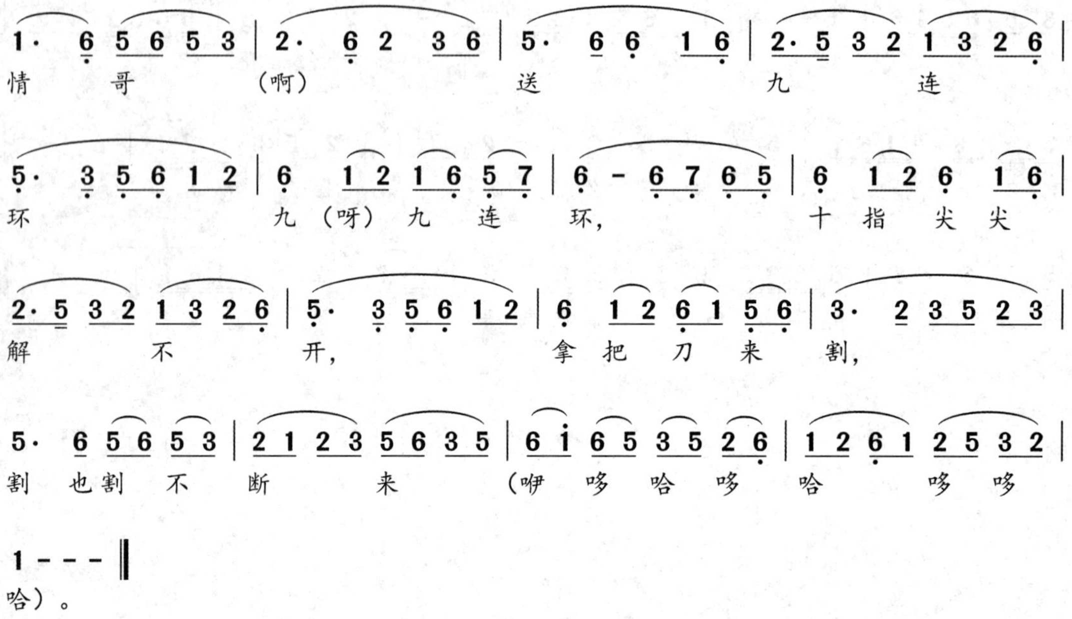

演唱：林静静

看 相 调

（慈溪）

1 = F $\frac{2}{4}$

中速

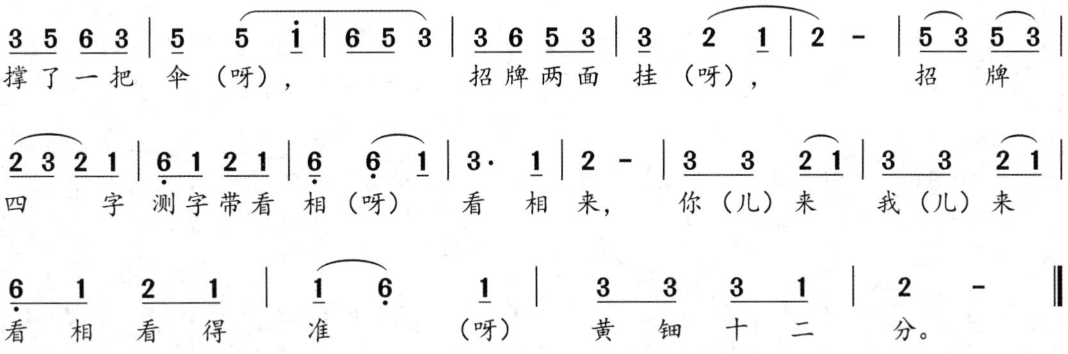

3 5 6 3 | 5 5 i 6 5 3 | 3 6 5 3 | 3 2 1 2 - | 5 3 5 3 |
撑了一把 伞（呀）， 招牌两面 挂（呀）， 招牌

2 3 2 1 | 6 1 2 1 | 6 6 1 | 3· 1 | 2 - | 3 3 2 1 | 3 3 2 1 |
四 字测字带看相（呀） 看 相 来， 你（儿）来 我（儿）来

6· 1 2 1 | 1 6 1 | 3 3 3 1 | 2 - ‖
看 相 看 得 准 （呀） 黄 铟 十 二 分。

记录：谢文绮

宁波民歌
NINGBO FOLK SONGS

老式鱼儿调

（慈溪）

1=F 4/4

中速

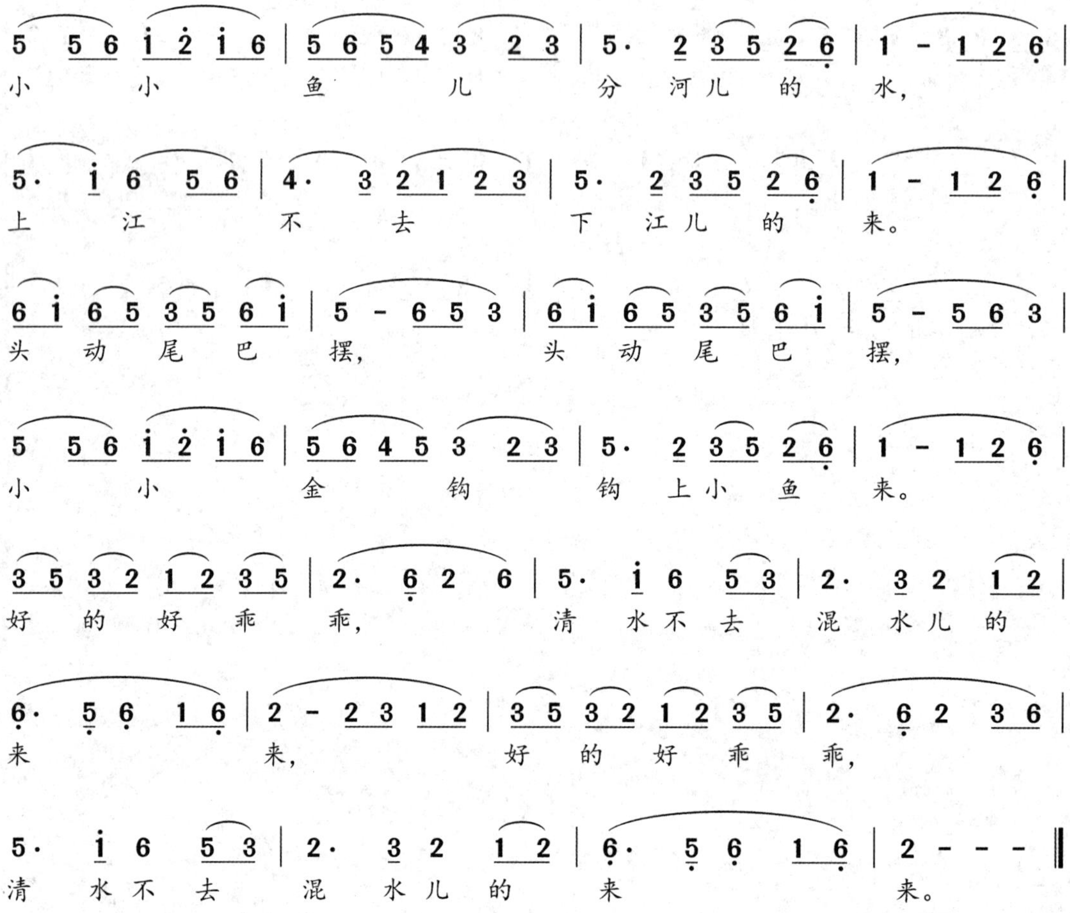

```
5  56 i2 i6 | 56 54 3 23 | 5· 23 5 26 | 1 - 12 6 |
小  小   鱼   儿   分 河 儿 的  水，

5· i6 56 | 4· 3 21 23 | 5· 23 5 26 | 1 - 12 6 |
上  江   不 去  下 江  儿 的   来。

6 i6 53 5 6 i | 5 - 65 3 | 6 i6 53 5 6 i | 5 - 56 3 |
头 动 尾 巴   摆，    头 动 尾 巴   摆，

5  56 i2 i6 | 56 45 3 23 | 5· 23 5 26 | 1 - 12 6 |
小  小   金   钩   钩 上 小 鱼  来。

35 33 21 23 5 | 2· 6 2 6 | 5· i6 53 | 2· 32 12 |
好 的 好 乖  乖，   清 水 不 去 混 水 儿 的

6· 5 6 1 6 | 2 - 23 12 | 35 33 21 23 5 | 2· 6 2 36 |
来   来，    好 的 好 乖 乖，

5· i6 53 | 2· 32 12 | 6· 5 6 1 6 | 2 - - - ‖
清 水 不 去 混 水 儿 的 来      来。
```

演唱：林静静

146

四门花灯（二）

（慈溪）

1 = G 2/4 3/4

中速 稍快

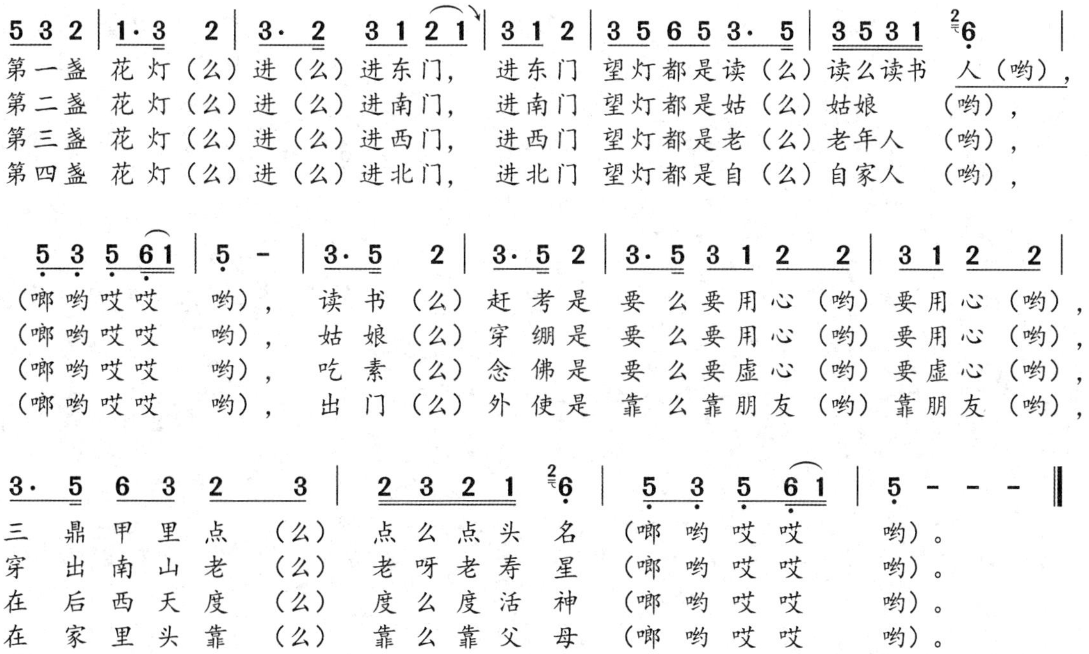

```
5 3 2 | 1·3  2 | 3·2  31 21 | 3 1 2 | 3 5 6 5 3·5 | 3 5 3 1 | ²6 |
```
第一盏 花灯（么）进（么）进东门， 进东门 望灯都是读（么）读么读书 人（哟），
第二盏 花灯（么）进（么）进南门， 进南门 望灯都是姑（么）姑娘 （哟），
第三盏 花灯（么）进（么）进西门， 进西门 望灯都是老（么）老年人 （哟），
第四盏 花灯（么）进（么）进北门， 进北门 望灯都是自（么）自家人 （哟），

```
5 3  5 6 1 | 5 - | 3·5  2 | 3·5 2 | 3·5 3 1 2  2 | 3 1 2  2 |
```
（嘟哟哎哎 哟）， 读书（么）赶考是 要么要用心（哟）要用心（哟），
（嘟哟哎哎 哟）， 姑娘（么）穿绷是 要么要用心（哟）要用心（哟），
（嘟哟哎哎 哟）， 吃素（么）念佛是 要么要虚心（哟）要虚心（哟），
（嘟哟哎哎 哟）， 出门（么）外使是 靠么靠朋友（哟）靠朋友（哟），

```
3·5  6 3  2  3 | 2 3 2 1 ²6 | 5 3  5 6 1 | 5 - - - |
```
三 鼎 甲 里 点（么） 点么点头名（嘟哟哎哎 哟）。
穿 出 南 山 老（么） 老呀老寿星（嘟哟哎哎 哟）。
在 后 西 天 度（么） 度么度活神（嘟哟哎哎 哟）。
在 家 里 头 靠（么） 靠么靠父母（嘟哟哎哎 哟）。

演唱：胡雪坚

宁波民歌
NINGBO FOLK SONGS

送 金 钗

（慈溪）

1 = D 4/4
中速

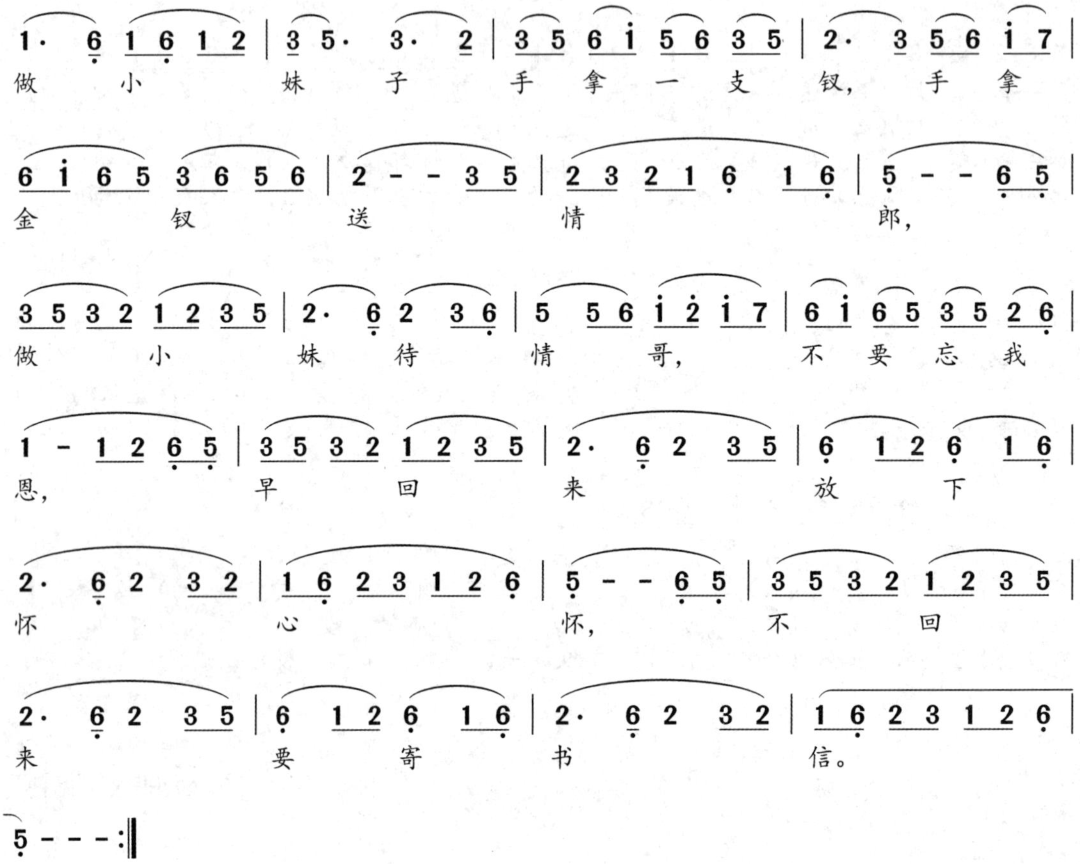

1· 6 1 6 1 2 | 3 5· 3· 2 | 3 5 6 1 5 6 3 5 | 2· 3 5 6 1 7 |
做 小 妹 子 手 拿 一 支 钗， 手 拿

6 1 6 5 3 6 5 6 | 2 - - 3 5 | 2 3 2 1 6 1 6 | 5 - - 6 5 |
金 钗 送 情 郎，

3 5 3 2 1 2 3 5 | 2· 6 2 3 6 | 5 5 6 1 2 1 7 | 6 1 6 5 3 5 2 6 |
做 小 妹 待 情 哥， 不 要 忘 我

1 - 1 2 6 5 | 3 5 3 2 1 2 3 5 | 2· 6 2 3 5 | 6 1 2 6 1 6 |
恩， 早 回 来 放 下

2· 6 2 3 2 | 1 6 2 3 1 2 6 | 5 - - 6 5 | 3 5 3 2 1 2 3 5 |
怀 心 怀， 不 回

2· 6 2 3 5 | 6 1 2 6 1 6 | 2· 6 2 3 2 | 1 6 2 3 1 2 6 |
来 要 寄 书 信。

5 - - - :‖

演唱：祝咪娜

148

算 命 调（二）

（慈溪）

1=F 4/4
中速

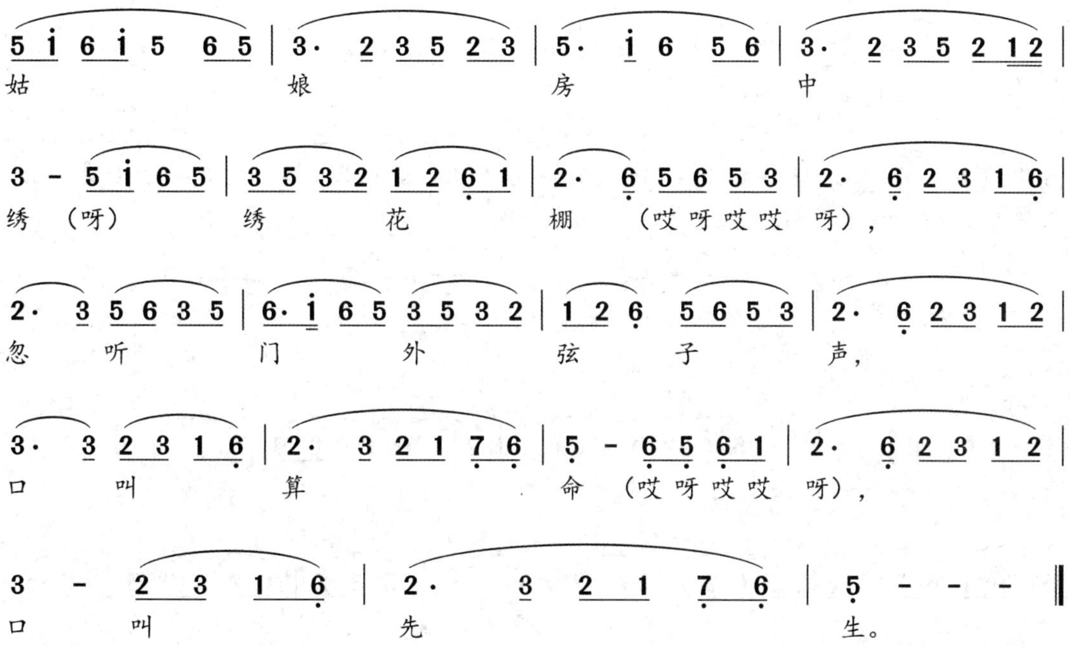

5 i 6 i 5 65 | 3· 2 3 5 23 | 5· i 6 5 6 | 3· 2 3 5 2 12 |
姑　　娘　　　房　　中

3 - 5 i 6 5 | 3 5 3 2 1 2 6 1 | 2· 6 5 6 5 3 | 2· 6 2 3 1 6 |
绣（呀）　绣　花　棚　（哎呀哎哎 呀），

2· 3 5 6 3 5 | 6· i 6 5 3 5 3 2 | 1 2 6 5 6 5 3 | 2· 6 2 3 1 2 |
忽　听　门　外　弦　子　声，

3· 3 2 3 1 6 | 2· 3 2 1 7 6 | 5 - 6 5 6 1 | 2· 6 2 3 1 2 |
口　叫　算　　命（哎呀哎哎 呀），

3 - 2 3 1 6 | 2· 3 2 1 7 6 | 5 - - - ‖
口　叫　先　　生。

踏　青（一）

（慈溪）

1=D 4/4
中速 稍慢

```
3· 2 3  5 35 | 6· 2 1 2 16 | 5 - (5 6 3) | 6· 1 5· 3 |
三　月　是　清　　明，　　　三　月
```

```
6 1 6 5 3 5 2 6 | 1 - (1 2 6) | 5 - 6 5 3 | 5 - 5 6 3 5 | 6· 2 1 2 16 |
正　清　明，　　清　明　是　　　百
```

```
5 - (5 6 3) | 6 6 1 5· 3 | 6 6 1 5· 3 | 6 1 6 5 3 5 2 6 |
草　　花　开　　一　齐
```

```
1 - (1 2 6) ‖: 3 5 3 2 1 2 3 5 | 2· 6 2 3 6 | 5· 3 5 6 1 |
青，　　小　娘　子　你　去　打
```

```
5 6 1 6 5 4 3 | 2 1 2 3 5· 2 | 3· 5 3 5 3 2 | 1 2 7 5 6 7 6 5 |
扮　好　来，　明　早　去　踏　青
```

```
6 1 2 6 1 6 | 2· 6 2 3 2 | 1 6 2 3 1 2 6 | 5 - - - :‖
小　娘　子。
```

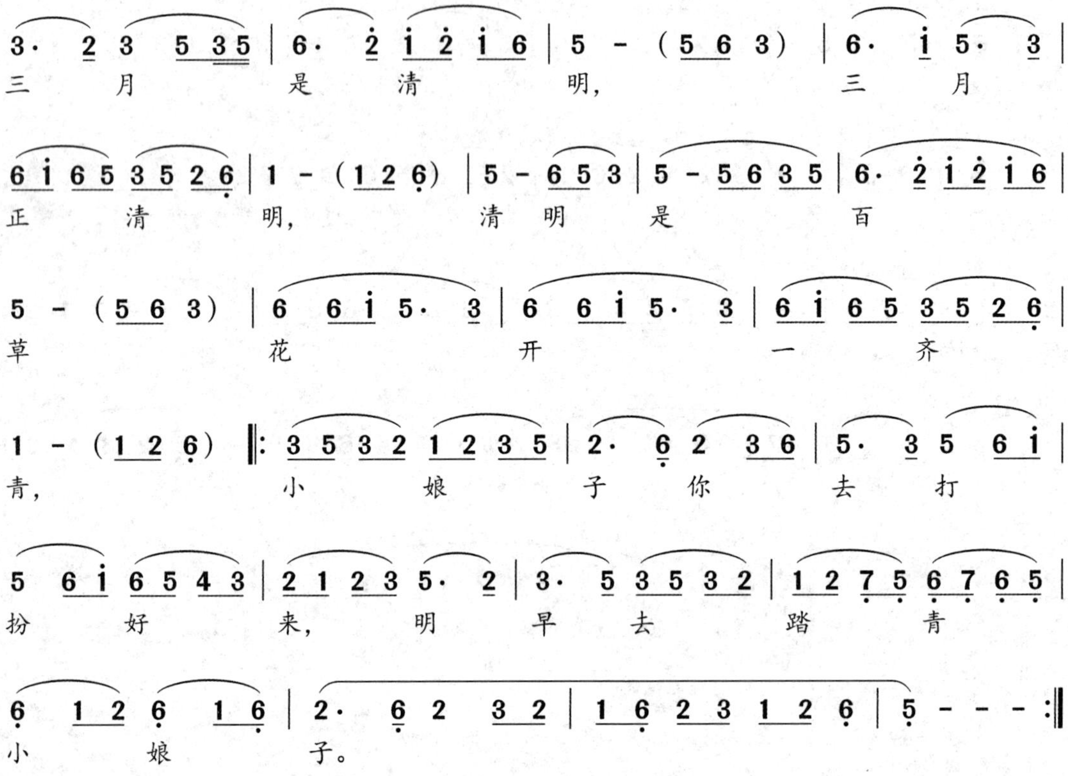

演唱：祝咪娜

踏　青（二）

（慈溪）

1 = D 4/4

中速 稍慢

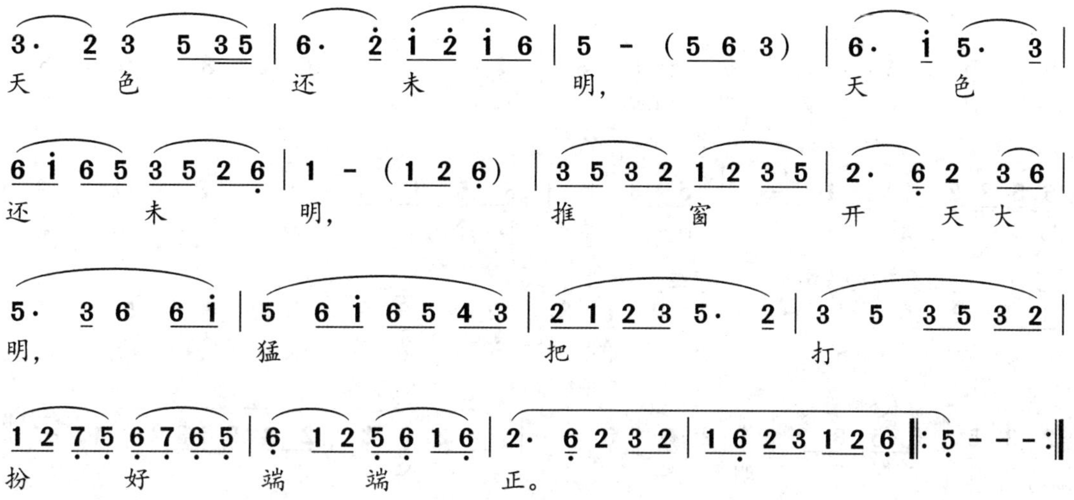

```
3· 2 3  5 3 5 | 6· 2 1 2 1 6 | 5 - (5 6 3) | 6· 1 5· 3 |
天   色    还 未    明，          天   色
```

```
6 1 6 5 3 5 2 6 | 1 - (1 2 6) | 3 5 3 2 1 2 3 5 | 2· 6 2  3 6 |
还   未      明，    推 窗   开 天 大
```

```
5· 3 6  6 1 | 5 6 1 6 5 4 3 | 2 1 2 3 5· 2 | 3 5 3 5 3 2 |
明，   猛         把         打
```

```
1 2 7 5 6 7 6 5 | 6 1 2 5 6 1 6 | 2· 6 2 3 2 | 1 6 2 3 1 2 6 ‖: 5 - - - :‖
扮   好   端 端   正。
```

扫码听歌

踏 青 见（二）

（慈溪）

1 = F 2/4

中速

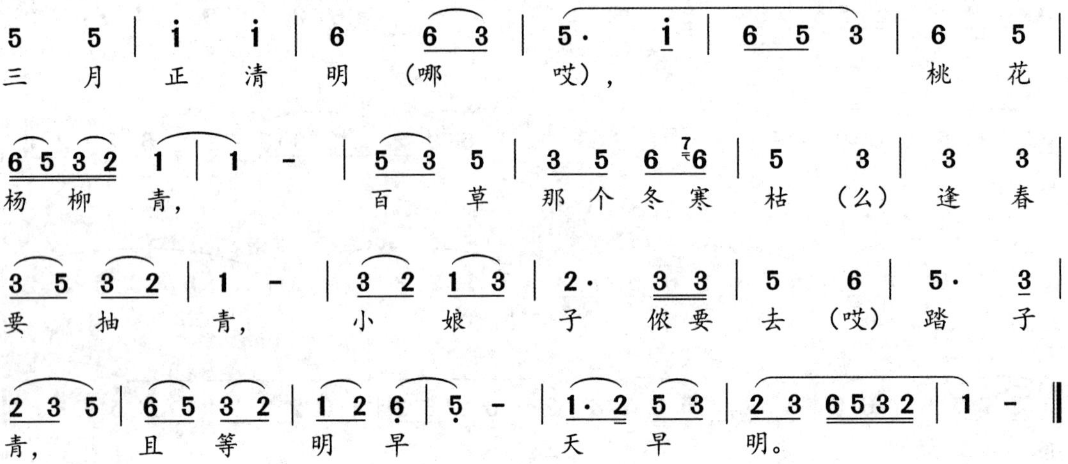

```
5   5  | i   i | 6   6 3 | 5· i | 6 5 3 | 6   5 |
三   月    正   清  明（哪    哎），            桃  花

6 5 3 2  1 | 1 - | 5 3 5 | 3 5 6 7̄6 | 5   3 | 3   3 |
杨  柳   青，      百 草   那 个 冬 寒 枯（么）逢  春

3 5 3 2 | 1 - | 3 2 1 3 | 2· 3 3 | 5   6 | 5· 3 |
要 抽  青，    小 娘 子 侬 要 去（哎）踏  子

2 3 5 | 6 5 3 2 | 1 2 6 | 5 - | 1· 2 5 3 | 2 3 6 5 3 2 | 1 - ‖
青，   且 等 明 早   天 早  明。
```

演唱：周高杰

挑 肚 兜

（慈溪）

1=G 4/4 5/4

中速 稍慢

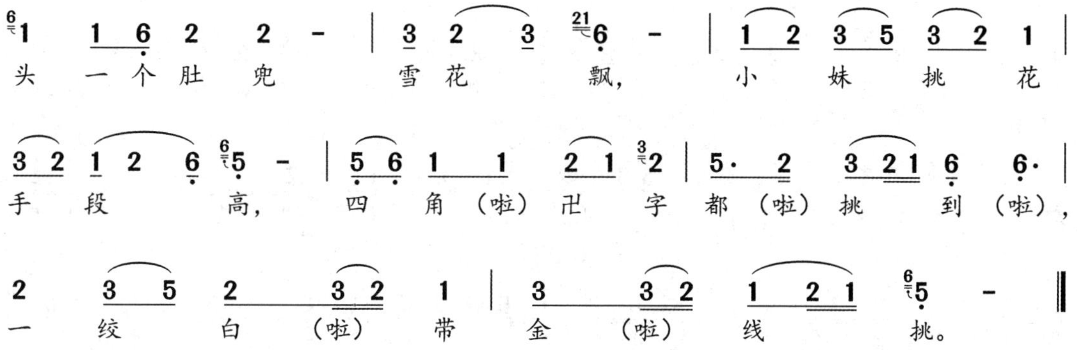

$\widehat{^6\ 1}$ 1 6 2 2 - | 3 2 3 $\overline{^{21}6}$ - | 1 2 3 5 3 2 1 |
头 一 个 肚 兜　　雪 花　 飘，　 小 妹 挑 花

3 2 1 2 $\widehat{^6\ 5}$ - | 5 6 1 1 2 1 $\overline{^3\ 2}$ | 5· 2 3 2 1 6 6· |
手 段 高，　 四 角（啦）卍 字 都（啦）挑 到（啦），

2 3 5 2 3 2 1 | 3 3 2 1 2 1 $\widehat{^6\ 5}$ - ‖
一 绞 白（啦）带 金（啦）线　　 挑。

原唱：沈彩玉
记录：晓 泽

歌曲中"卍"读"mǐ"，特指刺绣的一种花纹。

望灯五更（二）

（慈溪）

1=G 2/4

中速

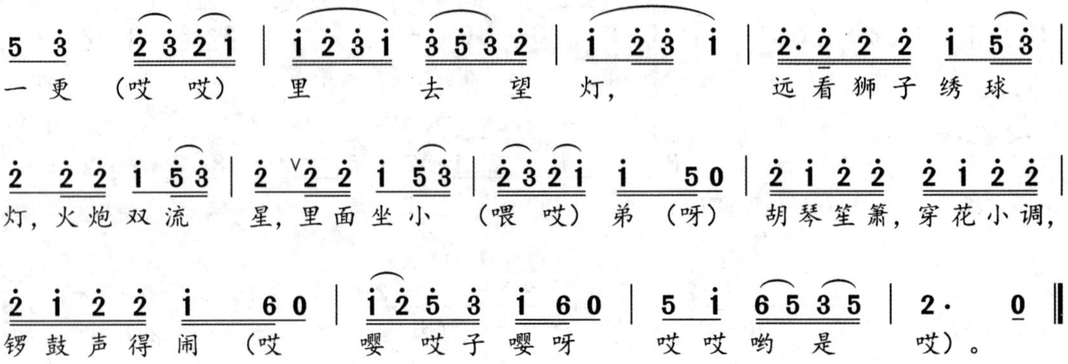

```
5 3  2321 | 1231  3532 | 123 1 | 2·2 22 1 53 |
一更（哎 哎）里  去  望 灯,      远看 狮子 绣 球

2 2 1 53 | 2 22 1 53 | 2321 1  50 | 21 22  21 22 |
灯,火炮双流  星,里面坐小（喂哎）弟（呀） 胡琴笙箫, 穿花小调,

21 22 1  60 | 1253 1 60 | 51 6535 | 2·  0 ‖
锣鼓声得闹（哎  嘤 哎子 嘤呀  哎哎哟是  哎）。
```

慈
溪

西 瓜 调

（慈溪）

1 = C 2/4

中速

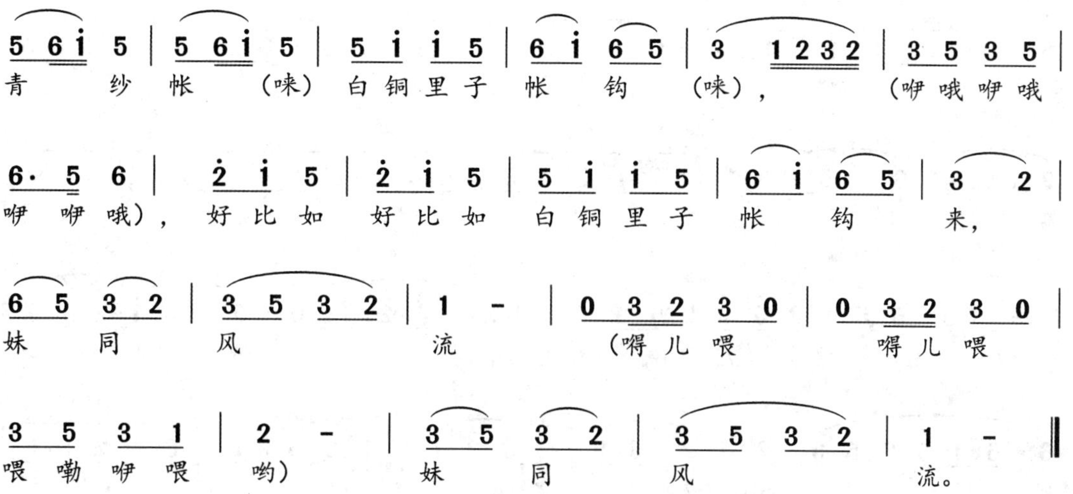

| 5 6 i̅ 5 | 5 6 i̅ 5 | 5 i̅ i̅ 5 | 6 i̅ 6 5 | 3 1232 | 3 5 3 5 |

青　纱帐（唻）白铜里子帐　钩（唻），　　（咿哦咿哦

| 6· 5̲ 6 | 2̇ i̅ 5 | 2̇ i̅ 5 | 5 i̅ i̅ 5 | 6 i̅ 6 5 | 3 2 |

咿 咿哦），好比如 好比如 白铜里子 帐 钩　来，

| 6 5 3 2 | 3 5 3 2 | 1 － | 0 323 0 | 0 323 0 |

妹 同 风　　流　　（嘚儿喂　　　嘚儿喂

| 3 5 3 1 | 2 － | 3 5 3 2 | 3 5 3 2 | 1 － ‖

喂嘞咿喂 哟）　妹 同 风　　流。

记录：陈之樵
演唱：胡雪坚

扫码听歌

一匹绸

（慈溪）

1=F 4/4
中速

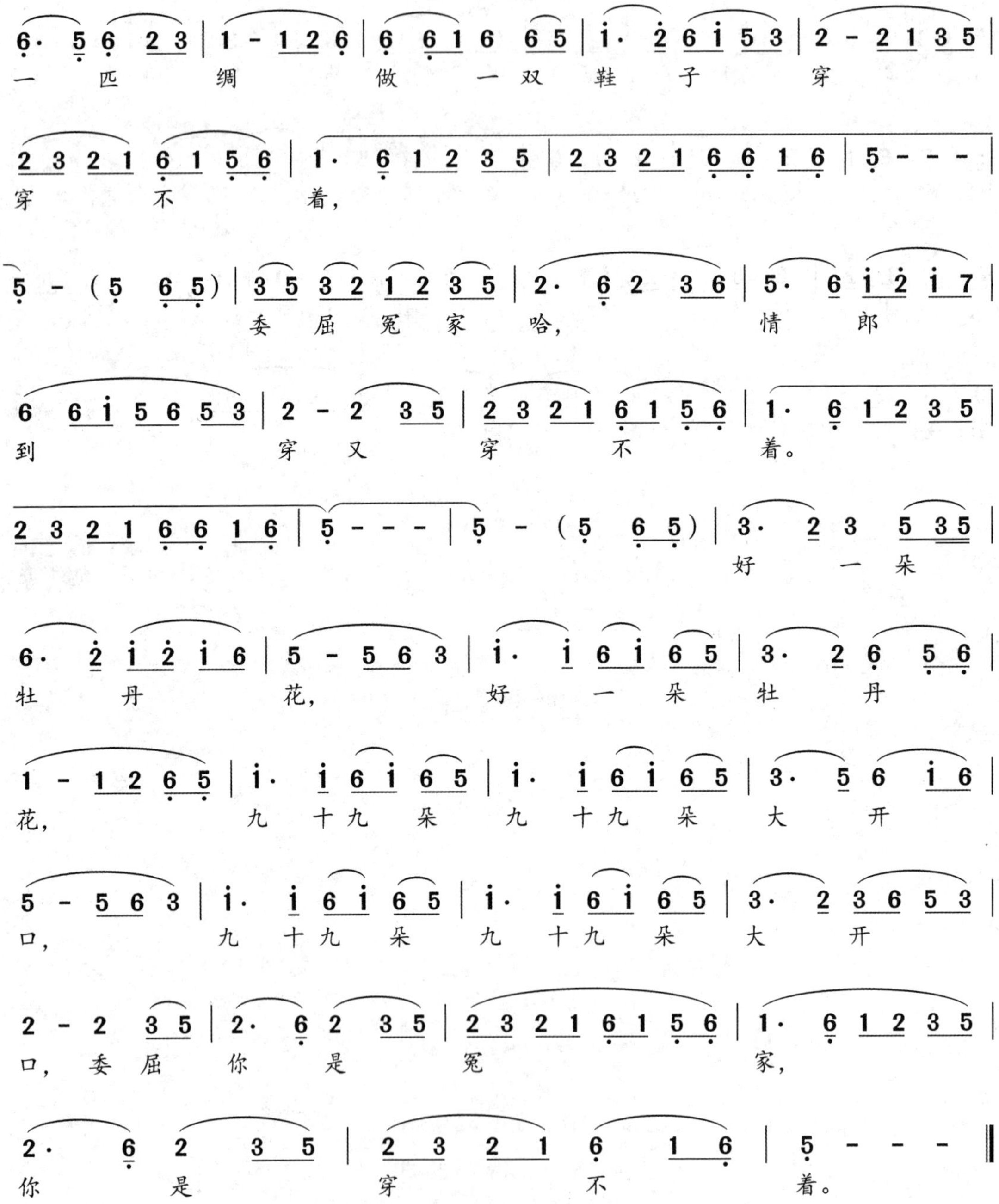

6· 5 6 23 | 1 - 1 2 6 | 6· 6 1 6 65 | i· 2 6 i 5 3 | 2 - 2 1 3 5 |
一 匹 绸 做 一 双 鞋 子 穿

2 3 2 1 6 1 5 6 | 1· 6 1 2 3 5 | 2 3 2 1 6 6 1 6 | 5 - - - |
穿 不 着，

5 - (5 65) | 3 5 3 2 1 2 3 5 | 2· 6 2 3 6 | 5· 6 i 2 i 7 |
委 屈 冤 家 哈， 情 郎

6 6 i 5 6 5 3 | 2 - 2 3 5 | 2 3 2 1 6 1 5 6 | 1· 6 1 2 3 5 |
到 穿 又 穿 不 着。

2 3 2 1 6 6 1 6 | 5 - - - | 5 - (5 65) | 3· 2 3 5 3 5 |
好 一 朵

6· 2 i 2 i 6 | 5 - 5 6 3 | i· i 6 i 6 5 | 3· 2 6 5 6 |
牡 丹 花， 好 一 朵 牡 丹

1 - 1 2 6 5 | i· i 6 i 6 5 | i· i 6 i 6 5 | 3· 5 6 i 6 |
花， 九 十 九 朵 九 十 九 朵 大 开

5 - 5 6 3 | i· i 6 i 6 5 | i· i 6 i 6 5 | 3· 2 3 6 5 3 |
口， 九 十 九 朵 九 十 九 朵 大 开

2 - 2 3 5 | 2· 6 2 3 5 | 2 3 2 1 6 1 5 6 | 1· 6 1 2 3 5 |
口， 委 屈 你 是 冤 家，

2· 6 2 3 5 | 2 3 2 1 6 1 6 | 5 - - - ‖
你 是 穿 不 着。

演唱：林静静

156

走 船 记

（慈溪）

1=♭B 2/4

中速 稍快

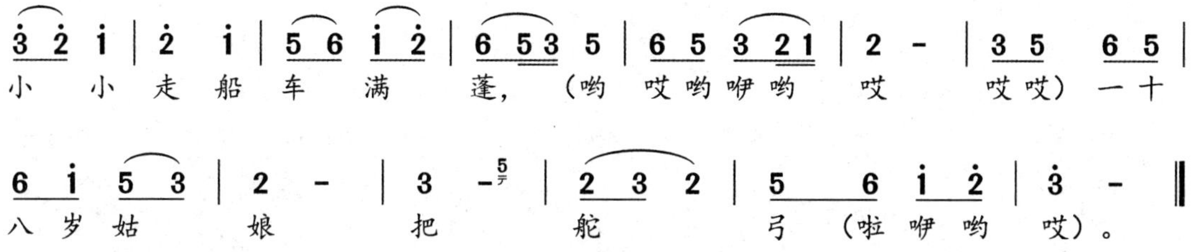

小 小 走 船 车 满 蓬，（哟 哎 哟 咿 哟 哎 哎哎）一 十

八 岁 姑 娘 把 舵 弓（啦 咿 哟 哎）。

宁海

五

扫码听歌

宁波民歌
NINGBO FOLK SONGS

东岙渔歌号子

（宁海）

1、《摇橹号子》 1=F 2/4 中速 稍慢

‖: 2 1 0 | 2 6 1 0 | 2 1 2 1 1 | 2· 1 6 0 :‖

吔 啰　　　吔 啰 嗬　　　吔 啰 嗬 嗬 吔　　啰。

2、《拔蓬号子》（前段） 2/4

‖: 3 6 5 3 0 | 5· 6 5 0 | 6· 3 5 0 | 6 5 6 5 0 | i i 6 5 | 6 5 3 2 0 :‖

嗨 咗 唻，　喔 啰，　吔 啰　吔 啰 嗬　吔 啰 嗬 嗬 吔　啰。

3、《拔蓬号子》 1=♭B 2/4 中速 稍慢

‖: 3 3 3 3 3 3 3 | 3· 1 6 | 1· 2 1 6 | 5 6 0 | 5 3 3 3 3 3 3 | 3· 1 6

喔 啰 啰 啰 啰 啰 啰 嗬　啊　啊　呀　啰 啊　喔 啰 啰 啰 啰 啰 啰 嗬　啊

i - | 2· 0 :‖ 3 2 1 5 6 | i 1· 0 | 3 2 1 5 6 | i 1· 0 ‖

吔　啰　　　再 来 个 一 把　凑 啦，　　再 来 个 一 把　凑 啦。

4、《拉网号子》 2/4 中速

2· 2· | 2· 1 6 | i 6 3 | 5 5 0 | 2· 1 6 | 5 5 3 5 0 | 3· 2 1 2 | i - ↓ |

喔 啰　嗬　啊 啊 呀　啰 啊　喔　啊 呀 啰　吔　啰，

3· 2 1 2 | i 1 6 | i - | 2· ↓ 0 | 3· 1 6 | 5 5 3 5 0 | 3· 2 1 2 | i - ↓ |

吔　　吔 啰　吔　啰，　喔　啊 呀 啰　吔　啰。

5、《拔蓬号子》（后段） 2/4 中速稍慢

‖: 吔啰·吼 | 3 2 6 1 5· | 3 2 3 2 | 1 2 1 1 6· | 3 2 3 1 6 | 5 5 3 6 0 | 喔啰·吼 |

哎 嗨 啰 呀 喔 嗬 哎，喔 嗬 啰 呀，哎 啰 喂 嗨　啊 呀 唻

3 2 1 6 2 6 | 3 2 3 1 1 2 | 5 3 5 6 1 0 | 1 6 1 1 6 | 5· 6 5 3 3 3 | 3 - :‖

哎 嗨 啰 呀 哎　啰 唻　啊 呀 唻，哎 啰 喂 嗨　啊　嗨 啦 啦 啦 啦。

6、《拔水号子》 2/4 中速

好哟·唻 ‖: 5 1 6 5 3 | 5 5 5 3 5 3 5 | 6 1 6 3 5· 5 ↓ | 6 1 6 3 5· 5 ↓ :‖

吔 啰 嗬 嗬　啊 加 唻 啰 嗬　一 呀 一 棒 撒 呀　一 呀 一 棒 撒 呀。

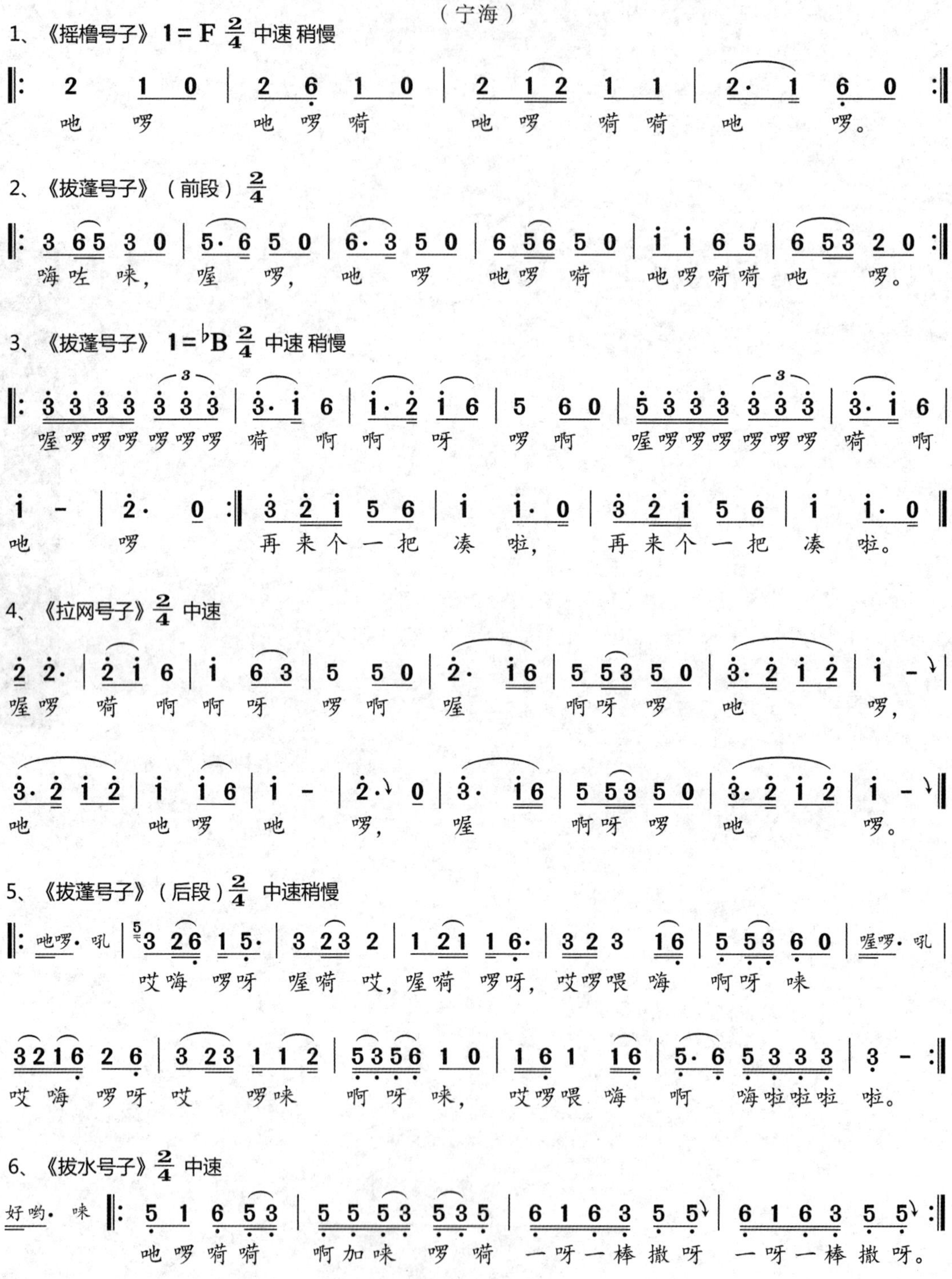

原唱：王水富　陈昌丰
记录：严再望　应荣坤
演唱：王建平　林启群
　　　陈如光

薛岙渔歌（三声号）

（宁海）

1=D $\frac{2}{4}$ $\frac{3}{4}$

中速

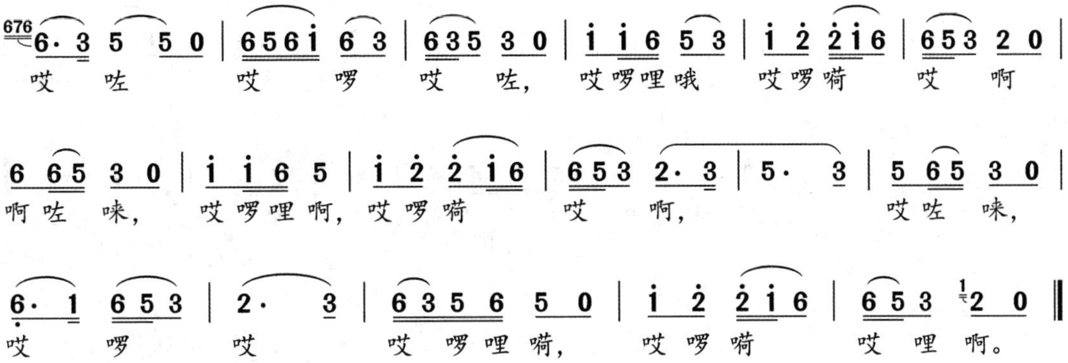

$\overset{676}{6\cdot3}$ 5 5 0 | 6 5 6 i 6 3 | 6 3 5 3 0 | i i 6 5 3 | i 2 2 i 6 | 6 5 3 2 0 |

哎 咗　哎 啰 哎 咗，哎 啰 哩 哦　哎 啰 嗬　哎 啊

6 6 5 3 0 | i i 6 5 | i 2 2 i 6 | 6 5 3 2·3 | 5·3 | 5 6 5 3 0 |

啊 咗 唻，　哎 啰 哩 啊，哎 啰 嗬　哎 啊，　　哎 咗 唻，

6·1 6 5 3 | 2·3 | 6 3 5 6 5 0 | i 2 2 i 6 | 6 5 3 $\overset{1}{2}$ 0 |

哎 啰 哎　哎 啰 哩 嗬，哎 啰 嗬　哎 哩 啊。

原唱：薛维佐
记录：干富伟　顾茂恩
　　　徐廷常
演唱：林启群　陈如光
　　　童海军

宁海

扫码听歌

161

宁波民歌

NINGBO FOLK SONGS

薛岙渔歌（一六号）

（宁海）

1=D $\frac{2}{4}$

中速

```
6  6· 2 i 6 | i· i 6 3  5 5 6 | i 6 3  5 3 5 0 | ⁵i· 6 i |
喔 啰  嗬 唻， 啊 呀 唻  嗬 呀   喔 啰  啊 呀 唻，   哎    啰

5 i 2  i 6 i | i 3 2 | 3  5 5 5 6 | 2· 3 2 6  i | i - ‖
哎    啰   喔 啰 啰 啰  哎 呀 哩 啊  哎 呀 哩 呀 喔。
```

原唱：薛维佐
记录：冯允千
演唱：林启群　陈如光
　　　童海军

薛岙渔歌（大号）

（宁海）

1=♭B 2/4

中速

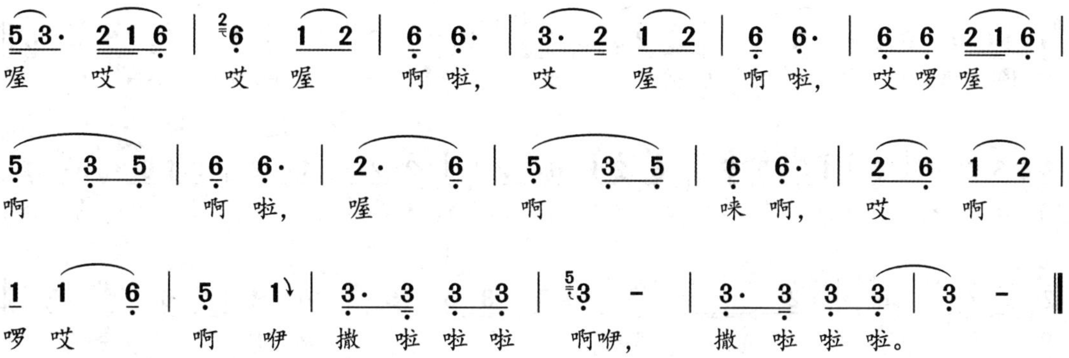

```
5 3· 2 1 6 | 2̌6 1 2 | 6 6· | 3· 2 1 2 | 6 6· | 6 6 2 1 6 |
喔  哎  哎喔 啊啦， 哎 喔   啊啦， 哎啰喔

5 3 5 | 6· 6· | 2· 6 | 3 5 | 6 6· | 2 6 1 2 |
啊    啊啦， 喔  啊   唻啊， 哎  啊

1 1 6 | 5· 1ˇ | 3· 3 3 3 | 5̌3 - | 3· 3 3 3 | 3 - ‖
啰哎  啊咿  撒啦啦啦 啊咿， 撒 啦啦啦。
```

原唱：薛维佐
记录：干富伟　顾茂恩
演唱：林启群　童海军
　　　陈如光

163

扫码听歌

摇橹号子

（宁海）

1=♭B 2/4
中速

```
6̲  i̲ i̲ 6̲  5·6 | i̲ 2̲ i̲  i | i̲ 2̲ 2̲ 6̲  5̲ 6̲ i | 3̲ 2̲ i̲  6 | 6  i̲ i̲  i· | i̲ i̲ 6̲  5·6 |
摇 橹  嗨 哟  啊 喷 咪, 摇 橹 啊  嗨 呀  喔 啰 嗨, 咳 吔 喷  吔 噜  呀 哈
```

```
3̲ 5̲ 6̲ 5̲  6 | 6̲ i̲ i̲ 6̲  5̲ 5· | 3̲ 2̲ i̲  6·i | i̲ 2̲ 2̲ 6̲  i·7 | 6̲ i̲ 6̲ 3̲  5·6 |
啊 喷 咪 摇 橹  啊 咳  喔 啰 呵,  啊 喷 啊 个 喷   吔 噜 呀 哈
```

```
2̲ 3̲ 2̲ i̲  6 | 2̲ 2̲ i̲  5 | 3̲ 3̲ 5̲  6 | 6̲ i̲ i̲ 6̲  5  0 ‖
慢 慢  咪 摇 橹 啊 咳 吔 喷 咪 摇 橹 呀  嗨。
```

原唱：薛维佐
记录：冯允千　顾茂恩
演唱：王建平　林启群
　　　陈如光　童海军

（二）山歌

扫码听歌

宁海

长 街 山 歌（解歌）

（宁海）

1=♭B 4/4 2/4 3/4

开阔 稍自由地（竹笛吹引子）

渐快　　　　　　　　稍慢

（5̱3̱2 - - - | 5̱3̱2 - - - | 5̱3̱2̱ 1̱6̱ 5̱3̱5 | 6 1̱ 2̱ 5̱3̱ | 2̱3̱2 - - - | 2 - - - ）

3̱2 - - 2̱3̱2 | 1̱ 5̱3̱ | 2̱3̱2 - - - | 2̱1̱ 1̱6̱ · 6 - | 1̱ 6 6 |

哎　　　　哎　　哎，　　罗　咦，　　　罗　　罗

5̱6̱5 - - 5̱3̱2̱ | 1̱ 6 5̱ | 3̱5̱3 - - 3̱2̱ | 1̱ 6 3̱ | 1̱2̱1 - - - | 1 （5̱6̱1̱2̱） ‖: 5̱3̱3̱2̱ 1̱6̱6̱3̱

咦，　　　罗　罗　咦，　　罗　罗　咦，　　哟。

♩=84

2̱ · 3̱ 2̱1̱6̱1̱ | 5̱ 5̱5̱ | 0̱5̱0̱5̱ ） 3̱3̱ 2̱2̱ · 2̱2̱ · | 3̱3̱ 3̱ 2̱ | 3̱3̱ 3̱ 2̱ |

　　　　　　　　　　　　（女）介呣出门　出门　　算我（啦）高　算我（啦）高

　　　　　　　　　　　　（女）介呣谷峦　谷峦　　一个（啦）灯　一个（啦）灯

2̱ · 1̱6̱ | 2̱2̱ 1̱2̱ · 1̱2̱ · | 2̱6̱ 5̱ | 6 · 1̱ 2̱ | 2̱3̱2̱ 1̱ | 1̱1̱1̱1̱ · 1̱1̱ · |

（唆　　咦），介呣出门　出门　（啰咦　啊哩咦）带飞　刀，介呣出门　出门

（唆　　咦），介呣谷峦　谷峦　（啰咦　啊哩咦）一圈　唇，介呣谷峦　谷峦

1̱1̱ 2̱ 1̱2̱ | 2̱ · 1̱6̱ | 6̱6̱6̱6̱ · 6̱6̱ · | 6̱6̱6̱2̱ 1̱ 1̱0̱ | 3̱5̱5̱5̱3̱ 5̱5̱3̱

梅花阵（啊　唆　咦），介呣出门　出门　身穿紫龙　袍（咦）？（男）老鹰出门　出门

四方眼（啊　唆　咦），介呣谷峦　谷峦　有嘴无阔　臀（咦）？（男）笠帽谷峦　谷峦

3̱3̱ 3̱ 2̱ | 3̱3̱ 3̱ 2̱ | 2̱ · 1̱6̱ | 6̱2̱ 1̱2̱ · 1̱2̱ · | 2̱6̱ 5̱ | 6 · 1̱ 2̱ |

算我（啦）高　算我（啦）高（唆　咦）鹧混出门　出门　（啰咦，啊哩咦）

一个（啦）灯　一个（啦）灯（唆　咦），铜锣谷峦　谷峦　（啰咦，啊哩咦）

2̱2̱

2̱3̱2̱ 1̱ | 6̱ 1̱1̱ 1̱ 1̱ · 1̱ 1̱ · | 1̱1̱ 2̱ 1̱2̱ | 2̱ · 1̱6̱ | 6̱6̱6̱6̱ · 6̱6̱ · | 6̱6̱6̱2̱ 1̱ - |

带飞　刀，毛将出门　出门　梅花阵啊（唆　咦），山鸡出门　出门　身穿紫龙　袍

一圈　唇，米筛谷峦　谷峦　四方眼啊（唆　咦），水壶谷峦　谷峦　有嘴无阔　臀

6̱ 1̱

1̱ ⌅ （5̱6̱1̱2̱）:‖ 2̱2̱ 2̱3̱ | 2̱2̱ 3̱2̱ | 2̱2̱ 3̱2̱ | 2̱ · 1̱6̱ | 6̱2̱ 1̱2̱ |

（咦）。　　　（齐）西门三哥　西门姐　　西门姐　（唆　咦），荷叶开花

（咦）。　　　（齐）赤日炎炎　似火烧　　似火烧　（唆　咦），稻田禾苗

165

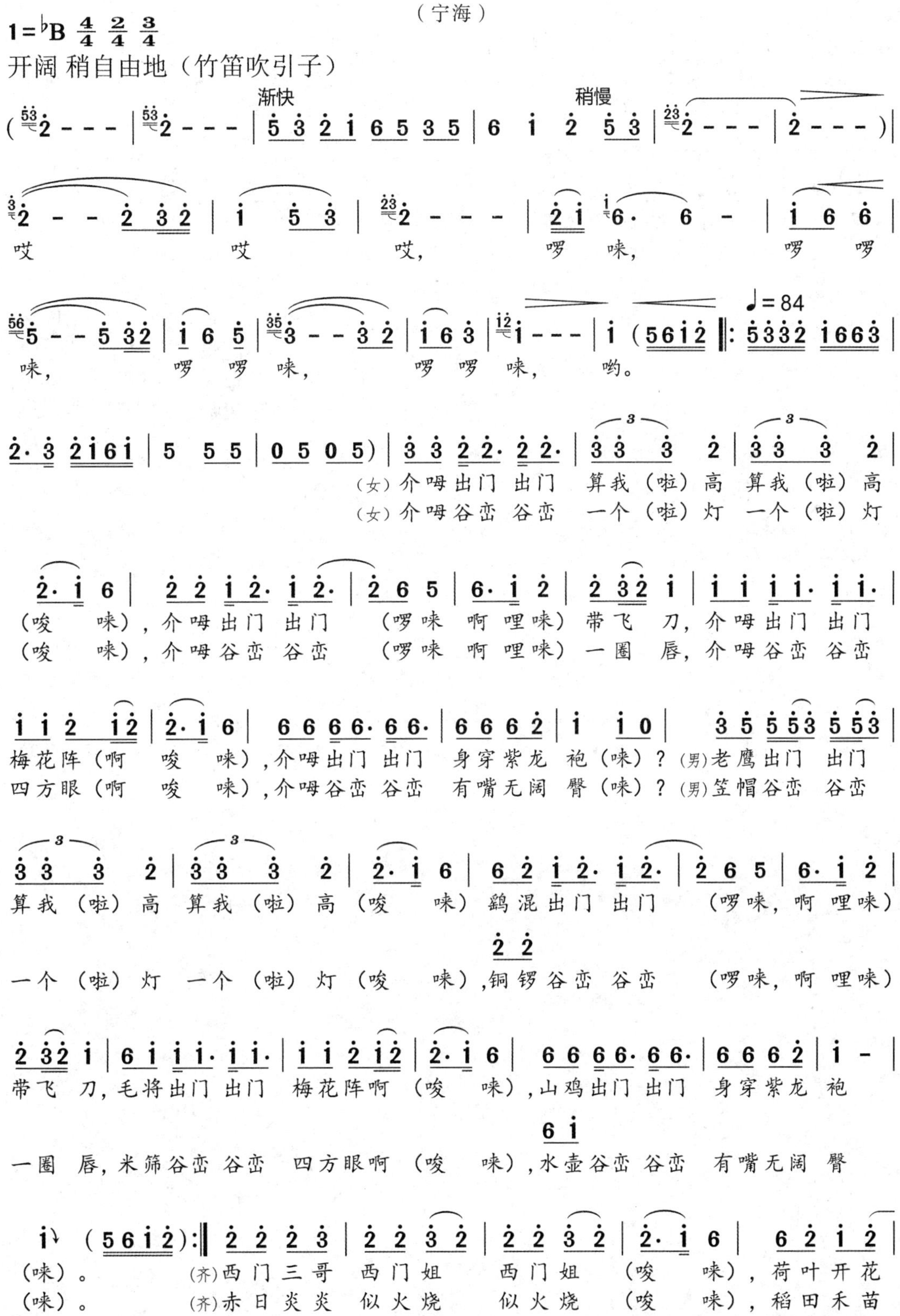

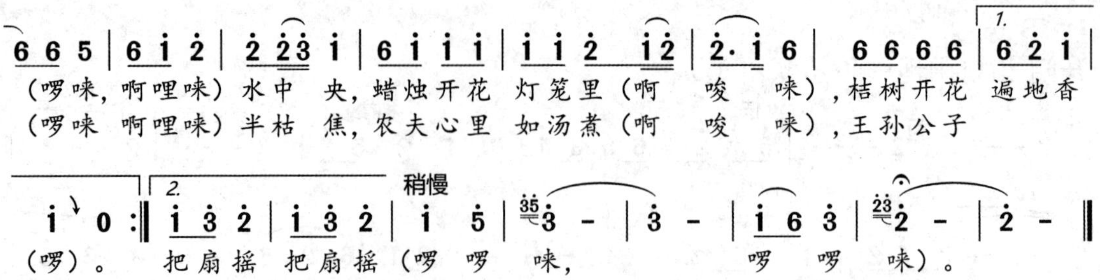

6 6 5 | 6 i 2 | 2 2 3 i | 6 i i i | i i 2 | i 2 | 2. i 6 | 6 6 6 6 | 6 2 i |

（啰唻，啊哩唻）水中 央，蜡烛开花 灯笼里（啊 唆 唻），桔树开花 遍地香

（啰唻 啊哩唻）半枯 焦，农夫心里 如汤煮（啊 唆 唻），王孙公子

i i 0 : ‖ i 3 2 | i 3 2 | i 5 | 3 — | 3 — | i 6 3 | 2 — | 2 — ‖

稍慢

（啰）。 把扇摇 把扇摇（啰 啰 唻， 啰 啰 唻）。

原唱：龚小君　谢常仙
记录：冯允千　吴元明
整理：严再望
演唱：帅　君　童海军

"解歌"，也称"斗山歌"。
歌词中"介呣"即"什么"，"鹞混"即"鹞鹰"，"毛将"即"麻雀"，"谷峦"即"圆圆"，"阔臀"即"臀部"。

对 山 歌

（宁海）

1=♭B 2/4

中速

$\overset{.}{2}$ $\overset{.}{2}$ 3 3 | $\overset{.}{2}$ $\overset{.}{1}$ 3 2 | $\overset{.}{2}$ $\overset{.}{1}$ 3 2 | $\overset{.}{2}$$\cdot$ $\overset{.}{1}$ 6 | 6 2 $\overset{.}{2}$ $\overset{.}{2}$ | $\overset{.}{1}$ $\overset{.}{2}$ $\overset{.}{2}$ 6 5 | 6 $\overset{.}{1}$ $\overset{.}{2}$ |

侬对句呀　我接（呀）腔　我接（呀）腔（唆　唻），侬掼（啦）铜钿　（啰唻　唻咿唻）
介呣尖尖　在山（呀）头　在山（呀）头（唆　唻），介呣（呀）尖尖　（啰唻　唻咿唻）
毛竹尖尖　在山（呀）头　在山（呀）头（唆　唻），螺蛳（呀）尖尖　（啰唻　唻咿唻）

$\overset{.}{2}$ $\overset{.}{2}$ 3 $\overset{.}{1}$ | $\overset{.}{1}$ $\overset{.}{1}$ | 6 $\overset{.}{1}$ | 6 $\overset{.}{1}$ $\overset{.}{2}$ 6 | $\overset{.}{2}$$\cdot$ $\overset{.}{1}$ 6 | 6 $\overset{.}{2}$ $\overset{.}{1}$ $\overset{.}{2}$ | 6 $\overset{.}{2}$ $\overset{.}{1}$ | $\overset{.}{1}$ 0 ‖

我掼腔，侬掼　铜钿　圆圆转（呀罗　唻），我掼歌腔　隔山响（啰）。
海中游，介呣　尖尖　书箱里（呀罗　唻），介呣尖尖　板壁头（啰）？
海中游，红珠笔尖尖　书箱里（呀罗　唻），钉子尖尖　板壁头（啰）。

原唱：王继夫
记录：赵万福
演唱：薛海云
　　　童海军

167

扫码听歌

山歌好对口难开

（宁海）

1=C 2/4 3/4

中速

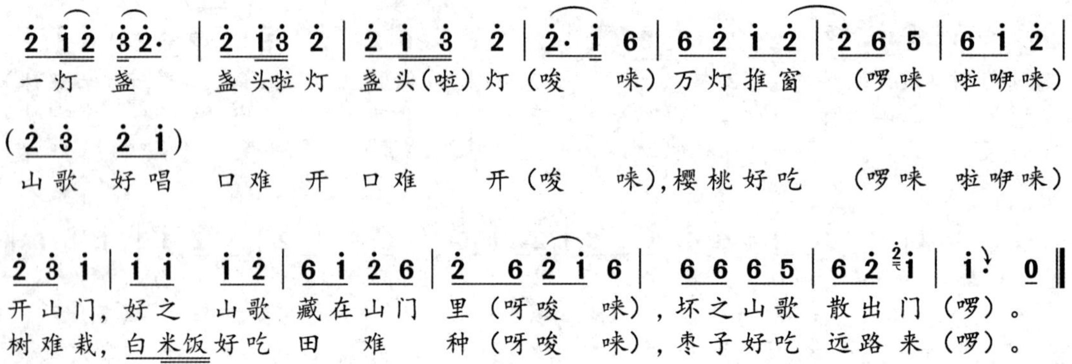

```
2̇ 1̇ 2̇ 3̇ 2·  | 2̇ 1̇ 3̇ 2̇ | 2̇ 1̇ 3̇  2̇ | 2̇· 1̇ 6 | 6 2̇ 1̇ 2̇ | 2̇ 6 5 | 6 1̇ 2̇ |
一灯盏   盏头啦灯   盏头（啦）灯（咚  唻）万灯推窗  （啰唻 啦咿唻）
```

```
（2̇ 3̇ 2̇ 1̇）
山歌 好唱 口难 开口难  开（咚  唻）,樱桃好吃  （啰唻 啦咿唻）
```

```
2̇ 3̇ 1̇ | 1̇ 1̇ | 1̇ 2̇ | 6 1̇ 2̇ 6 | 2̇ 6 2̇ 1̇ 6 | 6 6 6 5 | 6 2̇ 2̇/1̇ 1̇ | 1̇ 〉 0 ‖
开山门, 好之  山歌 藏在山门 里（呀咚  唻）,坏之山歌 散出门（啰）。
树难栽, 白米饭好吃田难  种（呀咚  唻）,枣子好吃 远路来（啰）。
```

原唱：王继夫
记录：赵万福
演唱：薛海云

（三）小调

岔 路 道 情

（宁海）

扫码听歌

1 = G 2/4

中速

（的 0 的 0 ‖: 5 5555 55 | 5 56 i 53 | 2 35 2161 | 5 50) | 2 2 5·3 |

列国年
苏秦胸

3 2 3 | 5 53 2321 | 1 6 (5 | 6165 60) | 26 1 23 |

代　　有个小苏　秦，　　　　　　家贫穷
怀　　有大　志，　　　　　　名不惊人

5 6 1 | 3· (2 | 3532 3) | 2 2 5 53 | 2 2 1 6 |

求　功　名，　　　初次不第转门庭，
不　灰　心，　　　到后来六国封相出皇城，

6 6 6 1 3 | 3 2 2 | 1 2 21 6 | 6 5· :‖ 6 5 (6 | 5 —) ‖

全家人把　他　来看（啊）清。
不贤嫂顶香盘跪接小苏　　秦。

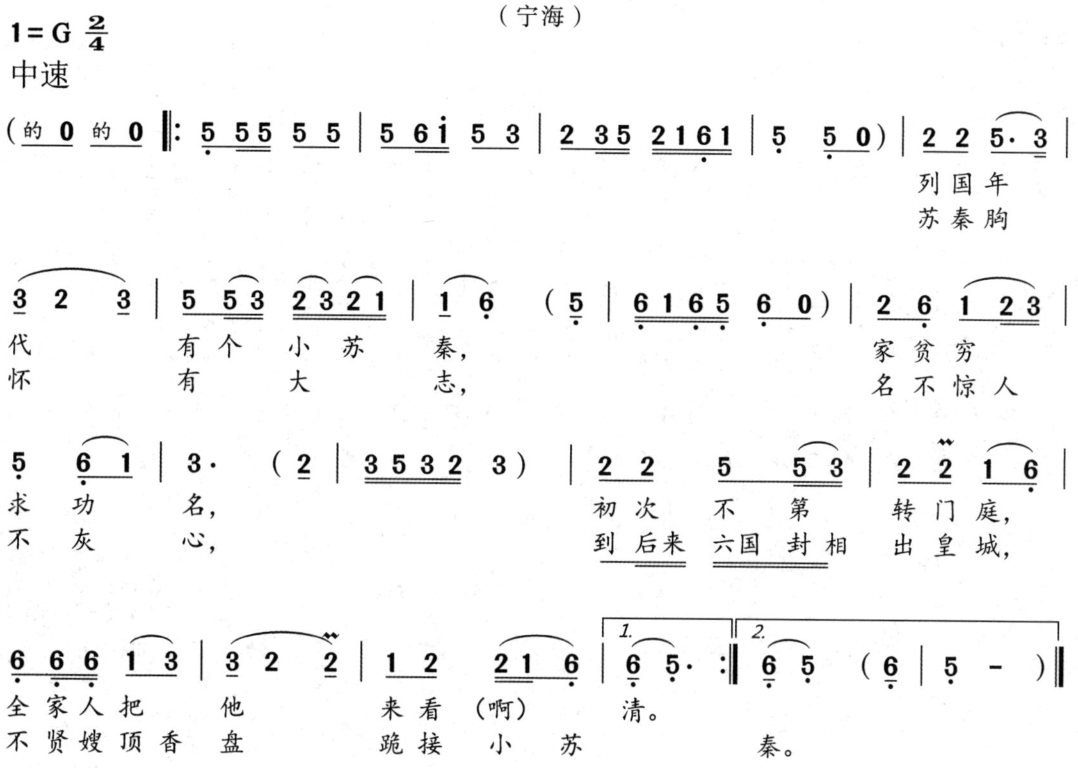

原唱：娄玲亚
　　　葛文君
记录：严再望
　　　周衍平
演唱：唐洁妃

169

宁波民歌
NINGBO FOLK SONGS

莲 花 落（四）

（宁海）

1=♭B 2/4
中速

(6 2 1 6 | 2 1 6 | 5 5 3 | 5 -) | 3· 2 3 5 | 3 2 1 2· 5 |
　　　　　　　　　　　　　　　　　　　　　　正 月 里来 是 新春（啊

3 2 1 2 | 6· 1 6 3 | 2 - | 6 2 1 6 | 2 1 6 | 5 5 3 | 5 - |
莲 莲花 莲 个 莲花 落）， 鞭 炮齐 鸣 锣 鼓 响（哟 莲 花

1· 6 1 6 | 3· 5 5 6 | 1 1 6 5 | 6 2 1 6 | 2 1 6 | 5 5 3 | 5 - ﹕‖
花 啊花 啊 莲 个 莲花 落 莲 花）， 鞭 炮齐 鸣 锣 鼓 响（哟 莲花）。

原唱：柴永明
记录：严再望
演唱：薛海云

170

象山

六

拔 船 号 子

（象山）

1 = ♭B 4/4

缓慢、庄严、严肃地

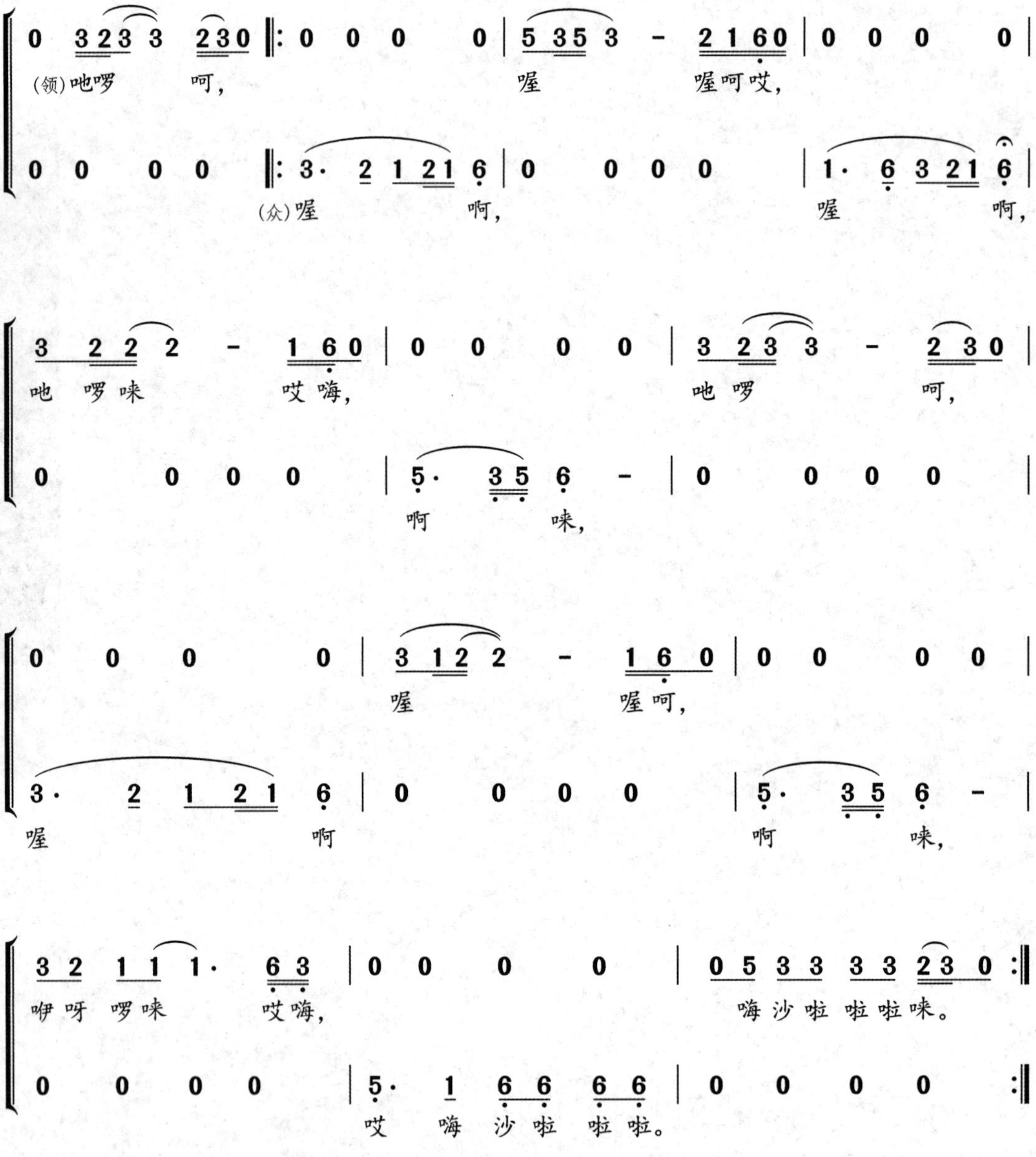

（领）吤啰　呵，　　　　喔　　喔呵哎，

（众）喔　　啊，　　喔　　啊，

吤 啰 唻　　哎 嗨，　　　　吤 啰　　　呵，

　　　　啊　　唻，

　　　喔　　　喔呵，

喔　　　啊　　　　　　啊　　唻，

咿呀 啰唻　　哎嗨，　　　　嗨沙 啦 啦啦唻。

　　　　　　　哎 嗨沙 啦 啦啦。

收集：象山县非遗保护中心
整理：象山县非遗保护中心

拔舡板号子

（象山）

1=♭B 4/4

中速 严肃地

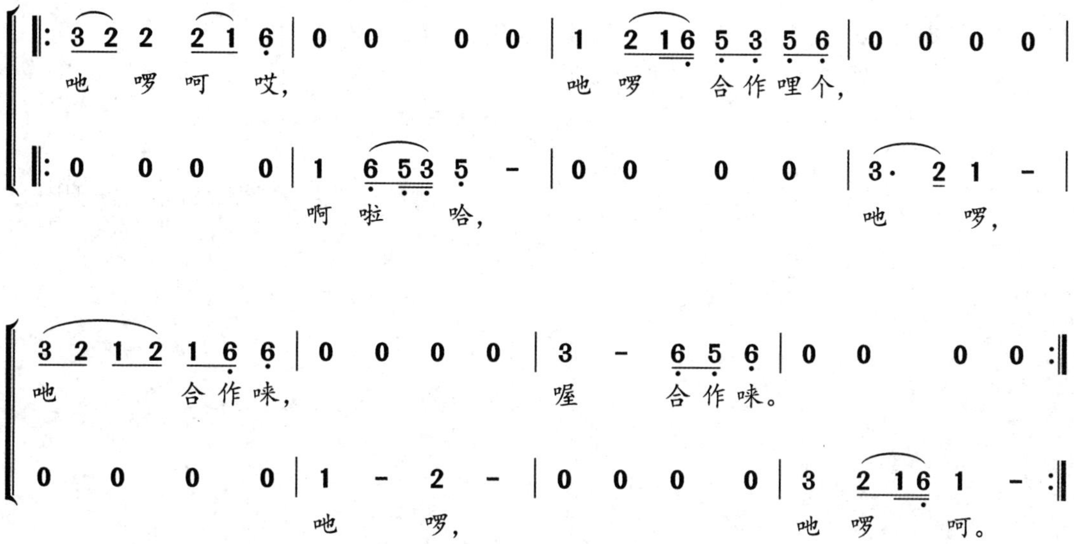

‖: 3̲2̲ 2 2̲1̲6̣ | 0 0 0 0 | 1 2̲1̲6̣ 5̲3̲ 5̲6̣ | 0 0 0 0 |

吪 啰 呵 哎，　　　　　　　　　吪 啰 合 作 哩 个，

‖: 0 0 0 0 | 1 6̣5̲3̣ 5 - | 0 0 0 0 | 3· 2̲ 1 - |

啊 啦 哈，　　　　　　　　　吪 啰，

3̲2̲1̲2̲ 1̲6̣6̣ | 0 0 0 0 | 3 - 6̣5̲6̣ | 0 0 0 0 :‖

吪 合 作 唻，　　　　喔 合 作 唻。

0 0 0 0 | 1 - 2 - | 0 0 0 0 | 3 2̲1̲6̣1 - :‖

吪 啰，　　　　　　　　吪 啰 呵。

收集：象山县非遗保护中心
整理：象山县非遗保护中心
演唱：奚斌辉

拷稻草号子

（象山）

1 = G 2/4

中速

‖: 6 6 | 6 1 | 2 5 | 1 6 | 1 3 | 1 5 | 1 3 :‖
哎 啰 哎 啰 哎 嗦 哎 啰 哎 嗦 哎 啰 哎 嗦。

收集：象山县非遗保护中心
整理：象山县非遗保护中心

起舱号子

（象山）

1 = A 2/4
中速

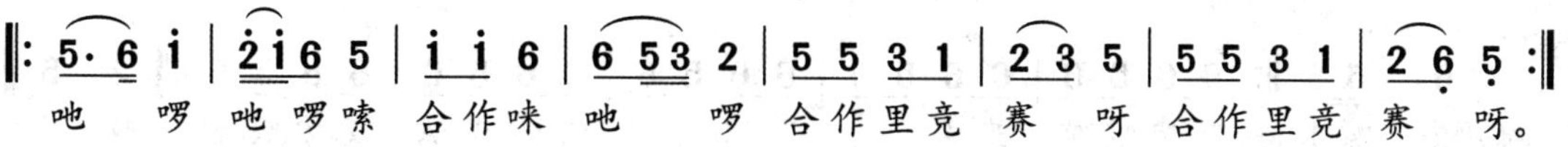

‖: 5·6 i | 2̂ 1̂ 6 5 | i i 6 | 6 5 3 2 | 5 5 3 1 | 2̂ 3 5 | 5 5 3 1 | 2̂ 6·5. :‖

吔　啰　吔　啰嗦　合作唻吔　啰　合作里竞赛　呀　合作里竞赛　呀。

收集：象山县非遗保护中心
整理：象山县非遗保护中心
演唱：奚斌辉

抬网号子

（象山）

1=G $\frac{2}{4}$
中速

6· 5 5 ‖: 6 6 5 6 | 6 6 5 6 | 6 6 5 6 | 6 6 5 6 | 6 6 5 6 :‖ 2 5 ‖
（领）哎 嗦唻（合）哎嗦哎嗦 哎嗦哎嗦 哎嗦哎嗦 哎嗦哎嗦 哎嗦哎嗦 哎 嗦。

收集：象山县非遗保护中心
整理：象山县非遗保护中心

汰 网 号 子

（象山）

1=G 2/4

中速

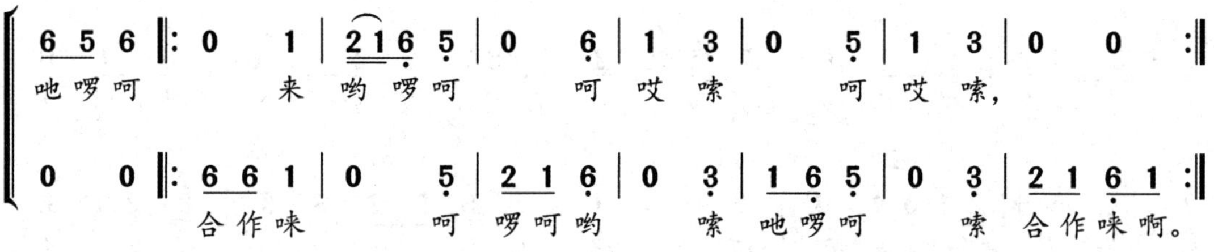

```
6 5 6 ‖: 0  1 | 2̲1̲6 5̣ | 0  6̣ | 1 3 | 0  5̣ | 1 3 | 0  0 :‖
吧 啰 呵      来  哟 啰 呵    呵  哎 嗦    呵 哎 嗦，

0  0 ‖: 6̲6̲1 | 0  5̣ | 2̲1̲6 | 0  3 | 1̲6̲5 | 0  3 | 2̲1̲6̲1̇ :‖
      合 作 唻    呵 啰 呵 哟   嗦 吧 啰 呵   嗦 合 作 唻 啊。
```

收集：象山县非遗保护中心
整理：象山县非遗保护中心

小　号（一）

（象山）

1=♭B 2/4

中速

哎　　咗　哎嗨啰　哎啰咿哟 呵呵　哎咗　咧　呀咗 咧

哎 嗨啰 哎嗨 做 哎啰 呵 咿啰咿哟 呵呵　哎咗　咧

哈　呀 哎 嗨啰 哎　咗 哎啰 呵 哎啰咿 啊 呵呵

哎嗨 呀 哈咗 呀 哎 嗨啰 哎　咗 哎啰 呵

哎啰咿哟 呵呵　哎嗨 呀 哈咗 呀 哎 嗨啰。

收集：象山县非遗保护中心
整理：象山县非遗保护中心

小　号（二）

（象山）

1=♭B **4/4**

中速

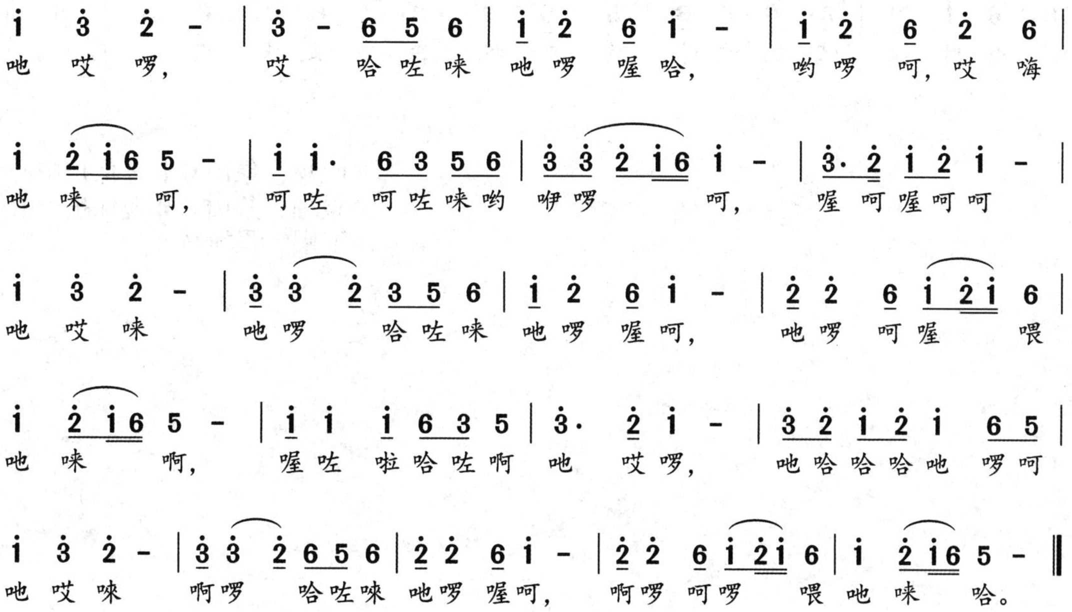

i 3̇ 2̇ - | 3̇ - 6̇ 5 6 | i̇ 2̇ 6̇ i - | i̇ 2̇ 6̇ 2̇ 6 |

吧 哎 啰，　　哎　哈 咗 唻 吧 啰 喔 哈，　　哟 啰 呵，哎 嗨

i 2̇ i̇ 6̇ 5 - | i̇ i̇ · 6̇ 3 5 6 | 3̇ 3̇ 2̇ i̇ 6̇ i - | 3̇ · 2̇ i̇ 2̇ i - |

吧 唻　呵，　呵 咗 呵 咗 唻 哟 咿 啰　　呵，　　喔 呵 喔 呵 呵

i 3̇ 2̇ - | 3̇ 3̇ 2̇ 3 5 6 | i̇ 2̇ 6̇ i - | 2̇ 2̇ 6̇ i̇ 2̇ 6 |

吧 哎 唻　吧 啰　哈 咗 唻 吧 啰 喔 呵，　　吧 啰 呵 喔　喂

i 2̇ i̇ 6̇ 5 - | i̇ i̇ i̇ 6̇ 3 5 | 3̇ · 2̇ i - | 3̇ 2̇ i̇ 2̇ i 6̇ 5 |

吧 唻　啊，　喔 咗 啦 哈 咗 啊 吧 哎 啰，　　吧 哈 哈 哈 吧 啰 呵

i 3̇ 2̇ - | 3̇ 3̇ 2̇ 6̇ 5 6 | 2̇ 2̇ 6̇ i - | 2̇ 2̇ 6̇ i̇ 2̇ i 6̇ | i 2̇ i̇ 6̇ 5 - ‖

吧 哎 唻　啊 啰　哈 咗 唻 吧 啰 喔 呵，　　啊 啰 呵 啰　喂 吧 唻　哈。

收集：象山县非遗保护中心
整理：象山县非遗保护中心

扫码听歌

小　号（三）

（象山）

1=♭B $\frac{2}{4}$

稍快

6· 6 i· 6 | 6· 6 5 6 | 5 653 | 3· 3 6 6 | 6· 3 5 6 :‖

嗨 呀 咗 唻， 哦 呵 吭 唻， 嗨 呀 唻， 嗨 呀 嗦 唻 哦 吼 唻。

收集：象山县非遗保护中心

整理：象山县非遗保护中心

演唱：奚斌辉

扫码听歌

吔 啰 号

（象山）

1 = C $\frac{4}{4}$ $\frac{3}{4}$

自由地

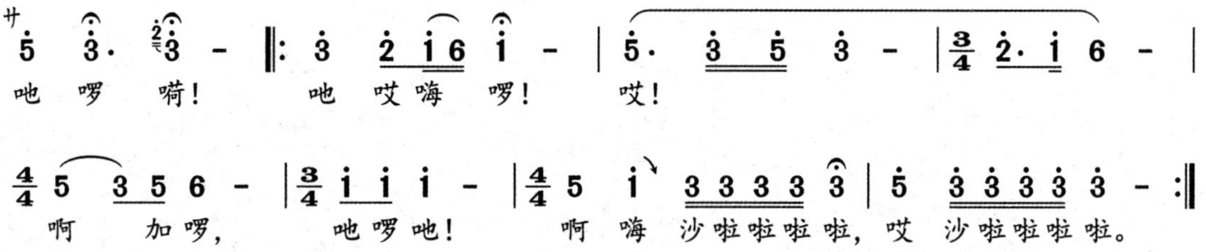

$\overset{\text{廿}}{\underline{5}}$ $\dot{\underline{3}}$· $\overset{2}{\underline{3}}$ $\dot 3$ - ‖: $\dot 3$ $\underline{\dot 2\ \dot 1}$ 6 $\hat{\dot 1}$ - | $\dot 5$· $\underline{\dot 3\ \dot 5}$ $\dot 3$ - | $\frac{3}{4}$ $\underline{\dot 2}$· $\dot 1$ 6 - |

吔 啰 嗬！　　吔 哎 嗨 啰！　　哎！

$\frac{4}{4}$ 5 $\underline{\dot 3\ 5}$ 6 - | $\frac{3}{4}$ $\dot 1\ \dot 1\ \dot 1$ - | $\frac{4}{4}$ 5 $\dot 1$ $\underline{3\ 3\ 3\ 3}$ $\hat 3$ | $\dot 5$ $\underline{\dot 3\ \dot 3\ \dot 3\ \dot 3}$ $\dot 3$ - :‖

啊 加 啰，　　吔 啰 吔！　　啊 嗨 沙 啦 啦 啦 啦，哎 沙 啦 啦 啦 啦。

收集：象山县非遗保护中心
整理：象山县非遗保护中心
演唱：奚斌辉

扫码听歌

宁波民歌
NINGBO FOLK SONGS

保卫东埠头

1=C 2/4
中速

```
6 5  3 23 | 5 -  | 1 6  3 2 | 1 - | 5 6 1  2  2  1 6 5 | 6  5 3 |
```

风（呀）儿　（啊）　暖（哇）洋　洋，　稻儿　黄　又　香（哟
姐　儿　（啊）眯　眯　笑，　收成可（啦）不　差（哟
保　卫　（啦）东　埠　头，　秋收第　一　仗（哟
子　弹　（啦）呼　呼　响，　手榴弹　来　爆　炸（哟

```
5 -  | 5 6 1  2  1 6 | 5  6  1 | 6  5 3 | 2 3 5 | 6 5 3 2 | 1  2 3 |
```

哎），七月乡村好　风光（哎哟），弯　弯镰刀闪银光（哎哎
哎），鬼子黄狗看（啦）真眼痒（哎哟），偷　偷摸摸来抢粮（哎哎
哎），三五支队机关枪（哎哟），支　支擦得闪闪亮（哎哎
哎），拉开队伍冲锋打（哎哟），黄　狗吓得叫爹娘（哎哎

```
1 -  | 5  1 | 6  5 3 | 2 3 5 | 6 5 3 2 | 1  2 3 | 1 - :||
```

哟　哎哎哎哟哎），弯　弯镰刀闪银光（哎哎　哟）。
哟　哎哎哎哟哎），偷　偷摸摸来抢粮（哎哎　哟）。
哟　哎哎哎哟哎），支　支擦得闪闪亮（哎哎　哟）。
哟　哎哎哎哟哎），黄　狗吓得叫爹娘（哎哎　哟）。

原唱：赵金桥
记录：邹小洲
　　　干松传
演唱：何建宁

此歌词共七段，后三段如下：
5. 西瓜啦一担担，只只圆又胖，姐儿哥儿慰劳忙，抗日战士多荣光，抗日战士多荣光。
6. 战斗呀似火花，军民炼成钢，巩固抗日敌后方，保卫秋收打胜仗，保卫秋收打胜仗。
7. 太阳啦热炎炎，稻儿黄又香，七月乡村好风光，金黄谷子堆满仓，金黄谷子堆满仓。

黄 桥 烧 饼

1=G $\frac{2}{4}$

中速

```
5 3  2 | 1 6 5 | 1 6 6 1 | 3    2· 5 5 6 | 1 2 3 5 | 2· 1 6 |
黄桥  烧 饼  黄 又  黄,  (哎)黄黄  烧 饼  慰 劳

1· 6 | 5  0 | 5 3  2 | 1 6 5 | 1 6 6 1 | 3    2· | 5· 6 1 3 |
忙。          烧饼  要 用 烈 火  烧,  (哎)军 队

2  1 6 | 6 1 6 3 | 5 - | 3· 5 | 6  6 | 1 6 1 | 2 - |
全靠  老 百 姓 来 帮。  同 志 们 (哎)吃 个  饱,

3· 2 | 1 2 3 5 | 2 1 6 | 1  0 | 5· 3 | 2 3 5 | 3 2 1 6 | 2 - |
多 打 胜 仗 多 缴 枪  (嗨 哎 咿 呀 嗨 呵  嗨),

5· 6 | 1 2 3 5 | 2 1 6 | 1 - | 2 1 6 1 | 5 - ‖
多 打 胜 仗 多 缴 枪  (咿  呀 嗨)。
```

原唱：黄东华
记录：黄惠根
　　　吴慧芬

梁弄战斗歌

1 = C **2/4**
进行曲速度

```
5· 3 | 1  3 | 5  i6 | 5 - | 6  65 | 3  53 | 2· 1 | 2 - |
梁   弄   周  围   狮  子   山    上，  敌  人   做   好了  乌  区   队 长，
大   雨   过  去   月  色   天    红   我  们   英  勇的  梁  弄   多 欢 乐，
五   月   红  出   满  来   遍    野，  解  放的  梁  弄   多   欢   乐，
```

```
2· 1 | 2  3 | 5  35 | 6  6 | 6  0 | i  i6 | 5  5 | 3  35 |
他   们     说  这是  马  其   诺，    阻  碍物  重   重，  还  有那
一   下  子  冲  进了  敌  人   的   铁  丝   网，    布  遍了  同   志，  粉  碎了
吃   军     民  下   我  们的  唱  胜  利   歌，    轰  隆   哒哒  轰   隆   哒哒哒，解  放
```

```
6  6i | 5  3 | i - | 5  5 | 5  3 | 3  5 | ii  i6 | 5  5 |
坚   固的  乌  龟   壳。    三  四   五  支   队是  无  敌的  武  装，
第   一个  他的  区   队   长。
把   的   梁  弄   多   欢   乐。
```

```
6· 5 | 3  5 | 3i  23 | 2 - | 1  0 |
为   了   民  族   要把  敌  人   消       灭，
```

```
6· 5 | 3  5 | 63  6i | 2·  3 | i  0 ‖
为   了   民  族   要把  敌  人   消       灭。
```

整理：戈扬等

"粉碎了第一个区队长"指敌伪区小队的队长。

四明山小调

1 = D 2/4

中速 稍快

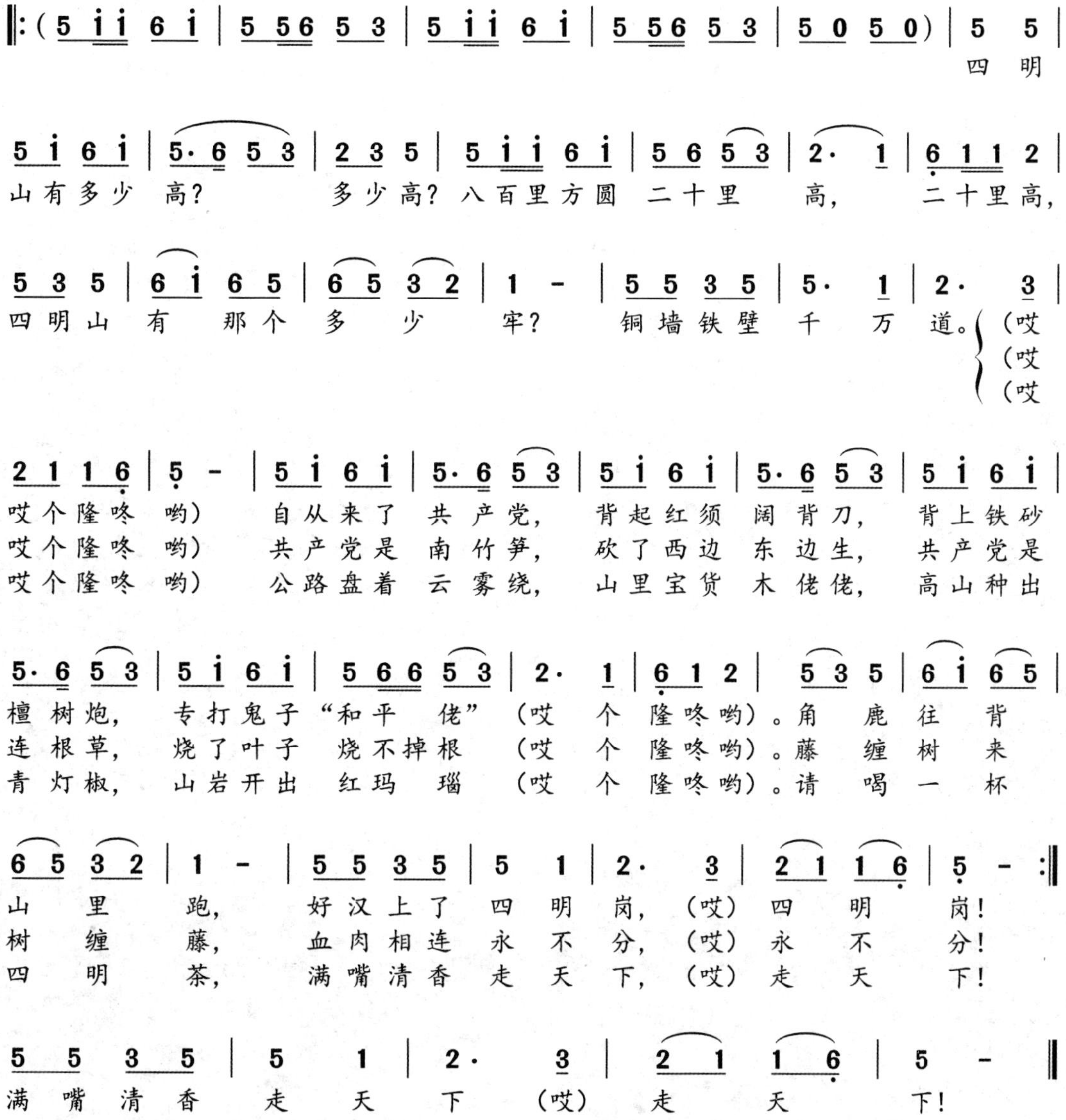

‖:(5 1̇ 1̇ 6 1̇ | 5 5 6 5 3 | 5 1̇ 1̇ 6 1̇ | 5 5 6 5 3 | 5 0 5 0) | 5 5 |

四 明

5 1̇ 6 1̇ | 5· 6 5 3 | 2 3 5 | 5 1̇ 1̇ 6 1̇ | 5 6 5 3 | 2· 1 | 6 1 1 2 |

山有多少 高? 多少高？八百里方圆 二十里 高， 二十里高，

5 3 5 | 6 1̇ 6 5 | 6 5 3 2 | 1 — | 5 5 3 5 | 5· 1 | 2· 3 |

四明山有 那个 多少 牢？ 铜墙铁壁 千 万 道。 (哎
(哎
(哎

2 1 1 6 | 5 — | 5 1̇ 6 1̇ | 5· 6 5 3 | 5 1̇ 6 1̇ | 5· 6 5 3 | 5 1̇ 6 1̇ |

哎个隆咚 哟) 自从来了 共产党， 背起红须 阔背刀， 背上铁砂
哎个隆咚 哟) 共产党是 南竹笋， 砍了西边 东边生， 共产党是
哎个隆咚 哟) 公路盘着 云雾绕， 山里宝货 木佬佬， 高山种出

5· 6 5 3 | 5 1̇ 6 1̇ | 5 6 6 5 3 | 2· 1 | 6 1 2 | 5 3 5 | 6 1̇ 6 5 |

檀树炮， 专打鬼子 "和平佬" (哎 个隆咚 哟)。角鹿往背
连根草， 烧了叶子 烧不掉根 (哎 个隆咚 哟)。藤缠树来
青灯椒， 山岩开出 红玛瑙 (哎 个隆咚 哟)。请喝一杯

6 5 3 2 | 1 — | 5 5 3 5 | 5 1 | 2· 3 | 2 1 1 6 | 5 — :‖

山 里 跑， 好汉上了 四 明 岗， (哎) 四 明 岗！
树 缠 藤， 血肉相连 永 不 分， (哎) 永 不 分！
四 明 茶， 满嘴清香 走 天 下， (哎) 走 天 下！

5 5 3 5 | 5 1 | 2· 3 | 2 1 1 6 | 5 — ‖

满嘴清香 走 天 下 (哎) 走 天 下！

整理：大 地
配词：大 地
演唱：甘银宝
陆谢丹

"木佬佬"，即"很多、很丰富"的意思。